이아생트

HYACINTHE
by Henri Bosco

앙리 보스코
이아생트

최애리 옮김

wo
rk
ro
om

일러두기

이 책은 1940년 프랑스 갈리마르 출판사(Éditions Gallimard)에서 처음 출간된 앙리 보스코(Henri Bosco)의 『이아생트(Hyacinthe)』를 한국어로 옮긴 것이다. 번역 대본으로는 1977년도 폴리오(Folio)판을 사용했다.

본문의 주는 옮긴이가 작성했다.

원문에서 이탤릭체로 강조된 부분은 방점을 찍어 구분했고, 대문자로 표기된 것은 고딕체로 옮겼다.

차례

작가에 대하여

앙리 보스코(Henri Bosco, 1888~1976)는 1888년 아비뇽에서 태어났다. 그의 가문은 프로방스 및 이탈리아 혈통으로, 살레시오 수도회의 창립자인 성(聖)보스코와도 친척간이다. 그르노블 대학교를 졸업한 그는 피렌체의 프랑스 문화원에서 이탈리아어 교수 자격시험에 합격, 아비뇽, 부르앙브레스, 필립빌 등지에서 가르쳤다. 제1차 세계대전 동안에는 다르다넬스, 마케도니아, 그리스 등지에서 종군했다. 평화가 돌아오자 나폴리의 프랑스 문화원에서 10년을 보냈으며, 그곳에서 첫 작품『피에르 랑페두즈(Pierre Lampédouze)』(1924)를 썼다. 그 후 오랫동안 모로코의 라바트에서 교편을 잡았고, 귀국 후 니스와 루르마랭을 오가며 살았다. 보스코는 생애 30여 편의 소설, 회상록, 아동 도서 등을 썼으며, 1945년『테오팀 농가(Le Mas Théotime)』로 르노도상을 받는 등 여러 문학상을 수상했다. 1976년 니스에서 숨을 거뒀고, 루르마랭에 묻혔다.

이 책에 대하여

『이아생트(Hyacinthe)』(1940)는 『반바지 당나귀(L'Âne Culotte)』(1937), 『이아생트의 정원(Le Jardin d'Hyacinthe)』(1946)과 더불어 3부작을 이룬다. 그러나 여느 3부작과는 달리, 이 세 작품은 그다지 일관성이 없다. 『반바지 당나귀』가 동화적인 분위기 덕분에 청소년 도서로 발간되기도 하는 데 비해, 『이아생트』는 작가의 가장 난해한 작품 중 하나로 손꼽히며, 3부작을 완결하려 한 것으로 보이는 『이아생트의 정원』 역시 또 다른 의문들을 낳는다. 미셸 망수이(Michel Mansuy)의 말대로 "『반바지 당나귀』가 천국의 모색이라면 『이아생트』는 지옥에서의 한 철과도 같"고, 시인 가브리엘 오디지오(Gabriel Audisio)의 말을 빌리자면 "『이아생트』는 『반바지 당나귀』의 속편이라기보다 그 정련된 진수"이다.

인간의 힘으로 이 땅 위에 낙원을 건설하겠다는 마법사 시프리앵의 오만한 꿈과 거기에 걸려든 두 아이 콩스탕탱과 이아생트의 영혼의 여정, 오랜 방황 후 마법사의 주술에서 벗어나 참된 사랑으로 만나게 되는 아이들. 3부작의 줄거리를 느슨히 엮어가는 몽상적인 문장들은 어느 집 창가에 켜진 등불이 『이아생트』의 이름 모를 화자를 매혹하듯, 아득하고도 분명한 빛으로 읽는 이의 눈길을 사로잡는다. 신비의 등불이 비추는 길목마다 머무르는 시선들은 언젠가 한 곳을 향하게 될 터이다.

편집자

운명을 같이하는

내 가장 소중한 벗에게

성(聖)가브리엘 고원

그 집은 외진 것이 내 마음을 끌었다. 길은 한적했고, 사방에 인가라고는 눈에 뜨이지 않았다. 무성한 포플러 울타리 뒤에서 그런 농가를 만나게 되리라고는 생각지 못했었다. 그저 야트막한 담벼락과 경사진 지붕만이 땅에서 솟아나 있었다.

내가 도착하던 저녁 문득 등불이 켜진 것은 좁다란 창문이 뚫려 있는 그 벽 안에서였다. 나는 그 불이 거북하게 느껴졌다.

나는 길에서 기다렸다. 누군가가 덧문을 닫으리라고 기대했다. 그러나 아무도 닫지 않았다. 등불은 여전히 빛나고 있었고, 나는 발길을 돌렸다. 그때부터, 매일 저녁, 어스름이 깔리기 시작하면 곧 그 불이 켜지는 것이 보였다.

때로는 아주 늦은 시간에, 길에 나가보곤 했다. 등불이 여전히 타고 있는지 알고 싶었던 것이다.

그 불은 거기 있었다. 새벽녘이 되어서야 불빛이 꺼지곤 했다.

처음에는 그 집에 가까이 가보려 했으나, 곧 그런 생각을 버렸다. 그러려면 농가에 딸린 땅을 지나야만 했을 것이다. 그 집 사람들, 그러니까 집주인과 하인 내외는 비사교적인 사람들이었다. 서로 마주치는 것은 즐겁잖은 일이 될 터였다. 그래서 나는 산보 길에도 내 집에서 반 킬로미터가량의 휴한지 너머에 있는 그 납작한 집 쪽으로는 아예 걸음을 하지 않았다.

산사나무들이 늘어선 도랑을 경계로 하는 그 돌투성이 벌판에는 여기저기 작은 떡갈나무 수풀만이 솟아 있었다.

가을이 그리고 겨울의 첫 바람들이 포플러 울타리에서 잎사귀들을 떨구어버리자, 집은 분명히 눈에 들어왔다. 낮 동안에는 아무런 인기척이 없었다. 연기 한 자락 오르지 않았다. 사람이 사는 듯한 낌새조차 없었다. 집은 잠들어 있었다.

집이 죽지 않았다는 것은 확실히 느껴졌다. 죽은 집들은 결코 그런 안식과 기다림, 불신과 굴복의 모습을 하고 있지 않다. 사람들이 떠나버리면 집이란 비바람에 노출된 돌무더기에 불과해진다. 그러나 인간의 온기가 집의 네 벽을 데우기 시작하면, 그것은 곧 가정적인 사념의 분위기를, 저 운명의 모습을 되찾게 된다.

외딴 소작 농가로부터는 감시의 느낌이 전해져왔다. 집은 온종일 웅크리고 있다가, 아마도 졸고 있다가, 밤이면 살아나곤 했다. 그 집이 켜 드는 등불, 좁다란 창문을 통해 서쪽을 바라보는 등불은 때로 무슨 신호와도 같이 나를 불안하게 했다. 어두워지면 어김없이 켜지는 그 불빛은 거기에 누군가가 깨어 있음을 나타내는 것이었다. 나는 그 불빛을 사랑하게 되었다.

밤에 그 불이 켜지면 그뿐, 벌판에는 다른 아무것도

없었다. 나는 마치 마지막 영혼을 보고 있는 듯한 느낌이 들었다.

내가 내 이웃을 건드리지 않았듯이, 저쪽에서도 나를 건드리지 않았다.

조심을 하느라고, 나는 덧문을 꼼꼼히 닫기 전에는 불을 켜지 않았다. 그토록 여러 해 동안 모든 등불이 꺼져버렸던 이 벌판 한가운데 예기치 않게 불빛이 나타난다면, 그가 분명 사랑할 터인 서쪽 지평선 위의 어스름을 어지럽힐 것이고, 그러면 그처럼 신중하고 충실한 미지의 인물에게 폐가 되리라고 생각했기 때문이다.

그가 매일 밤 그처럼 신뢰의 표시를 하는 이 거친 땅에 대해 각별한 애정을 가지지 않았으리라고는 생각할 수 없었다. 그가 그나마 자신을 열어보이는 것은 이 땅에 대해서뿐이었다. 그는 서쪽을 항상 뒤덮게 마련인 겨울의 구름장들 외에 다른 무엇을 기대하기라도 하는 듯했다. 나는 내가 알지도 못하고 만나기도 꺼리는 이 사람이, 자신의 등불과 마주하여 또 하나의 등불이 우리 말고는 두더지와 여우밖에 살지 않는 이 고독 속에서, 의도적으로, 마치 초대처럼 혹은 도전처럼 켜졌다고 생각하기를 원치 않았다. 나는 그의 호의를 얻고 싶었다. 타관 사람의 출현이 가져오는 침범의 위협들 앞에서 시골 사람들이 어떤 적의로 자신을 방어하는가를 나는 안다. 나는 그런 감정을 비난하지 않는다. 나 또한 불신하는 기질이 있는 터이다.

더구나 나는 이웃을 사귀려고 그곳에 간 것이 아니었다. 마을에서 사람들은 내게 그 배타적인 사람들에 대해 말해주었지만, 내가 그다지 호기심을 보이지 않았으므로 이야기는 더 이어지지 않았었다. 나는 그 소작 농가의 이름이 '라 주네스트[金雀花]'임을 알았고, 그것으로 족했다.

나로 말할 것 같으면 '라 코망드리[騎士館]'라는 멋진 이름을 가진 꽤 널찍한 집에 살고 있었다. 두 낡은 집들 사이에는 그 불빛이 불러일으킨 우정, 적어도 내 편에서의 우정밖에 다른 관계라고는 없었다. 물론 그러는 데에는 내 상상력이 한몫을 했다. 하지만 나는 때때로 내 안에 있는 이 위험한 능력이 내 고독을 지탱해주는 감정들의 진정한 근원이 아님을 느끼곤 했다. 나는 이 땅 아래에 정신적인 지세(地勢)가 펼쳐져 있음을 이미 알아채고 있었다. 바위, 진흙, 물, 나무, 인간 그리고 짐승만으로는 그러한 지세를 만들어내기에 충분치 못하다. 거기에는 신비로운 만남들, 이 요소들 사이에서 감지되는 미지의 조화, 그리고 알지 못할 지하의 자장(磁場)이 필요하다. 사람들은 거기서 영(靈)이 살아 숨 쉰다고 한다. 때로는 반대로, 영은 거기서 쉬기도 한다. 영은 드러나지 않지만 거기에 있다. 그때부터는 아주 작은 수풀도, 가장 초라한 담벼락도 기이한 중요성을 띠게 되는 것이다.

샘들과 함께 대지의 불안케 하는 향기가 스치는 이 특별한 땅 위에, 간혹 집이 선다 해도, 그 집은 그 안에 사는 사람들에게 평화로운 안식처가 되어줄 수 없을 것이다.

삶은 거기에서 한층 중대한 의미를 띠는 듯이 보인다. 더없이 일상적인 행동도 거기서는 쉽사리 모험이 되어버린다. 거기서는 영이 더 이상 이성의 충고들만을 받아들이지 않으며, 다른 전언(傳言)들에도 민감해진다. 그것은 추억과 기다림의 선택된 땅이다.

나는 이런 영혼의 상태들이 피어나기에 적합한 장소를 찾으려고 그곳에 자리 잡은 것은 아니었다. 나에게는 돌이켜 즐거울 만한 추억이라고는 없었으니까. 더구나, 이 고장이 전혀 낯설었던 나는 거기서 아무것도 기대하지 않았다. 나는 사막을 찾아다녔고, 그것을 찾은 것이었다.

나는 거기서 대체로 혼자 지낼 수 있게끔 했다. 일주일에 두 번, 퐁티요 마을에서 라 코망드리로 멜라니 뒤테루아라는 여자가 올라왔다. 그녀는 내게 장을 보아다주고 살림을 돌보는 일을 맡고 있었다.

비쩍 마르고 말이 없는 키 큰 여자였다.

나는 그 여자가 올 때도 15분 이상 그녀를 본 적이 없었다. 채 열 마디도 못 되는 말밖에 오가지 않았다. 그녀는 마을의 소문을 옮기는 법이 없었다. 아무 질문 없이 잠자코 들었고 호기심이나 호의를 보이지도 않았다. 하지만 말귀를 알아들었고, 받을 몫을 받으면 더 이상 요구하지 않았다. 퉁명스런 태도로 눈을 내리깐 채, 자기 노동의 가치를 아는 사람들, 일을 끝까지 하기는 하되 그 일이 집안에서 갖는 가치를 미리 셈해놓은 사람들 특유의 느릿한 동작으로, 지치지 않고 일했다.

그녀는 조용히 성심껏 부지런히 맡은 일들을 해냈으므로, 나는 그 존재가 거슬리기는 해도 그런대로 받아들이고 있었다. 그러나 그녀가 거의 모든 것을, 사물들이 놓인 자리를, 사물들 자체를, 은밀히 거부하는 것이 느껴졌다. 그녀는 사물들을 말 없는 반감과 적의 서린 회한에서 나오는 불신과 경계의 태도로 다루었다.

그녀는 개를 한 마리 가지고 있었다. 놈은 크고 점잖은 짐승으로, 쓰다듬어 주어도 전혀 기쁜 기색을 드러내지 않았다.

그 개는 어디에나 그녀를 따라다녔다. 놈의 이름은 라기라고 했다.

놈은 항상 방의 밝은 쪽 구석에 당당하게 고개를 쳐들고 앉아서는, 이 무뚝뚝한 여자가 밖으로 나갈 때 말고는 꿈쩍도 하지 않았다.

화요일과 금요일 아침, 하얗게 서리 내린 벌판을 가로질러, 매서운 바람에 옷자락을 휘날리며 그녀가 오는 것을 내다보노라면, 늘 앞장선 개가 보이곤 했다. 놈은 열 걸음쯤 앞서서, 주둥이를 똑바로 쳐들고, 꼬리를 빳빳이 세운 공격적인 태도로 걷고 있었다.

부엌에 들어서면 그녀는 식료품 꾸러미를 벽난로 앞에 던져놓았다. 빵과 비누와 설탕 따위를 정리하고 나면, 자기 바구니에서 작은 꽃다발을 꺼내곤 했다. 때로는 들국화, 때로는 미나리아재비, 때로는 금잔화 같은 것들이었다. 큰 추위가 닥치면서부터는 호랑가시나무 가지를 가져왔다. 꽃다발을 오지항아리에 꽂아 벽난로 위에 올려놓고는, 거기 눈길도 주지 않은 채 빗자루를 움켜쥐고 일을 시작하는 것이었다. 꽃들은 내내 싱싱했다.

일을 마치면 그녀는 꽃다발을 다시 바구니에 넣고 연갈색 긴 외투로 몸을 감싼 뒤 겨울을 향해 문을 열었다.

그러고는 잠시 문간에 멈춰 서곤 했다. 마치 바람이 낡은 집 구석구석까지 스며들기를 바라는 것처럼.

개는 늘 그렇듯 열 걸음쯤 떨어져서 당당한 주둥이를 길 쪽으로 향한 채 기다리고 있었다.

그러다 불쑥, 그녀는 고개를 숙이고, 떠났다. 뒤돌아보는 법 없이, 짐승처럼 성큼성큼 늪터를 향하여 멀어져 갔다.

마을에 이르기까지 한 마장은 족히 걸어야 할 것이었다.

그 여자 말고는 아무도 라 코망드리를 찾아오지 않았다.

때로는 멀리 인적 드문 오솔길로 우체부가 짧은 모직 외투로 간신히 바람을 가리며 지나가는 것이 보이기도 했다. 드물게나마 그가 나타나는 것은 항상 저녁녘이었다. 그는 처량하게 벌판을 가로질러 갔고, 나는 그가 어딘가 가난한 농가를, 세상 어느 구석에선가 누군가가 약초들에 관한 최근의 안내서를 보냈을 그 어느 시골집을 찾고 있으리라고 상상하곤 했다. 그러나 우체부도 내 집 쪽의 길로 오는 적은 없었다. 그는 망각 속에 떨어진 곳들을 조심히 비켜 갔다. 나에게 그는 끝없이 펼쳐진 겨울과 황폐한 밭들 가운데로 사라져가는 뒷모습일 뿐이었다.

아침이면 남쪽의 작은 언덕에서 한 노파가 떡갈나무 수풀 주위에서 죽은 가지들을 줍고 있는 것이 보일 때도 있었다. 그녀가 어디서 왔는지는 아직도 알 수 없다. 주위에는 라 주네스트 말고는 인가라고는 없었으니 말이다. 이 노파는(나는 그녀를 몰래 찬찬히 지켜보았다) 라 코망드리에서 200미터 안쪽으로는 결코 접근하지 않았다. 그녀 또한 이 집을 수상쩍게 여기는 듯했다. 그녀는 작은 나뭇단을 옆구리에 끼고 허술한 축대 너머 가려져 있는 경작지들 쪽으로 사라져가곤 했다.

나는 그녀도 우체부도 라 주네스트 쪽으로 가는 것을 보지 못했다. 라 코망드리 못지않게 그 외딴집도 찾아오는 사람이 없었다. 두 집 다 같은 고독 속에서 그 낮은 담장들을 세우고 있었다.

집들을 세상으로부터 격리시키는 것은 주위의 황막한 공간들이라기보다는 어떤 의지, 어떤 결심이었다. 그처럼 뚜렷이 표가 나는 고립을 침범할 생각은 아무도 하지 않을 것이었다. 물론, 그 두 집이 적대적인 태도를 드러내는 것은 아니지만, 속내를 터놓지 않으리라는 것쯤은 짐작이 가는 일이었다. 거기 사는 사람들은 빵과 우유와 고기로만은 살지 않았다. 적어도 그런 추측은 가능했다.

그런 집에 사는 사람들은 호기심을 만족시킬 만한

것을 내놓지 않는다. 그러므로 다들 그런 곳에는 설령 한 번쯤 눈길은 준다 해도, 두 번 다시 고개를 돌리지 않는 법이다.

금요일 저녁마다, 어둠이 내릴 때면, 라 코망드리와 라 주네스트 사이의 휴한지를 가로질러 가는 가축 떼가 있었다. 두 마리 개가 떼를 몰아가고, 목자는 앞장서 걸어갔다. 늙은 목자였다. 온통 눈 덮인 벌판에서 짐승들이 대체 무엇을 뜯어먹는지 알 수 없었다. 그들의 부드러운 발굽 소리가 서쪽으로 멀어져가고 난 뒤에도 잠시 공기 중에는 양털 냄새가 감돌았다.

이런 것들이 성가브리엘 고원이라 불리는, 인가라고는 단 두 집뿐인 이 벌판에 다가오는 드문 사건들이었다.

이런 사소한 출현들을 제외한다면, 주목할 만한 사건들은 땅의 위쪽에서, 하늘 높이, 구름들이 자리 잡는 저 높이에서밖에 일어나지 않았다. 가을이 바닷바람들을 몰아와 벌판의 모습을 바꿔 놓으면서부터, 구름들은 조금씩, 처음에는 서쪽을 향해, 거대한 비의 건물을 지었다. 매일 저녁 이 움직이는 도시는 노을에 물든 구름 더미들을 펼쳤고 지평선을 조금씩 더 차지했다. 그러더니 남쪽으로 세를 확장해갔고, 며칠 동안 저녁 다섯 시경이면 남쪽 지평선에 구름의 고집스런 머리가 보였다. 또 다른 구름들도 곧 나타났다. 그것들은 멀리서 푸르스름한 숲을 따라 동쪽을 향해, 땅의 그 순수한 기복들에, 맑은 여름밤이면 그 뒤로 별들이 내려오는 것이 보이는 그 능선들에 닿을 듯이 음험하게 미끄러져갔다.

마침내, 어느 날 아침, 북쪽 하늘이 단조로운 무채색을 띠었다. 전날 구름 떼가 생겨나는 것을 조금도 눈치채지 못했건만, 어느새 겨울의 지평선에 터 잡은 것이었다.

온종일, 하늘은 그 빛깔 없는 단조로움을, 빈약한 농담화(濃淡畵)의 저 중성적인 색조를 유지하고 있었다. 그것은 고착의 이미지였다. 나는 거기서부터 곧 추위가, 저 순수한, 말하자면 비인격적인 추위, 삭풍과 함께 온다기보다는 하늘에서 뿜어져 나오는 듯한 추위가 오리라는 것을 알아차렸다. 저녁 무렵에, 나는 하늘 아주 높이서, 마치 폭풍우의 신호 그 자체인 양, 들오리들이 날아가는 것을 보았다.

등불이 문득 예기치 않았던 중요성을 띠게 된 것은 그 무렵이었다. 때 이른 어둠 가운데 그 광채가 더 뚜렷해져서가 아니라 — 등불은 언제나처럼 부드럽게 빛나고 있었다 — 그것이 발하는 빛이 더 친근해 보였기 때문이다. 그 불빛 아래 일하고 또는 꿈꾸는 자는 이제 그 온기를 더욱 정답게 느끼며 등불이 조용히 거기 있음을 사랑하리라. 나에게는 그것이 이제 신호로서의 가치를, 기다림의 약속을 잃고 명상의 등불이 되어버린 듯이 보였다. 아마도 이제라 주네스트에는 희망도 덜하겠지만 절망 또한 덜할 것이었다. 가까이 있는 마을이 제공할 수 있는 오죽잖은 편의마저 누리지 못하는 그 오죽잖은 소작 농가를 그처럼 오래 견디게 하는 것은 한 인간의 고통뿐임을 나는 이미 짐작하고 있었다.

적어도 나 자신으로 미루어보면 그랬다.

어떤 고통이냐고? 그것은 나도 알지 못했다. 하지만 나는 이 무지의 의미를 곧 깨닫게 되었으니, 나는 나 자신을 고독 속에 살게 했던 것들과 비슷한 이유들로 내 이웃의 고립을 설명하려 하고 있었던 것이다. 그러나 나는 나를 되찾기 위한 최종 수단으로 이러한 은거를 짐짓 택한 것이 아니었던가? 그 계획이 수포로 돌아간 뒤(그랬다는 것을 나는 알고 있었다), 어떻게 하여 나는 아무 새로운 일도 일어나지 않을 사막 한가운데서 계속 살 수 있었던 것일까? 나 자신의 안에서도, 밖에서도, 나는 더 이상 아무런 전언도 기다리고 있지 않았다. 달아나야 했다. 더 멀리 가야만 했다……. 그런데도 나는 거기, 한겨울에, 바람에 쓸리는 황량한 벌판 한가운데 남아 있었다.

거기서 나는 등불을 보았다. 나를 붙잡은 것은 그것이었다. 나는 이제 그것을 말 없는 다정함으로 바라다보았다. 그것은 누군가가 나를 위해 켜놓은, 내 등불이었다. 그 따스한 불빛 아래서 그처럼 밤늦도록 깨어 있는 그 사람을 나는 나와 비슷한 사람으로 그리기에 이르렀다. 때로는, 그러한 유사성을 넘어서, 겨울밤의 유일한 별이 빛나는 라 주네스트의 그 창문 뒤에서 나로서는 알 수 없는 그 어떤 명상에 잠겨 있을 그는 다름 아닌 나 자신이기도 했다. 나 자신, 그러나 내가 모르는, 나를 사로잡기 시작한 나 자신이었다.

그리하여 나는 이중의 삶을 살게 되었다. 그 하나는 내 육신에 고통스럽게 달라붙어 있는 듯한 실제의 삶, 나로서는 결코 이 나를 확보할 수 없으며 따라서 결코 나 자신의 삶에 이를 수 없으리라는 실망스런 확신으로 싸늘히 식어버린 삶이었다. 나는 그것을 라 코망드리의 네 벽 안에서 견디어내고 있었다. 다른 하나는 내가 라 주네스트에서 살기 시작한 삶으로, 나는 그것을 잘 알지 못했다. 왜냐하면 나는 그것을 살았다기보다는 마치 구경하듯 하고 있었기 때문이다. 게다가 그것은 나에게 드물게, 오랜 어둠 뒤의 갑작스런 밝음으로밖에 허용되지 않았다.

대부분의 시간 동안 나는 그 삶으로부터 유리된 채 내 안으로 되돌아가곤 했다. 거기서 풍경들과 추억들이 (그리고 남녀의 빈약한 형체들이) 끊임없이 지나가는 저 내적인 흐름과 다시금 만나게 되곤 했다. 그것들은 붙잡을 수도 멈출 수도 없는 흐릿한 그림자들과도 같았다. 모든 것이 항상 나를 떠나갔다. 사물들과 나 사이에는 아무런 유대도 없었다. 그것들에 기울일 만한 애정을 나는 더 이상 가지고 있지 않았다. 그것들은 나를 두렵게 했고, 나로서는 줄 수 없는 다정함에 움직인 듯 그것들이 나를 향해 다가오는 성싶으면, 나는 비겁하게도 그것들을 피해 나 자신의 어두운 구석들로 달아났다.

그리하여 나는 나 자신을 잃어버리기에 이르렀다. 나는 나 자신의 흔적들을 찾아 헤매었다. 때로 나는 나에 대해 그저 오래전에 소문을 들었을 뿐인 듯도 했다. 미지의 누군가가 나에게 내 이야기를 들려주었음에 틀림없었다. 그러나 그것도 하도 오래전이라 환영(幻影)들밖에는 기억나지 않았다. 그것들은 안개 속에 쉬이 지워져갔다. 나는 나를 소문으로밖에는 알지 못했다.

이러한 낭패의 밑바닥에서, 나는 등불을 보았다. 그리고 그것은 살아 있었다. 그 불빛은 스스로를 잃어버리지 않았다. 그것은 탁자 위의 작은 동그라미밖에는 비추지 못했고, 밖에서 보면 약간의 영혼을 드러낼 뿐이었다. 그러나 그것은 온갖 신비들을 암시하고 있었다.

이러한 신비들의 매혹으로 그것은 나를 유혹했다. 나는 그 신비들이 분명 남다른 운명에 감시당하고 있을 저 미지의 인물 주위에 널려 있는 것을 느꼈다. 나는 그 또한 그러한 신비들이 가까이 있음을 알고 있으리라고 짐작했다. 그는 밤새 깨어 있었다. 분명 그는 한때 어떤 비밀을, 한 영혼을, 발견했다가 잃어버리고는, 잊지 못하는 것이리라. 그는 괴로워하고 있었으나, 도움을 구하지 않았다. 그는 그 등불을, 어느 날 저녁, 어쩌면 그저 글을 읽기 위해 켰는지도 모른다. 그러나 등불이란 항상 더 멀리 비치는 법이다……. 그것은 깨어 있음을, 그러니까 희망을, 두려움을 나타낸다. 그는 그 비밀이, 그 영혼이 돌아오기를 기다리고 있을 것이었다. 그리고 나는 그가, 그 돌아옴

이 마치 위협이기나 한 듯이(하지만 그는 그것을 내심 고대하고 있었다), 미리부터 고뇌하고 있다고 상상했다. 아마도 (하지만 알 수 없는 일이었다) 한때는 자신이 감당할 수 없다고 생각했던 그 어떤 지상(至上)의 운명에 대한 회한이 그를 놓아주지 않고 있는지도 몰랐다.

그러나 어떤 운명이었던가? 그리고 저 방향 표지는 누구를 위한 것이었던가? 우리 두 사람이 각기 자신의 삶을 거기 가져다놓은 이 한결같은 고독 속에서, 누가 숨어서 이 불빛을 엿볼 수 있었겠는가?

벌판을 쏘다니며, 나는 여러 달째 그 비밀을 찾아 헤매고 있었다.

라 코망드리에 도착한 처음 며칠 동안은 거의 나다니지 않았다. 내 집 주위로 눈 닿는 데까지 펼쳐져 있던 평평한 땅은 내 타고난 기질에 전혀 호소하는 바가 없었다. 나는 산지(山地)의 사람이다. 산지에 대해 오늘날까지도 변함없는 내 애착은 기복 없는 땅을 견딜 수 없게 만들곤 한다. 밋밋하게 펼쳐진 땅은 나를 슬프게 한다. 그것은 내가 나를 잃고 마는 저 내적인 분산을 쉽게 만들 따름이다. 평지에서 나는 나 자신을 전혀 포착할 수 없으며 자신의 존재에 대한 경이로운 감각을 잃고 만다. 나는 항상 다른 곳, 흐르고 떠도는 다른 곳에 있다. 오래전부터 나 자신을 멀리 떠나 어디에도 있지 않은 채, 나는 내 몽상을 도와주는 무한정한 공간에 너무 쉽게 몽상의 불안정함을 부여하는 것이다.

그러니까 내가 이 애매한 풍경의 한복판에서 살기로 한 것은 상심과 자학의 욕망에서였을 뿐이었다.

그저 무언가를 발견하겠다는 욕망만으로 네댓 마장을 즐거이 걷게 할 만큼 마음을 끄는 일이라고는 없었다. 나는 권태로웠다.

나는 권태를 고집했다. 나에게는 그곳의 여름이 시시해 보였었다. 물론 당시의 나는 부당했다는 것을 이제야 깨닫는다. 하지만 위협과 꿍꿍이로 가득 찬 가을도, 바람이 설치기 시작하던 그리고 늪터의 습한 냄새가 때로 내 영혼을 불안케 하던 저 감동적인 벌판들에 대해 나를 더 너그럽게 만들어주지는 못했다.

오직 등불만이 나를 사로잡고 있었다.

나는 그것이야말로 그 고장의 주문(呪文)이리라고 생각했다. 나에게 그것은 하도 기이해 보였으므로 그 기이함은 곧 그 둘레로 퍼져 나갔고 내 단조로운 지평선 멀리까지 닿을 만큼 확장되었다.

그 고장은 그것 때문에 부드럽고 신비하게 변모했다.

겨울이 시작되었다.

분명 유별난 겨울, 그 벌판만의 겨울이었다. 그런 겨울은 일찍이 겪어본 적이 없었다. 첫눈이 내리면서부터, 칙칙하고 질척한 땅은 환상적인 설경 아래 사라졌다. 그 설경은 이 세상의 것 같지 않았고, 며칠 동안 나는 감히 거기 발을 들여놓지도 못했다. 그 눈을 밟는 것은 중대한 모독이나 되는 듯이 느껴졌다.

바람이 잤다. 밤이면, 땅에서는 밝음이 떠오르곤 했다. 나는 몇 시간이고 창가에 서서 내다보았다. 내 주위의 사물들이나 영혼들이 한결같이 가벼워진 것이 감지되는 듯했다. 모든 것이 쉬워졌다. 바스러질 듯한 무수한 결정체들 위에 놓여 있는 이 공기처럼 가벼운 세계에서는 불가능한 것이 없었다. 그저럼 무거웠던 라 주네스트는 마치 지워진 듯했다. 여전히 눈 위에 매달려 홀로 살아 있는 듯한 그 신비한 등불 외에는.

문득 등불이 거기 있는 것이 어울리지 않는다는 생각이 드는 것을 어쩔 수 없었다. 그것은 한층 중요해졌지만, 덜 정당화되는 것이었다. 사방에서 우리를 에워싸는 새하얀 광막함 위에, 그 공감의 불이 그를 위한 것이라고 내가 상상했던 미지의 인물을 감추어줄 비밀스런 은신처라고는 없어 보였다. 보이지 않는 데까지 펼쳐진 눈밭은 수풀과 덤불들을 환히 비추었고, 땅 위에 마치 커다란 순수의 상태와도 같은 것을 만들어놓았다. 이 순화된 영역 위에서는 바람들도 더는 구슬픈 소리를 내지 않았다. 그것들은 하늘 꼭대기까지 올라갔고, 구름들 가운데서 재빨리 몇 바퀴 돌고 난 뒤, 씽씽 불어 동쪽으로 다시 떠나갔다. 가볍고 유리처럼 깨질 듯해진 공기는 지상의 순수함과 잘 어울렸다. 아무것도 지상의 유대에 연연하지 않는, 어떤 사물도 제 무게를 거기 싣지 않는 이 세계에서, 등불은 이제 그저 습관에 의해 타고 있는 듯했다.

나는 실망했다. 매일 아침, 라 코망드리에서 라 주네스트 쪽으로 비스듬히 기울어진 들판 위에 순백의 보(褓)가 높아져가는 것을 보고 또 보았지만, 발자국이라고는 찾아낼 수 없었다.

여우의 다섯 발톱 자국이나 까마귀의 세 발톱 자국조차 없었다. 내가 잠든 동안 내 집 주위를 서성인 이는 아무도 없었다.

그러나, 가을이 끝나갈 무렵, 때로 나는 누군가가 달 없는 그믐밤을 틈타 등불을 좀 더 가까이 살피러 오곤 한다고 생각했었다. 발소리도 들었었다.

밤이면 시골에서는 워낙 많은 발소리가 들리므로, 그런 소리에 놀랄 것이 없다는 것도 사실이다. 알지 못할 또는 친숙한 온갖 것들이, 우리들 등 뒤로 조심히 옮겨 다니면서 그러나 소리마저 감추지는 않은 채, 탄식과 호소와 한숨을 교환하는 것이다. 하지만 이 모든 혼란한 움직임들 가운데서도 나는 대개 열한 시경에 그 주저하는 발소리를 분명히 구별할 수 있었다. 그것은 부속 건물 쪽으로부터 와서 문 앞을 잠시 서성이곤 했다. 겁먹은 듯하다가 문득 대담해지는, 그것은 순진하고도 열정적인 호기심을 드러내고 있었다. 밤의 모든 소리들은, 그 원인이 흔해 빠진 것들까지도, 비현실적으로 들린다. 담비가 덤불 밑을 지나가는 것은 어둠 속에서 불안한 느낌을 주며, 휘어진 나뭇가지가 거기 앉은 커다란 밤새의 무게에 부러지는 소리는 이상하게 마음을 동요시킨다. 단지 그 발소리만이 내게는 자연스러워 보였다. 그것은 땅에 닿았고, 발끝으로 땅을 스쳤고, 다시 나아가 땅에 닿았다. 땅을 밟는 맨발의 마른 바삭임, 그것은 사람의 발소리였다.

라 코망드리 주위를 이리저리 헤매 다니다 그것은 라 주네스트 쪽으로 멀어져가곤 했다. 되돌아오는 소리는 들은 적이 없었다.

때로 그 은밀한 방문객을 엿보고 싶은 유혹도 받았다. 그러나 문을 밀치려 할 때면 항상 한 가지 염려가 나를 붙들었다. 겁이 나서가 아니었다. 나는 힘이 세다. 나는 아무것도 보지 못할 것이 두려웠다.

아무도 발견하지 못한다면 나는 공포에 사로잡힐 것이었다. 기실 아무도 발견하지 못하리라는 것을 나는 알고 있었다. 하지만 밖에는 누군가가 있어야만 했다. 내가 귀 기울이는 것으로 만족하는 한, 그는 거기 있었다. 나는 아무것도, 형태도, 모습도, 상상하지 않았다. 그는 살아 있었다. 내가 그의 얼굴을 생각해낼 수 없다는 바로 그 이유 때문에 그는 살아 있었다. 그런데, 그는 대체 얼굴이라는 것을 갖고 있기나 했던가? 그것은 순수한 존재였다. 모든 물질의 바깥에 있는 존재, 영혼과 육신의 사이에서, 저 부드럽고 야생적인 발걸음이 망설이며 드러내는 불안정한 자세로 포착된 존재. 그것은 등불이 기다리는 자였다.

등불을 켜는 것은 그를 위해서, 혹은 어쩌면 그가 그

것을 알아보고 아직도 불을 켠다는 소식을 어딘가 다른 곳으로, 분명 아주 먼 곳으로 가져가게 하기 위해서였다. 그를 보고 싶은 유혹에는 결코 굴하지 않았지만, 나는 종종 그의 흔적들을 찾아 나서곤 했다.

늪터

……그리하여 나는 동쪽에 있는 오르주발 로(路)부터 늪터에 이르기까지 성가브리엘 고원 전체를 돌아다녔다. 가을의 석 달 동안, 한 모서리가 4킬로미터는 족히 되는 그 네모지고 광대한 황야를 답사했다. 황야는 나지막한 그러나 빽빽한 선을 이루는 푸르스름한 숲에 의해 가장 가까운 마을로부터 격리되어 있었다. 무너진 양(羊) 우리 한두 채와 형편없는 헛간 — 하지만 누군가가 밀짚을 두고 간 지 얼마 안 된 듯했다 — 그런 것들 말고는 두 달 동안 이렇다 할 것을 발견하지 못했다. 하지만 나는 아주 작은 덤불이며 보잘것없는 담장까지도 아주 잘 알게 되었다. 비탈들을 꼼꼼히 살펴보았고 물길들을 알아냈다. 물은 북동쪽의 늪터 가장자리를 따라 모이고 있었다. 근방에서는 유일한 고지인 야트막한 동산에서 나온 물이 몇 군데 찬정(鑽井)을 통해 거기 이르는 것이었다.

늪터는 아주 넓었다. 라 주네스트 쪽으로는 널따란 흉벽(胸壁)이 물살을 가두고 있었다.

늪터 한복판에는 무성한 버들 숲이 자라 있었다. 물가에는 곳곳에 자작나무들이 둘러서고 가시덤불이 뒤덮여 있어 접근할 수 없을 듯했다. 고원의 다른 쪽으로는, 찬정이 솟아나는 야트막한 동산 아래, 몇 그루 포플러가 작은 호반을 북풍으로부터 보호하고 있었다. 거기 다가가려면 멀리 돌아야만 했다. 흙이 무너져 내린 오래된 오솔길, 지난 수십 년 동안 아무도 지나본 일이 없었을 길을 힘들게 지나서야 나는 거기 이르렀다. 물가에는 한 층의 개흙이 있었고, 조금 위쪽으로는 작은 풀밭이 완만한 경사를 이루고 있었다.

풀밭을 올라가 가시투성이 들장미가 우거진 곳에 이르러 보니, 그 덤불로 가려진 암벽에 구멍이 하나 뚫려 있었다. 나는 간신히 덤불을 헤치고 들어가 구멍에 이르렀다.

그것은 바위 자체를 아치 모양으로 파낸 문으로, 그 안은 동굴이었다. 동굴 안벽은 매끄럽게 다듬어져 있었고, 천장은 반원형이며, 안쪽에는 작은 후진(後陣)이 있었다. 나는 들어갔다. 후진 한복판에는 굵직한 받침 기둥 위에 석판이 하나 놓여 있었다. 시골의 작은 제단인 것이었다.

칼로 이름이 새겨져 있었다:

Armenyi (아르메니이)

그리고 후진의 벽에는 선객 아홉 명을 실은 배가 있었다. 오른쪽에는 둥근 해가, 왼쪽에는 T자형 십자가와 숫자 4가 있었다.

나는 9월 16일에 그것을 발견했다. 그렇게 자세히 기억이 나는 것은 배 위쪽에, 해와 십자가 사이에, 역시 칼로 그 날짜가 새겨져 있었기 때문이다. 무척 놀랐다. 그 날짜는 내 생일이기도 했던 것이다.

아침에 나는 멜라니 뒤테루아가 넘겨놓은 달력을 무심코 쳐다보다 9월 16일이라는 날짜를 보았었다.

제단 오른쪽에는 부싯돌로 불을 켰던 듯한 흔적이 있었다. 하지만 오래전 일이었다.

이 버려진 작은 성역에서 돌아 나오며, 더 이상 발견할 것이 없다는 느낌이 들었다.

한 달 이상 걸린 답사 기간 동안 사람 그림자도 만나지 못했다. 처음에는, 설령 고원에는 사람이 살지 않는다 해도, 늪터 근처에서는 낚시꾼의 오두막이나 밀렵꾼의 은신처를 찾아낼 수 있으리라 생각했었다. 그 일대에는 사냥거리가 많으니, 매복하는 자들도 분명 많을 터였다.

거기서는 여러 날 동안 외따로 살며 쇠물닭, 물떼새, 넓적부리 등을 엿볼 수 있을 것이었다.

그러나 곧 나는 아무도 거기 오지 않은 지 오래되었음을 깨달았다. 갯가에는 사람의 발자취가 없었고, 새들은 근심 없이 노닐었다. 다가가도 별로 피하는 기색이 없었다. 나를 전혀 두려워하지 않는 것이 분명했다. 필시 여러 해 전부터 새들은 사람들로부터 까마득히 잊힌 채 이 물 위에서 살아온 것이었다. 제멋대로 무성하게 자라난 가시양골담초나 고리버들, 섬버들 따위가 마련해준 둘도 없는 은신처에서 새들은 놀랄 만큼 왕성하게 번식한 듯했다. 새들이 소리치고 날개 치며 날아오르는 소리가 가득했고, 가을이 다가오자 때로 거칠게 끼룩대며 우짖는 소리도 들려왔다. 늪터는 새들의 왕국이었다.

그런 사냥감의 보고(寶庫)가 사냥꾼들을 모면할 수 있었다니 놀라운 일이었다. 사냥꾼들이 딱히 늪터를 건드리면 안 될 이유가 있는 것 같지도 않았다. 팻말도 감시자도 없었다. 우연히 알게 된 바로는, 늪터는 라 주네스트에 속한 것이었다. 라 주네스트를 마을로부터 격리시키는 바로 그 침묵과 고독의 거리가 늪터 또한 지켜주는 듯했다. 늪터는 라 주네스트의 은자나 하인 두 사람과 같은 정신적 영역에 속해 있었다. 그들은 세상과는 동떨어져서, 모습을 드러내지 않은 채, 분명 나름대로 일하고 염려하고 생각에 잠기며 살아가고 있었다. 실제로 그들에게 접근할 수는 없었지만, 그들의 모습과 아마도 그 말 없는 영향은 나에게까지 전해오는 것이었다. 외부인들이 이 배타적인 지대에 대해 갖고 있는 듯한 거의 종교적인 경의에 보호되어, 성가브리엘 고원은 숲과 늪터를 싣고 땅에서 솟아나 있었다. 마치 옛날, 땅의 초창기에, 저 밑으로부터의 힘이 서쪽으로 기울여놓은 거대한 상(床)과도 같이.

그 견고한 표면을 이루는 휴한지들에는 짐승들의 소굴이 드물게밖에 뚫려 있지 않았고, 겨울에는 까마귀를 제외하고는 짐승을 거의 볼 수 없었다. 나도 고원에 모습을 드러내는 것은 썩 내키지 않았다. 그곳에서는 멀리서도 쉽사리 눈에 뜨이리라는 생각이 들었던 것이다. 반면, 늪터는 수풀로 뒤덮여 있었고 짐승들이 많아서 내 호기심을 끌었으며, 권태로웠던 내게 라 주네스트로부터 눈에 띄지 않을 보호된 장소를 제공했다. 뿐만 아니라 그 깊숙함은 무한정 들어가보고 싶은 욕망을 일으켰다.

그래서 나는 더 자주, 수천 마리 새들의 환영을 받으며, 그곳에 갔다. 새들은 아주 바짝 붙잡힐 만한 거리에서가 아니면 피해 날지 않았다. 그들은 일종의 당당한 무관심과 위엄을 가지고서 날아오르곤 했다. 그들에게는 내가 그처럼 무해하게 보이는 모양이었다. 때로 그 조용하고 커다란 날갯짓 아래서 나는 마음속에 부드러운 움직임을, 아마도 내 영혼의 것이리라고 짐작되는 움직임을 느끼곤 했다.

늪터를 가로질러 놓인 한 줄기 흙 제방이 물을 가두며 관목들 뒤로 사라지고 있었다. 제방을 따라가면 물가에서는 보이지 않는 작은 섬이 나왔다. 거기서 나는 아주 오래전에 버려진 듯한 오두막을 한 채 발견했다. 주위에는 불 냄새가 나는 날카로운 잡풀이 지붕까지 자라 있었다.

나는 그 섬의 오두막 가까이서 여러 날을 보냈다. 가시양골담초 덤불에 숨어 수생동물들이 노니는 모양을 한가로이 지켜보곤 했다. 갈대밭 한복판에는 뜸부기들이 불그레한 나뭇가지들로 둥지를 지어놓았다. 아침이면 일찍부터 잿빛 왜가리 한 쌍이 개흙에서 먹이를 찾곤 했다. 관목들에 둘러싸인 물은 꼼짝도 하지 않았다. 때로, 이 습지의 고요 가운데, 비오리 한 떼가 섬들 사이로 나타났다가 조용히 사라지곤 했다. 나는 감각적으로 아늑한 이 호반의 은신처가 마음에 들었다. 라 코망드리는 고독의 한복판에서도 황야 주변 곳곳에서 어쩔 수 없이 쳐들리는 시선들에 노출되어 있었던 반면, 늪터의 작은 섬에서 나는 비로소 은밀한 내면으로 돌아간 듯한 느낌이었다. 아무도 나를 알아챌 수 없었다. 오로지 거기서만 나는 때로 나 자신의 가장 어두운 곳으로부터 거슬러 나와 나 자신을 잊을 수 있었다. 나의 내적 공허가 채워지곤 했다. 나를 향해 다가오는 모든 사물 주위에는 안개가 피어올랐다. 내 사념의 유동성, 여태 그 안에서 나 자신을 되찾고자 헛되이 애쓰던 그 유동성이 이제는 내게 더 자연스럽고 따라서 덜 괴로운 것이 되었다. 때로 또 다른 세계가 잠재해 있는 듯한, 거의 물리적인 느낌이 들곤 했다. 그 세계의 따뜻하고 움직이는 질료가 내 의식의 나른한 표면 밑을 스치면, 의식은 마치 호수의 맑은 물처럼 떨리곤 했다.

섬이 그 위에서 떠도는 듯한 이 유동성은 성가브리엘 고원의 엄격한 황량함보다 더 쉽게 나를 파고들었다. 고원은 비록 단조롭고 나지막해 보이지만, 물처럼 쉽게 자신을 열어주지 않았다. 고원에서 자연은 더 말이 없고 외관들은 더 신중해 보였다. 고원은 움직이지 않았다. 하지만 늪터에 몰입해 있노라면, 내가 더 이상 개흙과 새들과 잡풀들과 다년생 관목들로 이루어진 현실 세계가 아니라 어떤 혼(魂)의 한복판에 있는 듯한 착각마저 들었다. 그 혼의 움직임과 고요함이 나 자신의 내적 변화들과 섞여들었다. 그 혼은 나를 닮아 있었다. 내 정신적 삶은 거기서 쉽사리 사고의 영역을 넘어서곤 했다. 그것은 성가브리엘 고원에서처럼 도피가 아니라 내적인 융합이었다.

거기에서 나는 내 존재를 우리가 사는 땅을 가로지르는 저 흐름들의 몇몇에 연결시킬 수 있었다. 그것들은 일시적이나마 내 삶을 증폭시켜 주었고, 그러는 가운데 나는, 마치 늪터의 영(靈)이기나 한 듯이, 온갖 이성을 넘어서서 나 자신을 생각할 수 있었다.

이처럼 환각에 가까운 변모는 나에게 커다란 위안이었다. 내가 나를 펼쳐놓고 있던 세계는 풍요롭고 생생하고 유동적이고 자연스런 천진함으로 차 있어, 내가 오래전에 잃어버렸던 신선함을 느끼게 해주었기 때문이다. 나는 더 막연하고 더 산만해졌지만, 워낙 무아경 가운데서였으므로, 내 혼의 유출조차도 느껴지지 않았다. 나는 내 삶을 짓누르고 있지 않았다. 삶은 내 아래서 마치 버들가지 아래를 흐르는 물과도 같이 흘러나갔다. 더 이상의 접촉도 무게도 없었으니, 나는 내 안에서, 내 존재의 숙명 위에 매달린 나 자신 안에서 말고는 아무런 무게도 나가지 않았고, 추억도, 염려도 없었다. 나는 더 이상 이전이나 이후에 있지 않고, 진정 내 안에서 살고 있었다. 거기에서 나는 지속하되 깊이로 지속하고 있다는 기이한 느낌을 가졌다. 나는 내려가고 있었다.

나는 내 하강 속으로 늪터 전체와 수풀과 물과 수천 마리 들새 그 모두를 부드럽게 끌고 들어갔다. 그 마법적인 세계는 대지의 입술로부터 요동 없이 떨어져 내렸고, 우리는 시간의 바깥으로 내려가면서 점점 확대되고 용해되어 아득한 심연들로 사라지기에 이르렀다. 그것은 도피가 아니었다. 그 고통스러운 이탈, 회한과 불안으로 점철된 도주, 우리를 다른 데로밖에 데려갈 수 없는 도피가 아니었다. 우리는 여전히 거기 있었다. 나는 마침내 현재라는 것을, 자아라는 것을, 붙잡은 것이었다. 나는 지속하고 있었다. 그러나 완전한 정지 속에 지속하고 있었으며, 아무것도 나를 제한하지 않는 듯했다. 그러나 여전히 내려가던 중에, 문득 희미한 충격을 느꼈다. 장애물에 부딪친 것이었다. 알지 못할 무엇인가가 나를 갈라놓고 있었다. 나는 문득 이쪽에 있었다. 더는 아무것도 없었고, 다만 나는 이쪽에 있었다. 무엇인가 내가 알 수 없는 것이 있었다. 나는 기다렸다. 이 정의할 수 없는 혼의 상태 속에서, 나 자신의 공간들을 가로질러 그러나 여전히 내가 그 기다림을 두었던 쪽으로부터, 한 쌍의 비둘기 소리가 전해져왔다. 그리하여 나는 대지로 돌아왔다.

나는 조금씩 겨우 도달했다. 심연으로부터 다시 올라오는 일은 처음에는 매우 느렸고, 내 안에서 좀 더 따스한 온기가 나타나면서 비로소 느껴졌다. 아무런 격발도 겪지 않았고, 아무것도 나를 들어 올리지 않았으니, 나는 다만 내 안에서 떠오르고 있었다. 나는 올라갈수록 차츰 더 따뜻해지는 유동적인 층(層)들을 가로질렀다. 대지와 가까워지는 것은 그렇듯 내적인 열기가 상승하는 것으로 알 수 있었다. 분명 그것은 내가 나 자신으로부터 분리되기 시작한, 내 지속감과의 접촉을 잃어버리기 시작한 순간이었다. 곧이어 호숫가에서 많이 자라는 부처꽃 냄새가 났기 때문이다. 부처꽃은 어딘가 내 안에 있었고, 그 다소 부글거리는 냄새 주위로, 세계의 최초의 원소들이 하나하나 다시 나타나 자리 잡았다.

원소들은 아무 충격도 겪지 않은 듯, 이미 평평해진 표면 아래 나타나 있었고, 그 위에, 아직 나였던 안개 너머로, 몇몇 얕은 기슭들이 그려지기 시작했다. 윤곽 없는 섬들이 초목의 냄새들로 자리 잡고 있었으며, 그 가장 강한 냄새들에서는 호숫가 나무들의 씁쓸하고도 달콤한 껍질 맛이 났다. 이미 분명히 나는 내 의식의 경계에서 내 상승 운동을 느끼고 있었다. 그렇듯 대지를 향해 거슬러 오르면서, 나는 대지의 향기들을 만나러 가고 있었다.

이윽고 청딱따구리가 쪼아대는 소리가 나를 공격했고, 새의 부름 내지는 감미로운 신음 소리가 들려왔다. 소리를 내는 것이 누구인지는 전혀 알 수 없었다. 늪터의 어떤 짐승도 인간에 가까운 그런 목소리는 가지고 있지 않았다.

그 소리가 채 지워지기도 전에 세계는 내 안에서 눈부신 날개들이 스치는 소리 가운데 열렸고, 내 온기는 빛 가운데 녹아들며 전율하는 듯했다. 나는 아직 앞이 보이지 않았지만, 보게 되리라고 예감하고 있었다. 고뇌가 내 목구멍을 부풀렸다. 눈을 뜨는 데 대한 두려움, 첫 사물에 대한 그리고 그것이 현기증을 일으키지나 않나 하는 두려움이었다. 나는 아직 전적으로 나 자신만을 향해 있었기 때문이다. 나는 내 몸을 되찾지 않은 채였고, 단지 그것이 거기 있다는 것을 알 뿐, 어떤 자력선(磁力線)상에 있는지는 알지 못했다.

그래도 나는 여전히 움직이지 않는 느낌이더니, 점차 내 아래서 축축한 온기가 알 듯 말 듯 미끄러졌다. 나 자신에게 나를 그려주는, 이 육체의 윤곽을 무한한 가벼움으로 그려주는, 최초의 물질적 접촉이었다. 차츰 나는 내가 대지에 실려 있음을 이해했다. 눈을 뜨자 하늘이 보였다.

나는 하늘에 이마가 닿는 듯한 그리고 그 온기가 전해오는 듯한 느낌이 들었다. 그 접촉은 막 깨어난 감각들에, 그리고 감각들의 진동하는 영역 한복판에 천천히 되놓이기 시작한 혼에, 부드럽게 와 닿았다. 그러나 곧 그 하늘의 무게는 나를 짓눌렀고, 사탕수수처럼 달착지근한 맛은 구역질을 일으켰다. 나는 격렬하게 호흡했고, 그러자 하늘은 문득 들어 올려져 몇백 미터 위에, 마치 축축한 상보(床褓)처럼 내 몸 위쪽에 멈추었다. 나는 머리를 돌렸다. 살아 있었다.

기쁘지도 슬프지도 않았다. 그러나 지치고 목덜미는 타들었으며, 팔은 으스러진 것만 같았다. 나는 힘겹게 몸을 일으켰다. 개흙에서 올라오는 습기와 다육식물들의 냄새가 조금 구역질이 났다. 입안이 썼다. 어깨 사이로 긴 전율들이 지나갔다. 온통 쑤시는 몸을 추슬러 나는 간신히 일어섰다. 그러고는 기다시피 하여 오두막 쪽을 향했다.

집이 보이자 마음이 조여들었다. 그것은 썩은 나무와 폐가의 냄새를 풍겼다. 나는 들어가지 않았다. 그냥 그 벽에 기대어 서서 아픈 다리의 균형을 되찾으려 했다. 그것은 호숫가에서 볼 수 있는 아주 낡은 오두막이었다. 그 집을 지은 사람들은 이미 오래전에 죽었을 터였다. 분명 사냥꾼들이었을 것이었다.

제대로 설 수 있게 되었을 때는 이미 날이 저물고 있었다. 그렇다는 것을 깨닫고 불안에 사로잡혔다. 늪터 한가운데서 밤이 닥칠 것이 두려웠다. 나는 섬에서 물가로 이어지는 길이 좁고 별로 안전하지 못하다는 것을 알고 있었다. 군데군데 발밑에 물이 넘치고 있었다. 비가 조금만 내리면 물에 잠길 것이었다. 그런데도 나는 미적거리고 있었다. 그 축축한 진흙의 섬에서 빠져나오지 못하고 있었다. 날이 아주 더웠다. 나는 기다리고 있었다.

어디선가 비통한 부름이, 외침이 들려올 것만 같은 예감에 나는 불안해졌고, 그 가슴이 조여드는 느낌만으로도 그곳을 떠날 수 없었다. 그러나 그런 외침은 전혀 들려오지 않았다. 아쉬운 채로 가야 할 터였다…….

떠나야만 했다. 이제 밤이 가까웠다. 이미 오두막 주위에는, 그리고 밤의 첫 입김이 서리기 시작한 고요한 녹청색 물 위에는 곤충들이 맴돌고 있었다. 댕기물떼새들이 둥지를 튼 수북한 가시양골담초 속에서 날개를 부비는 듯한 소리가 일다 금세 스러졌다. 아주 가까이 낮은 데서는 작은 개구리가 홀로 개굴대기 시작했다. 밤은 그처럼 부드럽게 다가와 있었다. 나는 굳은 땅을 향해 꽤 빠른 걸음으로 걷기 시작했다. 날이 아주 떨어지기 전에 거기 닿고 싶었던 것이다. 이미 앞이 잘 보이지 않았다.

둑은 갈대가 우거진 데서 끝나고 있었다. 이쪽에는 늪터가, 저쪽에는 고원의 첫 비탈들이, 땅이 있었다. 나는 마지막으로 되돌아보았다.

늪터 전체가 어둠 속에 잠들어 있었다. 나는 갈대 섶을 헤치고 그 열기의 왕국을 빠져나왔다.

고원이 거기, 말없이 있었다. 아주 멀리, 땅에 거의 묻힌 듯한, 검은 형체가 짐작되었다. 라 코망드리였다.

비슷하게 멀리, 하지만 좀 더 왼쪽에서, 등불이 타고 있었다.

성가브리엘 고원에 발을 딛자마자, 나는 고독을 되찾았다. 엄격한 정신이 그곳을 지배하고 있었다. 나는 공허의 나라에 들어서고 있었다. 얕은 히스 덤불 한가운데서 나는 길을 잃은 듯이 느껴졌다. 거대한 석상(石床) 위에서 아무것도 움직이지 않았다. 내 안에는 다시금 저 공허가 자리 잡았다. 나는 사막 가운데 있는 사막이었다. 나는 전율하지 않았다. 더는 전율할 수 없었다. 내 첫걸음은 나를 무서운 법칙들의 면전에 가져다 놓았다. 나는 돌연 그것들을 만났고, 냉정한 명료성을 가지고서, 절망 없이, 그것들을 바라보았다. 나는 내 뒤에 대지의 신을 두고 왔고, 이제 또 다른 신의 손 아래 있었다. 그는 어디서도 보이지 않았다. 그는 결코 그의 얼굴을 보이지 않는 것이다. 저 높이 큰곰자리의 별들이 반짝이고 있었다. 고개를 들지 않고도, 그것이 빛나는 것이 보였다. 모든 것을 잃고, 헐벗은 채, 나는 라 코망드리를 향해 나아갔다. 나에게는 더 이상 영혼이 없었다.

그러나 문을 밀고 들어서서, 불을 지펴야 했다. 나는 기계적으로 그 일을 했다.

나는 벽로 아궁이 앞에 앉았다. 아직 그리 추운 계절이 아니었으므로 불을 피우지 않았었다. 하지만 벽로에서는 탄 나무와 그을린 돌과 검댕의 기름 냄새가 났다. 황막한 고원보다도 이 육중한 벽로가 더욱 나에게 내 고독의 느낌을 전해주었다. 나는 거기서 초라하고 외롭게 돌을 마주하고 있었다. 만일 내가 무엇을 두려워했다고 한다면, 그것은 나 자신일 터였다. 더는 내 살에서도 내 피에서도 오는 것이 아닌 삶을 꾸역꾸역 살아가는, 고집스런 작은 짐승처럼 살고 있는 나 자신일 터였다.

나는 거기 우두커니 앉아 있곤 했다. 때로는 몇 시간씩이나, 그 버려진 아궁이 앞에서, 삶의 면전에서.

이제껏 내가 삶도 나 자신도 포착할 수 없었던 것은 삶의 유동성 때문이었다. 그것이 내 괴로움과 역겨움의 근원이었다. 그런데 이제 거기서는 아무것도 움직이지 않았고, 내 손에 붙들고 있는 것은 무기력한 질료일 뿐이었다.

일상적인 거처로 돌아온 뒤로, 더 이상 내 안에서는 나를 찾을 수 없었다. 나 자신을 되찾기 위해서는 (아마도) 나에게 하나의 부재를 만들어주고 다른 상상적인 몸을 향해 이주해야만 했다. 그러한 망명이 나를 슬프게 하지는 않았다. 나는 아무것도 남기지 않았으며 아무것도 가지고 가지 않았다. 나는 내 조국을 이미 잊은 터였다.

등불에 대해서는 감히 생각할 수가 없었다. 때로 며칠씩이나 등불을 보지 않고 지냈다. 그러나 그것은 거기 있었다. 황야 한가운데서 그것은 매일 저녁 켜졌다. 설령 황야가 우리를 가차 없는 숙명들로 눈에 보이게 포위한다 하더라도, 등불 또한 자신의 법칙을 표명하고 있었다. 등불은 충실했다. 이 황량한 공간의 엄격함 한가운데서, 그것은 순전히 인간적인 충실함이었다. 등불에게도 찬연히 빛나는 밤과 슬픈 밤이 있었던 것이다. 불빛은 그날그날 달라졌다. 때로는 부르는 듯했고, 때로는 듣고 있는 듯했다. 때로는 심지를 환히 돋우었고, 때로는 심지를 낮추었다. 어둠 속에서 작은 불꽃 하나의 이런 변화가 나에게는 너무나 확연해져서, 한두 번은 그 신호를 파악하고 그 전언을 짐작할 수도 있었다. 그럴 때면 문득 그 전언과 어디선가, 아마도 늪터에서, 밤의 밑바닥에서, 그것을 기다리고 있을 미지의 존재 사이에 내 가련한 영혼을 개입시켰다는 생각이 들어 마음이 혼란스럽고 괴로웠다. 그런 순간들이면 나는 살고 있었다. 그것은 더 이상 늪터에서 겪은 도취, 내 몸을 부서뜨리고 영혼을 드러눕게 만들었던 해로운 도취는 아니었다. 나는 전언이 지나가는 것을 느낄 뿐, 그 이상은 포착할 수 없었다. 하지만, 그 의미는 내게서 벗어나는 것이라 해도, 그 어조나 온기는 그렇지 않았다. 등불 뒤에는 영혼이, 내가 되고 싶었던 저 영혼이 있었다.

하지만 늪터를 발견한 후로는 나 자신에 대해 다시금 얼마간 흥미를 되찾게 되었다. 나는 늪터가 내 육체적 공허를 메꾸어 주었음을 알고 있었다. 나는 거기에서 기진맥진하여 돌아왔다. 그러나 내가 내 존재에 닿았던 그 기이한 황홀경의 강박관념은 이제 밤낮으로 나를 사로잡고 있었다. 그것이 내 안에 있어 끊임없이 내게 위험한 유혹을 제공하는 것만 같은 느낌이 어렴풋이 들었다. 결국 영은 내적 쾌락의 지옥에로의 하강이라는 이 힘겨운 시련을 마주하고는 무사할 수 없을 것이었다. 나는 거기에 끌려가서는 안 된다고 생각했다. 나에게는 사내답게 꿋꿋한 운명이 있었고, 그것은 홀로 내 허무를 지닌 채, 성가브리엘 고원 위에서, 산다는 것이었다. 하나의 신호가, 저 등불이, 내게 말해주었었다. 이 황량한 고장에 사는 자들에게 어떤 의무가 자연히 부과되는가를. 그것은 기다림이었다.

그는 기다리고 있었다.

그러나 나는, 오 슬프게도! 이전 어느 때보다도 강렬히 살고, 나 자신을 즐기고, 나를 추구하고, 나에게 도달하고, 힘껏 나를 껴안고, 굳게 부둥켜안은 채 멎어버리고 싶었다. 다만 한순간만이라도, 나를 보기 위해, 그리고 아마도 나를 증오하기 위해, 그러나 또한 아마도, 나를 사랑하기 위해.

그래서 나는 늪터로 돌아갔다.

나는 정신적인 흥분의(그리고 거의 육체적인 공포의) 상태에서 그리로 돌아갔고, 더없이 놀라운 만남들을 기대하고 있었다. 그러나 나는 고요한 물밖에 만나지 못했다.

그날은 가벼운 미풍이 불었었다. 호수들은 맑았다. 내가 전율하며 찾으러 왔던, 저 혼미케 하는 증기에 싸인 느낌은 다시 들지 않았다. 자연스러운 무구함이 호수 전역에 감돌고 있었다. 거기에는 이제 또 다른 매혹이 있었고, 전혀 무해해 보였다. 병적인 것이라고는 없었다. 마음이 진정되었다.

그래서 나는 마지못해 그곳을 떠났고, 매일 오후 별다른 불안 없이 그리로 돌아가는 버릇이 생겼다. 거기에서, 무수한 친숙한 존재들 한복판에서, 은신처를 발견했다. 이 봉쇄된 영역에서는 모든 것이 나에게 쉬워졌다. 그래서 겨울이 다가오는 것을 생각하면 불안해지곤 했다. 혹독한 겨울이 되면 더 이상 이 은신처에 올 수 없을 것이었다. 여름의 온기가 아직 남아 있는 이 별세상이 계절에 따라 차츰 눈[雪]의 영역으로 기울어지면서, 내 불안은 커져갔다. 극히 적은 전언에도 민감한 새들의 무리는 이미 바람의 끝자락에서 먼 우기의 냄새를 맡은 듯했다.

그러던 중 나는 또다시 저 혼란에, 처음에 나를 사로잡아 기진맥진하게 만들었던 저 황홀경에 무방비하게 내던져지고 말았다.

나는 거기에서 덜 지치고 더 황홀한 상태로 돌아왔으며, 그 뒤로는 거기 탐닉하여 씁쓸한 환락을 맛보곤 했다. 그러한 환락은 성령에 대한 죄악을 미화시키는 동시에 한층 더 무서운 것으로 만드는 것이었다.

나는 매일 섬으로 가서 오랜 시간을 보내곤 했다. 거기 불 내음이 나는 풀섶에 누울 자리를 만들어놓고, 길게 드러누워, 그곳 자연의 권능들에 나를 내맡긴 채, 하지만 은근한 염려를 가지고서, 나에게 물과 대지를 넘겨주는 저 자아의 용해와 망각을 기다리곤 했다. 그 혼란스런 선물 가운데서 때로는 함정의 냄새가 나는 듯도 싶었다. 저 완벽한 사로잡힘의 한가운데서, 마치 입김처럼, 정의할 수 없는 예감이 형성되고 있었다. 나에게는 더 많은 것이 약속되는 성싶었다. 그것은 저 아래로부터의 애매하고 은밀한 제의(提議)였다. 그것은 매일 되돌아오곤 했다. 오직 그 존재만으로 내게 호소하면서, 그것은 내 영혼의 잔재에 조금씩 접근하고 있었다. 그리고 거기에 때로 회상과도 같은 것들이 지나갔다.

이 지나감은 나를 혼란케 하고, 나를 내 취기의 밑바닥으로부터 구해내어 저 기이한 쾌락과 감각되는 사물들 사이의 중간 높이에서 떠돌게끔 했다. 나를 둘러싸고 있는 것들, 물과 나무들이 평소와는 달리 기묘하게 의식

되었다. 여전히 느껴지는 감각들과 반쯤 깨어난 회상들이 뒤섞인 의식 상태였다. 나는 나 자신과 세계 사이에 매달려 있었으며, 누군가가 나를 보고 있다는 참을 수 없는 느낌을 받았다. 나는 더 이상 혼자가 아니었다. 나무들에 숨어서, 누군가, 내가 모르는 자가, 내 육체를 엿보고 있었다. 갈대 울타리와 다가갈 수 없는 덤불 뒤에 들새들의 무리만이 살고 있다고 믿었던 늪터는 주의 깊고 음험한 주인을 숨기고 있었다.

내가 자연스러운 삶의 빛으로 떠오를 때면 그런 생각은 사라져갔다. 그러나 늪터 길로 들어설 때마다 기억의 문턱에서 혼란스런 불안이 되돌아오곤 했다. 그렇다고 해서 늪터에 대한 집착이 줄어든 것은 아니었다. 오히려 그 반대였다. 불안이 커지는 만큼, 나를 그리로 이끄는 매혹 또한 커졌다. 그 매혹은 거의 한시도 나를 떠나지 않았다. 늪터에 대한 집착이 하도 심해져서, 나는 거기서 벗어나기 위해, 라 코망드리를 피하곤 했다. 먹고 자는 일 이외에는 거의 거기 머물지 않았다.

나는 거기서 더 이상 멜라니 뒤테루아를 만나지 못했다. 멀리서 그녀가 길을 따라오는 것이 보이면 문을 다 열어놓고 살림에 필요한 돈을 식탁에 놓아둔 뒤 근처의 수풀로 피했다. 나는 그녀가 떠나는 것을 엿보았다.

그러나 그녀는 내가 없는 것에 별로 신경 쓰지 않았다. 그녀는 언제나처럼 정각 아홉 시에 도착하여 정오에 떠났다. 집안일이 꾸려졌고, 식품은 제자리에 정리되었으며, 식사가 만들어졌고, 반듯한 식탁이 차려졌다. 나는 때로 그 여자가 내 부재에 대해 어떻게 생각할지 자문해보았다. 그녀는 내가 집에서 멀지 않은 곳을 거닐고 있음을 알고 있었다. 내가 방금 나갔으며 곧 돌아오리라는 것을 말해주는 단서들은 얼마든지 있었다. 그러나 그녀는 결코 나를 기다리지 않았다. 내게 쪽지를 남겨놓는 법도 없었고, 자기 일을 소홀히 하는 법도 없었다. 집사의 신조라고나 할 나무랄 데 없는 양심을 가지고서, 그녀는 그림자를 위해 씻고 요리하고 청소했다. 이 신기한 행동은 마침내 내 호기심을 끌었고, 그래서 나는 멜라니의 행동을 감시했다. 아침나절에는 나는 거의 늪터에 가지 않았다. 그 무렵 늪터는 고요와 순수일 뿐이었다. 그래서 나는 심심하여 라 코망드리 부근을 배회하곤 했다.

어느 날 아침 나는 멀리서 멜라니 뒤테루아가 집을 향해 오는 것을 보았다. 개를 데리고 있지 않아 놀랐다. 그녀는 커다란 외투를 입고 있었다. 전에 보지 못한 옷이었다. 아마도 비가 올 듯하여 입은 듯했다. 그녀는 빠른 걸음으로 걷고 있었다. 그 거침없는 걸음걸이가 나를 놀라게 했다. 그녀는 신경질적이고 불규칙한 걸음으로 걸으며 외투로 몸을 꼭 감싸고 있었다. 나는 그녀를 부를까도 생각했으나, 워낙 멀리 있어서 소용없는 일일 것 같았다. 나는 그녀가 집 안으로 들어가 문을 닫는 것을 보았다. 갑자기 그녀와 이야기하고 싶은 생각이 들었다. 그래서 나도 라 코망드리로 가는 길로 접어들었다.

본능적으로, 집에 다가갈수록 나는 걸음을 늦추었다. 나는 나도 모르게 조심히 다가가고 있었다.

아래층 방에는 아무도 없었으나, 꽃병이 벽난로를 장식하고 있었다. 2층으로 올라갔다. 즈크화(靴)를 신고 있었으므로, 발소리가 나지 않았다. 내 침실의 문이 활짝 열려 있었다. 여전히 아무도 없었다. 계단과 복도에서는 익숙지 않은 냄새가 났다. 밀랍 냄새였다. 나는 멜라니 뒤테루아를 찾기 시작했다. 라 코망드리는 넓었고, 게다가 나는 그 집을 잘 알지 못했다. 내 침실과 거실 외에는 다른 모든 방들을 닫아두고 있었다.

복도 맨 안쪽에는 탑으로 나가는 나지막한 문이 있었다. 그리로는 들어가본 적이 없었다. 열쇠가 없었기 때문이다. 집을 빌리면서 엄청나게 큰 녹슨 열쇠 꾸러미를 받았는데, 몇몇 열쇠는 없어졌고 탑의 열쇠도 그중 하나라고 했었다. 그래서 내가 라 코망드리에서 살게 된 이래, 그 문은 항상 잠긴 채였었다.

복도에 이르러 보니, 그 문이 방싯이 열려 있었다. 문을 밀어보았다. 거기에는 아래로 내려가는 작은 나선계단이 숨어 있었다. 벽을 짚어가며 조심스레 계단을 내려가기 시작했다. 그 끝에는 천장이 둥근 방이 있었고, 다른 출구라고는 없었다. 채광창조차 없었다. 밀랍 냄새는 분명 거기에서 나오는 것이었다. 거기서 방금 촛불을 켰다가 끈 것이 분명했다. 그러나 그 골방은 하도 어두워서, 나는 내 방에서 등잔을 찾아오려고 되돌아 나왔다.

내 침대 발치에 멜라니 뒤테루아가 있었다.

그녀는 내게 등을 돌리고 있었다. 나는 멈춰 섰다. 분명 그녀는 내가 오는 소리를 듣지 못한 듯, 뒤돌아보지 않았다. 여전히 그 큼직한 외투를 입은 채였다. 세운 깃이 목덜미를 가리고 있었다. 침대 틀에 기대어 선 채, 그녀는 벽을 바라보고 있었다. 거기에는 작은 십자가가 걸려 있었다. 그녀는 꼼짝하지 않았다. 외투의 주름이 몸을 가리고 있었다. 하지만 키도 몸집도 왠지 덜 커 보였다. 어디서 오는 길일까? 침대는 여전히 흐트러진 채였다. 창문으로는 지붕까지 기어오른 무성한 담쟁이 잎들을 지나 걸러진 희미한 햇살밖에 들어오지 않았다. 그녀는 여전히 벽을 응시하고 있었다. 내가 착란을 일으킨 것일까? 그러나 나는 보고 있었다. 숨 쉴 때마다 그 어깨가 가볍게 들썩이는 것을. 그녀는 살아 있었다.

나는 문득 깨달았다. 그녀가 움직이지 않는 것은 내가 그녀 뒤에 있기 때문이었다. 그녀는 내가 거기 있음을 알고, 두려웠던 것이다. 분명 내가 그녀를 놀라게 한 모양이었다……. 그러나 무엇 때문에 그처럼 두려워하는 것일까? 그리고 그녀는 무엇을 하고 있었던 것일까? 하지만, 나는 아무 말도 하지 않았다. 나는 꼼짝도 하지 않았다. 그녀의 어깨는 내 손 닿는 곳에 있었고, 외투에서 양모 냄새가 났다. 그녀는 머리에 목도리를 두르고 있어서 머리

칼이며, 귀, 뺨이 가려져 있었다. 회색 목도리였다. 왜 그랬을까? 보통, 그녀는 맨머리로 오곤 했다. 침대 틀이 삐걱거렸고, 그녀의 어깨가 불안하게 들썩였다. 그녀는 못 박힌 듯 서 있었다. 내가 거기 있는 것을 짐작했다면, 그녀는 왜 내게 계속 등을 돌리고 있는 것일까? 나는 그 등을 알고 있었다. 남자의 몸집처럼 각이 지고 근육이 불거진 등이었다. 그 외투를 입으니 다소 가냘프게 보이는 것도 사실이었다. 두려움 때문에 움츠러든 것일까?

침침한 방 안에 눈이 익으면서 더 잘 볼 수 있게 되었다. 꼼짝 않고 선 채, 그 이상한 여자는 온몸으로 떨고 있었다. 멜라니 뒤테루아가 그 정도로 예민하다고는 생각해본 적이 없었다. 격한 감정 때문이라면 그녀는 다른 방식으로 몸을 떨 것이었다. 나는 그녀를 뚫어져라 바라보았다. 정말 그녀인가? 무슨 터무니없는 일인가? 나는 또 헛소리를 할 참이었다. 달아나야 했다. 그러나 문에서 몸을 떨쳐낼 수가 없었다. 나는 오른쪽 문틀에 기대어 있었다. 꿈꾸는 것이 아니었다. 한마디만, 단 하나의 이름만 말하면 되었다. 그러나 그 이름을 입 밖에 내기가 두려웠다. 나는 모든 것을, 거기 있는 것이 누구인가를 제외하고는 모든 것을 알고 있었다. 하지만 마음을 가라앉혔다. 내 정신이 이상해진 것이다. 고독 때문에, 늪터 때문에 지나치게 흥분한 나머지 평정을 잃은 것일 터였다.

그러는 동안 왼쪽 관자놀이에 피가 뛰는 것이 느껴졌다. 그 소리 없는 맥박에 머리가 울렸다. 바람을 좀 쐬

어야 했다. 나는 집에서 나왔다. 올 때처럼, 소리 없이.

서늘한 바람이 과연 도움이 되었다. 나는 한동안 잃고 있던 이성과 침착성을 되찾았다. 사고력과 의지력이 되돌아왔다. 그날 나는 늪터에 가지 않았다. 저녁까지 황야를 쏘다녔다.

등불은 보통보다 약간 늦게, 일곱 시경에 켜졌다. 라코망드리로 돌아오면서 나는 멀리서 멧돼지 한 떼가 고원을 비스듬히 가로질러 가는 것을 보았다. 모두 여섯 마리였다. 놈들은 늪터 쪽으로 사라져갔다.

집은 정리되어 있었다. 식탁도 차려져 있었다. 그러나 사암 단지를 가져가는 것을 잊어버린 채였다. 나는 그것을 들어다 식탁에 올려놓았다. 꽃들이 담겨 있었다. 수상화(穗狀花)였다. 꼭대기에 발그레한 하얀 봉오리가 벌어지고 있었다. 향기가 없었다. 나는 곧 늪터에서밖에 자라지 않는 조름나물을 알아보았다.

나는 빗장을 지르러 갔다.

평생토록 나는 주위 사물들에 대해서나 내 행동들에 대해 그처럼 분명한 의식을 가져본 적이 없다. 내 안에서 그리고 내 앞에서, 그날 저녁에는 모든 것이 뚜렷한 윤곽으로 그려졌다. 현실이라는 것이 거의 만져지는 듯한 느낌이었다. 어쩌면 그것은 너무나 선명하여 다소 날카롭게 느껴지기도 했다. 아무것도 분간할 수 없던 대신 내 안에는 한층 예민한 시각과 청각과 촉각이 자리 잡았고, 그것이 나를 불안하게 했다. 나는 식사를 마치고 방 안의 모든 가구를 하나하나 검토했다. 그것들이 내가 보는 바로 그곳에 있다는 것이 의외로웠다. 그러한 일치가 왠지 의심스럽게 보였다. 나는 내 손 닿는 곳에, 식탁에, 단지와 접시와 굽 달린 잔이 있음을 확인했다. 그리고 빵 바구니에 칼이 여느 때처럼 하나가 아니라 둘이 들어 있다는 것도 눈여겨보았다. 그러한 관찰의 예리함은 나를 지치게 하지 않았다. 나는 지극히 객관적이었고, 명료했다. 하지만 내 안에, 이 고요한 심장 아주 가까이에서, 내 심장(또 다른 심장)은 혼란되어 있었다.

왜냐하면, 처음으로, 나는 집의 존재를 느끼고 있었기 때문이다. 홀로 식탁 앞에 앉아 있노라니, 자신이 나무와 돌로 된 이 거대한 집채, 불빛 드문 집채의 한가운데 놓인 것이 느껴졌다. 그 안에는 수많은 영역들이, 내가 한 번도 가보지 않은 깊은 은신처들이, 그늘에 묻혀 있었다. 하지만 그것이 내 안식처였다. 나는 내 잠을, 내 삶까지도, 나른한 무관심 속에 거기 내맡기고 있었다. 그리고 그때까지는, 두터운 벽과 지붕이 나를 지켜주었었다. 이제 내가 빗장을 지른 것은 불신의 표시였다.

엉뚱한 행동이었다. 나는 바깥의 어둠이 아니라 라코망드리의 은밀한 장소들을 경계했던 것이니 말이다. 내 의혹은 저 탑과 밀랍 냄새가 떠돌던 골방에 대한 것이었다. 내 침실 또한 나를 불안하게 했다. 침대 발치에 못 박힌 듯 서 있던 멜라니 뒤테루아를 발견한 이래로는, 2층에 올라가 그 항상 좀 어둑한 방에 들어가는 것이 왠지 내키지 않았다. 딱히 두렵지는 않았지만, 그 생각을 하면 거북해지기 때문이었다. 근원이 명확치 않은 둔한 아픔으로부터 오는 막연한 불편함이었다. 그러나 그 불편함은 어쩌면 더 멀리서 오는 것인지도 몰랐다. 집 안에는, 대여섯 시간 전부터, 정의할 수 없는 무엇인가가 있었다. 나는 헛되이 어떤 모습을, 그에게 부여할 이름을 찾고 있었다. 어떤 행동, 미처 끝나지 않은 행동이 어딘가에 남아 여전히 살아 있는 듯한 인상이 들었다. 나는 세계가 우리에게 전해주는 의례적인 신호들에 의해서가 아니라 내 안에서 생소한 감수성의 그물을 통해 암암리에 예감을 건드리는 은밀하고도 현실적인 기척들에 의해 그것을 의식한 것이었다.

나는 더 이상 혼자가 아니었다. 나는 침착성과 판단력을 잃지 않았다. 어떤 두려움도 나를 동요시키지 않았다. 아마도 나로 인해 중지되었을 그 어떤 행동은 바로 그 때문에 상처 입었고, 나를 해칠 힘이 없는 채였다.

나는 느지막이 자러 갔다.

침실에서 잠시 문을 잠글까 하고 망설였다. 만일 처음으로 그 빗장을 지른다면 집으로부터 추방될 것만 같았다. 집은 내 신뢰를 배반한 적이 없었다. 모든 집과 거기 사는 사람 사이에는 말 없는 협약이 있는 것이다. 라 코망드리는 낡았고 아마도 예민할 것이었다. 어쨌든 그 집은 나를 환대해 주었었다. 집마저 잃어서는 안 되었다. 집으로부터 어떤 적의가 느껴지기만 해도 더 이상 거기서 살 수 없을 것이었다. 나는 집이 필요했다. 내 혼란 가운데서 집은 요지부동의 방어벽이 되어주었다. 그것은 땅을 통해 늪터와 성가브리엘 고원을 지배하는, 저 이상한 수도원 같은 라 주네스트와 이어지고 있었다.

나는 문을 활짝 열고, 등불을 불어 끄고 기다렸다.

이번에는 나 자신을 위해 기다리는 것이었다. 나는 곧 그 점을 이해했다. 내 기다림의 알지 못할 모습, 내 기다림에 대답할 모습, 나는 그것을 내 밖에 두고 있었다. 문은 내 침대 맞은편에 있었다. 나는 그것을 보고 있지 않았으나, 어둠 속에서도 그것을 느낄 수 있었다. 그것은 열려 있는 문, 비어 있는 공간, 그 어떤 영혼을 맞아들이기에 더없이 적절한 형태였다. 문은 그렇듯 물질의 부재로써 느껴졌다. 거기에는 아무것도 없었다. 그리고 바로 거기서 나는 기다리고 있었다. 만일 무엇인가가, 어떤 향기나 모습이 나타난다면 문을 통해서일 터였다. 나는 눈을 감고 귀를 기울였다.

그러나 집은 꿈쩍도 하지 않았다. 골조는 단 한 번도 삐걱대지 않았고, 가구들도 침묵했다. 들보를 갉아먹는 벌레조차 없었다. 완전한 정지 상태였다.

그런 부동성은 내게 뻔뻔하고 위협적으로 보였다. 그토록 신중하다는 데는 아마도 무엇인가 속내가 감춰져 있을 것이었다. 어둠 한복판에서 생생히 느껴지는 오래된 집의 그 단단하고 은밀한 침묵이 문득 나를 내 면전에 가져다놓았다. 나는 더 이상 내게서 빠져나갈 수 없었다. 나는 붙잡혔다. 집은 나를 그저 지켜보는 것이 아니라 붙들어두고 있었다. 내 환상의 마신들은 기진하여 쓰러졌다. 나는, 내 앞 어둠 속에서, 내 절망들 그 자체를 보았다. 나는 더 이상 그것들로 인해 괴로워하지 않았다. 나는 그것들을 생각했다. 그것들은 저울 양쪽에서 천천히 흔들렸고, 나는 그것들이 오르내리는 것을 증오심 없이 지켜보았다. 순수한 절망들이었다. 나는 내 마음에서 떨어져 나와, 그것들을 냉정히 바라보았다.

검은 문틀 안으로 기다리던 모습이 조용히 미끄러져 들어왔다. 그러나 그것은 유령, 내가 기다리던, 아마도 무기력한 희망을 가지고 기다리던 신비한 틈입자가 아니었다. 그것은 한 영혼이었다.

나는 두려웠다. 나는 그것을 가까스로 알아보았다. 아무것도 밖으로부터 침실로 뚫고 들어올 수 없었다. 집 자체는 견고하고 확실했으니까. 집은 나를 지켜주고 있었다. 이 존재는 확실치 않았던 나로부터 감쪽같이 빠져나온 것이었다. 그 형태는 분간할 수 없었으나, 나는 그것이 거기 있고 살아 있다는 것을 알고 있었다. 밖은 쥐 죽은 듯한 밤이었다. 아무 소리도 숨결도 없었다. 개 짖는 소리, 잉잉대는 벌레 소리 하나 없었다. 고독뿐이었다. 성가브리엘 고원 전체 위에 하늘이 고요히 미끄러져간 것이었다. 저 멀리, 등불이 있었다. 여기는 아무것도 없고 이 집뿐이었다. 집은 나를 외롭고 쓸쓸히 가두고 있었다. 그것이 집의 소임이었다. 집은 사랑은 없다 해도 조약에 충실했다. 나도 만일 조약을 존중한다면 그 힘을 누릴 수 있을 것이었다. 그러기 위해 나는 그들 모두가 그렇듯이 인간이기만 하면 족했다. 나는 그들이 어떠한가를 안다. 밤이 내리면, 그들은 문을 닫으러 간다. 그들은 결코 잠들기 전에 못 마친 일을 남겨두지 않는다. 그러나 나는, 어둠 속에 깨어, 내 영혼이 문틀에 내걸린 것을 바라보며, 내 안에서 무엇을 마칠 수 있겠는가? 나는 내 무력함을 너무나 잘 알고 있었다…….

아마도 잠드는 편이, 언제나처럼 이미 와 있는 졸음에 동의하고 물러나는 편이 나았을 것이다. 나는 지쳤고, 흥미를 잃은 상태였다. 내가 그날 저녁 사건들에 기울였던 흔치 않은 주의력은 용해되었고, 이미 나는 내 정신의 별자리들이 빛을 잃어가는 것을 보고 있었다. 내 사념은 이미지들로 풀어져갔다. 내가 분명 길을 잃고 말 이 내적인 집의 문턱에서, 깨어 있는 세계를 떠나기 전에, 나는 침묵을 지켰다. 들판에서는 아직 아무것도 움직이지 않았다.

나는 발을 허공에 내디뎠다.

나는 나 자신의 가장자리로부터 떨어졌다. 나는 땅의 감각을 잃었으나, 저 거대한 침묵의 감각은 잃지 않았다. 아무도 내게 말하지 않았다. 나는 멀리 있었다. 잠의 한복판에서 순수한 상태로, 나를 깨울 꿈 하나 없이, 전언 하나 없이. 하지만 사방에서 땅의 침묵이 내 안에 이르렀고, 나를 가로질러 갔다.

나는 더 이상 세상의 아무 소리도 듣고 있지 않았으나, 저 알 수 없는 흐름을 느끼고 있었다. 그 침묵은 들리는 소리들의 부재가 아니라 고요히 흐르는 질료, 아마도 나 모르게 내 잠을 스쳐가며 바스락대는 천상의 에테르와도 같은 질료였기 때문이다. 의식이 붕괴되자 거리감들이 떨어져 나갔다. 잠에게 항복하기 전에 은밀히 건네는 모든 비밀한 표지들이 의식의 기억에서 지워져갔다. 잠의 주문은 풀 수 없는 것처럼 보였고, 나는 무심히 지나쳐 가는 고장들에서처럼 그 안에서 미끄러졌다.

나는 다른 곳으로 가고 있었다. 잠이 준비하는 모험들, 그 꿈들은 더 이상 내게 닿지 않았다. 기묘한 흥미에 이끌려, 나는 회상의 흐린 빛이 잠든 의식 속에 아직 깨어 있는 몇몇 영역들을 기이하게 부각시키는 저 몽롱한 상태보다 더 멀리 나아갔다. 아마도 나는 내 깊은 삶을 그 거대한 평화 쪽으로 향하면서 실은 자고 있었을 것이다. 내가 보유하고 있던 단일성, 내 환원 불가능한 관점이란 이제 저 행성들 간의 고요에 불과했다. 나는 마침내 잠의 너머로, 지속적인 평온 가운데로 나아갔으며, 조바심 내지 않고 새벽이 돌아오기를 기다렸다.

나는 새벽이 오는 것을 보지 못했다. 그것은 이미 와 있었다. 내 안에서 부드럽게 피어나 있었다. 내 안의 동녘이 희미한 빛을 예고하고 있었으니, 빛은 내 안에서 나오는 것이었다. 동이 터오고 내 최초의 기억들이 물들어가면서,

나는 내가 조용히 내 인간적인 형태의 옆에, 어딘가, 이미 아침의 꿈들이 도달한 곳에 놓이는 것을 느꼈다. 분명 땅의 최초의 부름들이 나도 모르는 사이에 나를 건드리고 있었다. 그것들은 형체를 갖추었고, 그 유동적인 형태들은 미래를, 깨어남을 예고하고 있었다. 잠의 환영들은 내 기억의 문턱에서 스러지면서, 꿈의 비일관성과 몽상의 첫 매혹들 사이에 정돈되고 있었다. 거기에는 아직도 세계의 전언들이 의미를 드러내고 있었고, 그리하여 최면 상태의 현실들이 따로 구축되고 있었다. 하지만 나는 그런 현실들이 나를 속인다는 것을 제대로 알고 있었다. 나는 삶이 나에게 그 최초의 신호들을 보내고 있음을 이해했고, 간혹 큰 감동으로 가슴이 부풀기도 했다. 조금씩 나는 판단력을 되찾았고 용해되기 시작한 이 착란들을 스스로 반추해보면서, 내가 한때 추방했던 해묵은 욕망들이 다시 살아나려 하는 것을 짐작할 수 있었다. 그리하여 더해가는 빛 속에서, 마치 극적인 단일성과도 같은 것이 형성되는 가운데, 이미 잠의 얼굴은 내게 작별의 손짓을 하고 있었다. 나는 마치 바다 깊은 데서 올라오는 무해한 괴물과도 같이 조용히 떠오르려 하고 있었다. 나는 아직 눈을 뜨지 않았다. 뜰 수가 없었다. 그러나 나는, 그 인간적인 온기에서, 내가 방금 그 안으로 내려갔다 온 내 육체의 좁다란 형태를 느끼고 있었다. 나는 천장이 낮고 아직 어두운 방 한가운데서, 별들이 운행하는 방향으로, 누워 있었다. 그 방향은 알 수 없었으나, 차차 알게 될 것이었고, 적어도 그러기를 바랐다. 그 작은 의혹이 내 가슴을 죄었다. 나는 간신히 눈을 떴고, 문을 알아보았다. 날이 새고 있었다.

한동안 아무것도 움직이지 않았다. 대지의 침묵은 잠의 침묵보다도 한층 더 깊게 느껴졌다. 들판에는 새 한 마리 없었다. 온화한 날씨였다.

아래층에서 소리가 들려왔다. 큰 방에서 의자를 끄는 소리였다.

내 침실은 나뭇잎 사이로 걸러진 흐릿한 빛에 잠겨 있었다. 하지만 사물들을 분간할 만큼은 밝았다. 모든 것이 제자리에 있었다. 그런 충실성이 나를 안심시켰다.

아래층에서 다시금 의자 끄는 소리가 들려왔다. 나는 멜라니 뒤테루아를 생각했다. 그녀는 열쇠를 가지고 있었고, 부속 건물을 통해 집에 들어올 수도 있었다. 그러나 바로 전날인 금요일에 왔기 때문에, 나흘 후인 다음 화요일에나 다시 오리라고 생각했었다.

이제 바닥을 가볍게 비질하는 소리가 들렸다. 그러더니 접시들을 옮기는 소리가 났고, 조용해졌다. 나는 느긋이 기다렸다. 갑자기 짐승의 발소리와 세찬 숨결이 계단을 올라와 복도를 따라 서성이더니 문 앞에서 멈추었다. 개였다. 나는 몸을 일으켜 놈을 보았다.

놈은 나를 보고 조금 으르렁대었다. 나는 말을 걸었다. 놈은 주둥이를 치켜들고 놀랄 만큼 빠른 동작으로 킁킁대며 바닥의 냄새를 맡았다. 나는 개의 이름을 불러보았다. 놈은 나를 쳐다보고 짧은 신음 소리를 냈다. 나는 침대에서 뛰어 일어나 대충 세수를 하고 옷을 입었다.

놈은 문턱을 가로막고 주둥이는 복도 안쪽을 향한 채 엎드려서는 이따금씩 숨을 헐떡거렸다. 나는 "라기" 하고 가능한 한 부드럽게 불러보았다. 그러자 놈은 천천히 마지못한 듯 일어나 내 쪽으로 다가왔다. 개의 귀가 내 다리를 부비는 온기가 느껴졌다. 이 점잖고도 사나운 짐승의 그런 동작은 나를 놀라게 했다. 나는 놈을 쓰다듬었다. 놈은 머리를 들었고, 나는 처음으로 그 눈을 들여다보았다. 그것은 짐승의 힘찬 눈, 잿빛에 황금빛 줄이 가 있고 빛깔이 변하는 눈이었다. 그것은 내가 보는 데서 변했다. 그것은 흔히 보는 개들처럼 약해지는, 쉽게 눈물이 고이고 넋이 나가는 눈이 아니었다. 그 눈은 깊어 더는 보이지 않았다. 구멍 속에서 인광밖에 알아볼 수 없었다. 그러더니 그 빛마저 꺼졌다. 구멍밖에 없었다. 그러더니 그것은 사람을 쳐다보기 시작했다. 그것은 가축의 애정이나 증오가 어린 눈이 아니라, 진짜 짐승의 눈으로, 자신의 내부로부터 사람을 바라보는 것이었다. 그 눈들은 아무것도 드러내지 않았으나, 살아 있었다.

나는 다시금 부드럽게 "라기" 하고 불렀다. 놈은 움칠하더니 방에서 나가 계단을 내려갔다. 나는 놈을 따라갔다. 아래층에는 멜라니 뒤테루아가 식탁 앞에 서 있었다. 그녀는 뚱한 눈길로 조름나물 다발이 아직 꽂혀 있는 사암 단지를 바라보고 있었다.

나는 그녀에게 인사를 했다. 그녀는 제대로 대답도 하지 않더니 꽃다발을 집어 들어 단지째로 바구니에 넣었다.

"오늘 오다니 어쩐 일이오?" 내가 물었다.

그녀는 당황했으나 자신을 가다듬고는 대답했다.

"어제 일 때문에요."

나는 놀랐다.

"그래요, 제가 아팠지요. 그래서 벌충을 해야 한다고 생각했어요……."

"벌충을 하다니?"

그녀는 한층 더 당황했다.

"죄송합니다. 아침 내내 누워 있어야 했거든요. 그래서 오질 못했어요."

나는 놀라서 그녀를 바라보았다.

"하지만 어제도 오지 않았소? 일을 했단 말이오."

그녀는 몹시 놀란 눈으로 고개를 들었으나 아무 말도 하지 않았다.

"내 침실에서, 침대 발치에 있는 당신을 보았소."

그녀는 성호를 긋더니, 낮은 음성으로 말하기 시작했다.

"아니, 그럴 리가 없어요. 그저께 집시들이 마을을 지나갔거든요. 저는 그들에게서 포도를 샀고, 밤에 아프기 시작하여 어제 내내 아팠던 걸요."

그녀는 고개를 숙였다.

나는 생각했다.

'이 여자가 미친 걸까?'

그녀는 묵묵히 서 있었다. 나는 말했다.

"내 말에 아직 대답하지 않았소. 어제 여기 온 건 누구요?"

그녀는 고개를 흔들었다.

"꿈을 꾸신 게지요."

그러더니 몸을 굽혀 물이 가득 찬 커다란 항아리를 집어 들고는 계단 쪽으로 사라져갔다.

나는 식탁 앞에 앉았다. 차근히 생각해볼 필요가 있었다.

반쯤 열린 문으로 아직 밤이슬이 가시지 않은 들판이 내다보였다. 돌투성이 고원이 지면 높이로 떠오른 나직한 빛에 잠겨 있었다. 축축한 땅으로부터 히스가 생생한 빛깔로 향기를 뿜으며 솟아나 있었다. 좋은 날씨였다. 공기 중에는 젖은 개밀의 향기가 감돌고 있었다. 내 앞으로는 들판이 의지와 인내와 제 나름의 생명력을 띠고 펼쳐져 있었다. 날이 장중히 다가오고 있었다. 그 앞에는 성 가브리엘 고원이 놓여 있었다.

나는 꿈꾸고 있지 않았다. 그러나 전날은 분명 꿈을 꾸었던 모양이다……. 하지만 확실한가?

멜라니 뒤테루아에 대해 나는 무엇을 알고 있었던가?

처음 이곳에 왔을 때 마을에서는 라 코망드리로 올라와 내 시중을 들어줄 수 있는 유일한 여자로 그녀를 천거했었다. 그러면서 그녀에 대해 얼마간 이야기해 주었었다. 악의 없이, 시골에서 흔히 볼 수 있는, 알 것은 다 안다는 식의 너그러움으로 하는 이야기였다. 세상에는 어차피 별일이 다 있으므로 그리고 그런 세상이라도 참아줘야 하므로, 자기도 속으로는 비난할지언정, 감싸주지 않을 수 없다는 식으로 말이다. 멜라니 뒤테루아는 혼자서 개 한 마리를 데리고 살고 있는 40대 여자였다. 그 아버지 뒤테루아는 세상을 떠난 지 오래였다. 홀아비였던 그는 늘그막에 새장가를 들었는데, 그것이 잘못이었다고들 했다. 천한 집시 여자를 맞아들였던 것이다. 어디서 왔는지 알 수 없는 떠돌이 광주리장수들이 한 달쯤 마을 어귀에 머물렀었는데, 그는 거기서 본 여자와 정식으로 교회에서 식을 올렸던 것이다. 그러고는 마을 밖에 있던 자신의 조촐한 집에 가서 살았다. 멜라니는 그 집에서 태어났고, 아직 거기서 살고 있었다. 어느 날 저녁 갑자기 어머니가 사라졌을 때, 아이는 채 여섯 달도 못 되었었다. 뒤테루아가 아이를 키웠고, 그러다 죽었다. 멜라니는 결혼을 하려 한 적이 없었다. 키가 크고 힘이 세고 뼈대가 굵은 그녀는 아버지를 닮아 못생긴 편이었다. 그래도 재산이 있었으니 남편을 고르려면 고를 수도 있었겠지만, 아버지가 죽은 뒤 천애 고아가 된 그녀는 고집스럽게 외톨이로 살았다. 어느 날 아침 마을 사람들은 그녀가 개를 앞세우고 지나가는 것을 보았다. 그러고는 곧 간밤에 한 남자가 그녀를 찾아왔었다는 소문이 퍼졌다. 그 무렵 마을 근처에는 다시금(사실은 매년 그랬듯이) 광주리 엮는 이들의 적은 무리가 와 있었다. 남자는 거기서 왔다는 것이었다. 광주리 엮는 이들은 그다음 날 꼭두새벽에 떠났다. 사람들의 질문에 멜라니는 아무것도 숨기지 않았다. "내 의붓동생이에요," 그녀는 말했다. "어머니가 돌아가셨다는군요."

남자는 자기 무리와 함께 떠났으나, 개를 남겨두었다. 사람들은 그 개를 두려워했다. 하지만 개는 아무도 괴롭히지 않았고, 다른 짐승들과도 싸우지 않았다. 놈은 그저 힘과 야생의 분위기를 가지고 있을 따름이었다.

개 또한 외톨이로 살고 있었다.

사람에게서 두 발짝밖에 떨어지지 않은 곳에 앉아 있을 때조차도 놈은 혼자였다.

내가 개와 여자에 대해 생각하는 동안, 놈이 다시 와 있었다. 나는 놈이 분명 문턱을 지키는 듯이 가로막고 드러눕는 것을 보았다. 놈은 누런 털가죽과 큼직하고 조용한 턱을 가지고 있었다. 나는 일어나서 놈의 곁으로 다가가 앉았다. 놈은 움직이지 않았다. 그러나 내가 자기 몸을 넘어서 밖으로 나가서는 안 된다는 듯이 조금 으르렁댔다. 그것만 보아도, 놈이 결코 그런 자유를 허용하지 않으리라는 것을 이해할 수 있었다. 놈은 멜라니 뒤테루아의 말밖에 듣지 않았다. 놈은 그녀보다 앞장서서 걸었고, 때로는 놈이 그녀를 감시하는 듯한 인상마저 들곤 했다.

나는 내 자리로 돌아와 앉았다. 물어뜯길 것이 두려워서가 아니라 우애와 존중의 마음으로 그렇게 했다. 나는 그 짐승이 마음에 들었다. 놈은 내게 적의를 가지고 있지 않았고, 나도 그것을 느끼고 있었다. 놈은 내 침묵이 마음에 든 모양이었다.

내가 앉자, 라기는 천천히 고개를 돌려 내 쪽을 보았다. 잿빛 바탕에 황금빛 줄이 간 눈이었다. 그 눈에는 내가 물러난 것에 대한 경멸이나 위협은 서려 있지 않았다. 놈은 내게 무엇인가 알 수 없는 것을 설명하고 있었으며 나는 그것을 '여기 있어야 한다'는 뜻으로 이해했다. 나는 그대로 있었다. 모든 것이 제자리에 있었다.

이제 문과 두 개의 창문을 통해 빛이 방 안에 들어왔다. 들판에서보다 훨씬 부드러운 빛이었다. 빛은 가구들을 차례로 비추었다. 가구들은 다소 윤이 났다. 벽난로에서는 장작 몇 개가 타고 있었고, 매운 연기가 올라왔다. 그 고즈넉함을 느끼며, 나는 나른해졌다. 모든 사물이 제자리에서 그처럼 순수하고 부드럽고 충만하게 자신을 주장하고 있었으므로, 나는 거의 물리적인 만족감을 맛보았다. 내 과도한 명료함은 어느새 완화되었으니, 나와 사물들 사이에 아침 빛이 자리 잡은 덕분이었다. 나는 더 이상 사물들을 직접적으로, 메마르고 날카로운 형태들로 보지 않았다. 그것들은 생명 그 자체에 잠겨 있었다. 빛은 사물들의 윤곽보다는 의도를, 형체보다는 색채를 끌어내고 있었다. 그것은 내 지성이 아니라 전 존재에 말을 걸었다. 이 섬세한 유동성 가운데서 나는 더 이상 자신을 인식하고자, 자신을 포착하고자 하지 않았다. 참으로 오랜만에, 나는 어린 시절처럼 그냥 살고 있었다.

멜라니가 내 침실에서 내려왔을 때, 나는 여전히 식탁 앞에 앉아 있었다. 그녀는 놀란 듯했으나, 아무 말도 하지 않았다. 그녀는 바구니를 집어 들었고, 나는 그녀가 갈 준비를 하나 보다고 생각했다. 하지만 그녀는 거기 벽난로 앞에 그대로 서 있었다. 무슨 말을, 아마도 질문을, 아마도 내가 그녀에게 그렇게 금방 가지 말라고 말하기를, 기다리는 듯했다. 나는 그녀에게 말해야 한다고 생각했으나, 어차피 그녀가 바라던 말은 아니리라는 것을 미리부터 알고 있었다. 나는 어색한 동작을 해 보였다.

"그럼 화요일에……."

그녀는 고개를 들어 나를 바라보았다. 크고 무표정한 눈이었다.

"개를 데려가겠소?" 나는 그녀에게 물었다.

엉뚱한 질문이었다. 그녀는 체념한 듯 어깨를 움칫해 보였다. '물론 그래야겠지요' 하고 대답하는 것처럼.

방 한가운데 서서, 개는 기다리고 있었다.

그러자 그녀는 몇 마디 웅얼대고는 집 밖으로 나갔다. 나는 그녀가 안뜰을 가로질러 대문을 나서는 것을 보았다. 그녀는 사라졌다.

곧 나는 혼자가 되었다. 방 안의 아무것도 달라지지 않았다. 그러나 나는 혼자였다. 전에 다른 어디서 그랬던 것만큼이나 혼자였다. 사물들, 집, 그리고 나, 모든 것이 비인격적이 되었다. 마치 나로부터 무엇인가가 나를 버리고 떠나버린 것만 같았다. 내가 절대적으로 혼자라는 것밖에는, 아무런 생각도 느낌도 없었다. 이 모든 달아나는, 잡을 수 없는 세상(그것이 내 고통이었다)이 사라져버렸다. 결코 나는 내 안에서 그런 적막을 경험한 적이 없었다. 나는 나 자신을 감각하기 위해 움직여보았다. 내 투박한 신발이 포석을 스치는 소리도 들었다. 나는 한 발을 다시 의자 위에 가져다 놓고는 더 이상 움직이지 않았다. 소리는 아무것도 깨우지 않았다. 나는 혼자였다.

고독은 내 주위에 펼쳐진 것이 아니라, 나 자신이 고독이었다. 모든 것이 내게서 물러갔다. 그 자리에 버려져서 공허하게 우두커니 모든 것으로부터 떨어져 나온 채 나는 이 바꿀 수 없는 적막에 대한 의식으로밖에는 세상에 연결되어 있지 않았다.

아침나절은 그토록 부드러움과 고원의 돌들에서 나는 향기들과 평온한 빛을 여전히 실어다 주었으므로, 나는 내 비인간적인 적요가 고통스럽지 않았다.

만일 문 앞에 조용히 한 그림자가 나타나지 않았더라면, 나는 언제까지 그러한 무관심의 상태에 머물렀을지 모른다. 그것은 온기가 느껴지는 그림자, 마치 실재와도 같은 그림자였다.

나는 시계를 보았다. 세 시였다. 날씨가 변하여 공기는 상쾌함을 잃고 어느새 묵직해져 있었다.

내가 흘긋 보았던 그림자는 문틀에 머물러 있지 않았다. 그러나 누군가가 거기, 오른쪽 벽 뒤에 있었다. 늪터

쪽에서 한 마리 새가 크게 울었다.

주위를 둘러보았다. 나는 집 안에 아무도 없음을, 그리고 내가 있음을 알고 있었다. 그러자 내 인간적인 고립의 느낌이 되살아났다. 이 벽 뒤에서 보이지 않는 그러나 내 소리를 들을 수 있는 어떤 존재가 말없이 숨 쉬고 있었기 때문이다.

나는 그가 숨 쉬는 것을 느낄 수 있었다. 그는 달음박질을 하고 난 것처럼 숨을 헐떡이고 있었다. 나는 그의 모습도 형체도 상상할 수 없었다. 그림자는 그처럼 빨리 지나갔던 것이다. 한 가닥 숨결뿐이었다. 숨결이란 상상할 수 있는 것이 아니다. 하지만 꿈을 꾸는 것도 아니었다. 나는 모든 사물들을 쉽게 분간할 수 있었다. 나는 여전히 적막했지만, 감각은 뚜렷이 살아 있었다. 내 영혼은 더없이 가벼운 물질적인 접촉이라도 자취를 남길 만한 탄력을 되찾은 터였다. 가장 적은 압력도 거기에 흔적을 남겼고, 그 숨결을 어찌나 분명히 느꼈던지, 숨 쉬는 이가 누구인지 내 눈으로 보려는 욕망조차 생기지 않았다.

날씨가 변했다. 더웠고, 공기는 묵직해졌고, 신선함을 잃은 빛은 조금씩 흐려지고 있었다. 방의 모든 벽으로부터 돌과 습기의 냄새가 나오기 시작했다. 바깥에는 여전히 정적이 자리 잡고 있었다. 집 안에서는 때때로 작은 소리들이 들렸다. 지붕 위의 기와가 움직였고, 들보가 삐걱거렸다. 벽난로의 아궁이에서는 재와 오래된 주물(鑄物)의 냄새가 났다. 반쯤 열린 벽장에서는 서양 지치와 담자리꽃의 향기가 전해져왔다. 나는 감미롭게 그것을 들이마셨다. 나는 그 고요의 마지막 순간들을 맛보고 있음을 알고 있었다. 미지의 존재는 아직 거기 있었다. 그는 여전히 입구 오른쪽의 벽에 기대어 있었다. 더는 숨을 헐떡이지 않았다. 그는 나를 버려두고 떠나갈 참이었다. 나는 다시금, 하지만 이번에는 또 다른 고독으로, 혼자가 될 것이었다. 이 새로운 고독은 멜라니 뒤테루아의 출발 뒤에 갑작스레 닥쳐왔던 엄밀한 부동성도, 또는 어떤 얼굴도 엿보이지 않으며 내 영혼의 가장자리에서 가냘픈 건축물처럼 숨결 하나로 지탱하고 있는 위태로운 정적도 아니었다.

나는 식탁에 굴러다니던 칼을 손에 들고 심심풀이 삼아 날을 접어보았다. 다섯 시는 되었을 것이었다. 파리 몇 마리가 윙윙대며 집 안을 돌아다니고 있었다. 다가오는 폭풍우에 동요된 파리들이었다.

마당의 자갈이 밟히는 소리가 들렸다. 나는 자리에서 일어났지만, 문으로 가기를 잠시 망설였다. 누군가가 걷고 있었다. 발걸음은 부속 건물 쪽을 향하고 있었다. 마당과 채마밭 사이의 사립문이 삐걱 열리더니 다시 닫혔다. 나는 끝내 움직일 수 없었다. 이제 방은 어두웠다. 좀 답답했다. 문으로는 마당과 사립문과 길이 보였다. 나는 칼을 식탁에 던져놓고 문간으로 갔다.

엄청난 더위가 나를 멈춰 세웠다. 땅에서 열기가 올라오고 있었다. 벽들이 타는 듯했다. 부속 건물의 지붕 너머로 라 주네스트와 그 포플러들이 보였다. 그쪽 하늘은 이미 어두웠다. 나는 마당으로 나갔다.

버려진 옛 외양간들에서 여전히 가죽과 건초의 냄새가 흘러왔다. 나는 그 냄새에 가슴이 답답해져서 집 쪽으로 돌아왔다. 문은 어둠 속으로 열려 있었다. 아래층 방에 어둠이 들어차 있었다. 그리로 돌아가는 것이 내키지 않았다. 포도 넝쿨이 벽을 기어오르다 자리를 잡고 문설주를 휘감아 커다란 송이들이 매달려 있었고, 거기 작은 벌떼가 잉잉대고 있었다. 포도 넝쿨 아래로는 모래가 있었고, 모래에는 발자국이, 좁고 길고 촘촘한 발자국이 나 있었다. 새로 찍힌 발자국들이었다.

사방이 고요했다. 나는 집 안으로 들어갔다. 초조했고, 언짢은 것도 같았다. 어찌할 바를 몰라 서성이다가, 2층으로 올라가 침실의 덧문들을 열었다. 방에서 장뇌 냄새가 나는 듯해서였다. 나는 성냥을 집어 서랍장 위 등잔에 불을 붙여 들고는 탑의 계단을 내려갔다.

밀랍 탄 냄새가 아직 거기 남아 바닥에서부터 올라오고 있었다. 나는 몸을 굽혔다. 포석에 누군가가(아마도 오래전에) 분필로 육각형의 별을 그려놓았다. 별의 꼭짓점마다 양초에서 흘러내린 듯한 밀랍 덩어리가 남아 있었다. 벽들을 살펴보았다. 거기에는 서투르게 써놓은 한마디 말밖에 없었다:

아르메니이

이것을 어디서 보았던가? 늪터의 작은 제실(祭室)에서가 아니었던가? ……나는 무거운 가슴으로 탑을 나왔다.

이 너른 집채 안에는 내가 아직 열어보지 않은 방이 적어도 열 개는 있었다. 무엇이 들어 있을까? 나는 다락방의 뚜껑 문을 들어 올렸다.

다락방은 집의 한쪽 익면(翼面) 전체 위에 펼쳐져 있었다. 다락 안쪽에는 어딘가 알지 못할 곳으로 이어진 문이 하나 있었다.

다락은 비어 있었다. 들보 여기저기에 마른 옥수수들이 매달려 있었다. 골조 아래로 쉽게 돌아다닐 수 있었다. 기와는 타는 듯이 뜨거웠다. 한구석에 오래된 소총이 버려져 있었다. 그것은 포신을 아래로 하고 못에 걸려 있었다. 피스톤식 소총이었다. 나는 그것을 들고는 공이치기와 방아쇠를 움직여보았다. 아직 총알이 하나 남아 있었으므로 안전장치를 고정시켰고, 그러자 공이치기는 부드럽게 제자리에 놓였다. 소총 옆 바닥에는 탄창이 두어 개 들어 있는 사냥 망태가 놓여 있었다. 망태 안쪽에 달린 주머니에서 나는 작고 네모진 상자를 하나 발견했다.

상자 한쪽에 인쇄된 성화가 들어 있었다. 성합이 세워진 식탁 앞에 앉은 사도들이 보였다. 각 사도 위로는 불의 혀가 내려오고 천장에는 날개를 펼친 성령강림절의 비둘기가 있었다. 반대편에는 힘찬 필체로 이렇게 적혀 있었다.

너는 짐승들을 죽이지 말라. 성령을 기념하여.

1854년 6월 5일.

기와지붕 밑의 열기가 하도 심하여 아래층 방으로 다시 내려갔다. 기계적으로 집어 들었던 사냥 망태와 소총을 식탁에 내려놓고, 성화는 주머니에 넣은 채, 나는 밖으로 나갔다.

하늘은 구름이 잔뜩 낀 채 본채와 부속 건물의 지붕들 위로 무겁게 내려앉아 있었다. 이 무거운 천장 밑에서 공기도 꼼짝하지 않고 있었다. 죽은 나무와 썩은 나뭇잎들, 그리고 들척지근한 진흙의 냄새가 났다. 발밑의 땅은 타는 듯했다. 숨을 잘 쉴 수가 없었다.

나는 마당을 가로질러 가 과수원의 사립문을 열었다. 마치 용광로에 들어가는 것만 같았다. 과수원은 넓지 않았다. 거의 새것 그대로인 벽이 과수원과 들판을 갈라놓고 있었다. 나는 거기에 간 적이 별로 없었다. 잘 돌아다닐 수가 없었기 때문이다. 울안에는 초목이 울창하게 자라 있었다. 버려진 과수원에는 마르멜로나무와 복숭아나무가 두어 그루, 그리고 개살구나무 한 그루가 남아 있었다. 여기저기 밭고랑, 기와, 작은 회양목 산울타리 같은 것들의 흔적이 있었다. 담쟁이와 인동덩굴로 뒤덮인 안쪽 벽에는 아직도 검고 울퉁불퉁하고 튼실한 배나무에 시큼한 열매들이 달려 있었다. 가슴 높이까지 잡풀들이 자라 있었다. 낡은 오솔길들과 화단들 곳곳에, 여뀌, 장구채,

개쑥 같은 것들이 돋아나 있었다. 딱총나무와 가막살나무들이 길을 막고 있었다. 그 우거진 관목들 너머로 거대한 사시나무 두 그루와 단풍나무 한 그루가 서 있었다. 공기는 반짝이는 파리와 장수말벌과 꿀벌과 말벌들로 진동하고 있었으며, 시큼한 꿀과 미지근한 고무와 수액의 냄새가 났다. 입과 손에 들러붙는 끈끈한 공기였다. 뇌가 마비되는 느낌이었다.

폭풍우가 임박해 있었고, 내가 나무들 아래까지 뚫고 들어갔을 때, 공기는 터질 듯 긴장해 있었다. 잎사귀들은 더는 반짝이지 않았고, 묵묵한 진동이 진흙과 나무의 줄기와 껍질을 찢고 있었다. 흐릿한 빛이 낮게 깔렸다. 이상한 열기가 땅 밑에 웅크리고 있다가 퍼져 나가며 곤충들을 기둥처럼 일으키고 있었다. 나무 위에는 날갯짓 하나 없었다. 위쪽에 사는 것들은 모두 숨죽인 듯했다. 나뭇가지들이 꼼짝도 하지 않았다. 나는 혼자였다. 이쪽에는 위협적인 집이 저쪽에는 납빛 고원이 있을 뿐이었다. 고원에 드리워진 그림자가 아주 천천히 펼쳐지고 있었다. 이 타는 듯한 과수원으로 나는 피난처를 찾으러 왔건만, 이미 숨을 헐떡이고 있었다. 내 기다림에는 일말의 염려가, 막연한 불안이 실려 있었다. 그래도 나는 욕망했다. 은밀히 욕망했다. 무엇을? 알 수 없다. 어쩌면 폭풍우, 어쩌면 낯선 사람의 모습이었는지도 모른다. 나는 나직한 불길로 속이 타들어갔다.

서쪽에서 천둥이 쳤다. 나무들 아래로 한 그림자가

미끄러졌지만, 잎사귀를 흔드는 숨결 하나 없었다. 나는 잠시 기다렸다……. 꿈이 아니었다. 또다시 누군가가 마당을 걷고 있었다. 내 심장은 터질 듯이 뛰었다. 나는 한 그루 나무에 기대어 귀를 기울였다. 그러나 관자놀이에서 내 거친 피가 뛰는 것밖에는 들리지 않았다. 나는 두려웠다. 나는 내 두려움을 의심할 수 없었다. 다리가 후들거렸고, 전신이 흥분으로 마비되었다. 그러나 이 견딜 수 없는 괴로움의 극치에서 마치 억제된 쾌감과도 같은 것이 올라오고 있었다.

또 천둥이 쳤다. 이번에는 고원에서 좀 더 가까운 곳에서였다.

다섯 시는 되었을 것이었다. 숲은 금세 어두워지는 듯했다. 나는 과수원에서 나왔다. 마당은 비어 있었고, 집은 적대적이었다. 2층 덧문들은 여전히 닫혀 있었다. 온 집채가 폭풍우 아래 웅크린 듯한 인상이었다. 그 집이 그토록 크고 견고하고, 또 고독해 보이기는 처음이었다. 그 낮고 고집스런 정면은 이제 무엇인가 자기 비밀을 표출하고 있었다. 40년 동안이나 버려져 있던 터라, 그 집은 더 이상 사람들을 들일 수 없었다. 집은 사람들을 잊어버렸다. 분명 그것은 저 혼자 살아가기에 이르렀던 것이다. 지하의 곳간들과 아래층 큰 방과 계단과 침실들과 거대한 다락방을 지닌 채, 집은 침묵 속에서 그리고 그 깊음 가운데서 나름대로의 생각을 쌓아 올렸을 터였다. 석고의 느린 닳아짐, 돌들의 치명적인 와해, 계절들을 겪어내는 골조의 육중한 움직임, 이런 것들은 그 집 안에서 고독한 사념과 나란히 억제된 우울과 자신의 운명에 대한 경멸을 키웠을 터였다. 그러나 운명은 거기 도처에서 드러나고 있었다. 그것은 그 돌출부와 땅과 무거운 버팀벽들 사이에 새겨져 있었다. 애초에 방위부터가 어떤 숙명에 지배되었던 듯, 그 집은 라 주네스트를 바라보고 있었다…….

구름은 납빛이었다. 제비 한 마리가 쏜살같이 내 앞의 땅을 스치듯 날아갔다. '폭풍우가 오는군. 돌아가야겠어.' 나는 생각했다. 문턱을 지났다. 캄캄했다. 식탁 위를 더듬어 성냥을 찾았다. 손이 소총의 개머리판에 닿았다. 불을 찾을 수가 없었다. 나는 짜증이 났고, 어둠 속에서 언제라도 살아 있는 따뜻한 존재와 부딪힐까 봐 두려웠다. 등 기댈 벽은 어디 있었던가? 나는 더 움직이지 않는 채, 폭풍우를 기다렸다. 그러나 폭풍우는 그 힘을 시시각각 더해가면서 내 머리 위에 정지해 있는 성싶었고, 그 거대한 덩어리가 차츰 내려오고 있었다. 어떻게든 바람을 쏘여야 했다. 마당으로 나갔다. 마당은 여전히 뜨거웠다. 그래서 나는 울타리 문을 열고 길을 건너 고원 쪽으로 몇 발짝 나아갔다.

거기서는 폭풍우의 전모를 발견할 수 있었다.

그것은 서쪽에서 올라오고 있었다. 서쪽 하늘은 이미 폭풍의 어두운 벽으로 가로막혀 있었다. 그 앞에는 구름송이 몇 개가 꼼짝 않고 있었다. 북쪽과 남쪽에서 다가온 거대한 구름의 건물들이 동쪽에서 대지의 진영을 포위

하고 있었다. 그리고 폭풍의 영은 그것들을 느리게 하늘 꼭대기로 밀어붙이고 있었다. 거기서는 이미 헝클어진 작은 구름들이 떠다니고 있었다.

다시금 천둥이 묵직하게, 고원 아주 가까이서, 울렸다. 날이 기울고 있었다. 나는 늪터를 향해 떠났다.

나는 빨리 걸었다. 물기를 조금이라도 들이마시기 위해 서두르고 있었다. 이윽고 갈대밭에 이르러, 그것을 건너기 전에 나는 라 주네스트 쪽을 흘긋 돌아보았다. 그것은 500미터쯤 떨어진 곳에 납작하고 검은 모습을 분명히 드러내고 있었다. 불빛이라고는 없었다. 그 돌덩이 위쪽에는 거대한 구름이 드리워져 있었다. 나는 지나갔다. 마른 갈대들을 헤치고 지나갈 때면 그것들은 타닥거리며 내 얼굴과 손을 할퀴었다. 나는 쉽사리 둑길을 찾아냈다.

늪터의 물은 납빛으로 죽어 있었다.

나는 점점 더 빨리 걸었고, 숨이 찼다. 이미 오두막이 보이기 시작했다. 비명이 공기를 찢었다. 짐승의 비명이었다. 나는 멈춰 섰다. 그것은 내 앞, 오두막 바로 옆에서 터져 나온 것이었다. 뛰는 가슴으로, 나는 무성한 골풀 사이로 헤집고 들어가 소리 내지 않고 섬까지 갔다. 아직 앞이 보였다.

내 앞에는 늪터를 가로지르는 수로가 열려 있었다. 물 위에 배가 한 척 떠 있었다. 배는 움직이지 않았다. 배 한복판에 한 남자가 상앗대에 기대어 서 있었다. 그는 늙고 등이 굽어 보였다. 뱃전의 물은 번쩍거렸지만 그 반사

광도 배를 밝게 해주지는 못했다. 어느새 어둠이 내리기 시작했고, 여전히 요지부동인 검은 형체밖에는 분간할 수 없었다.

내 주위에는 나뭇가지 하나 까딱하지 않았다. 늪터 전체가 폭풍우 아래서 숨을 죽이고 있었다.

갑자기 이 침묵을 꿰뚫고, 크고 세차게 깃을 치는 소리가 내 머리 위쪽의 공기를 가르더니, 커다란 백조 두 마리가 물가에서 100미터쯤 되는 곳에 가볍게 물을 튀기며 내려앉아 검은 배 쪽으로 부드럽게 헤엄쳐 가는 것이 보였다.

이제 밤이었다. 그러나 백조들이 늪터의 수면을 조용히 미끄러져가는 것은 보였다. 그것들은 배 뒤편으로 사라졌다. 이내 물방울들이 튀기는 소리와 판자들이 가볍게 삐걱이는 소리가 들려왔다. 저 유령 같은 배가 수로를 따라 멀어져가고 있었다. 수면을 떠돌던 조각배와 남자의 옆모습은 조금씩 지워져갔고, 곧 물안개 속에 사라졌다. 나는 혼자였다.

옆구리가 푸르스름한 구름들이 늪터 위로 낮게 드리워져 있었다. 여기저기서 그것들은 나무들의 우듬지에 닿을 듯이 보였다.

평생토록 나는 기억할 것이다. 그때 늪터에서는 설명할 수 없는 일이 일어났다. 폭풍우는 금방이라도 터질 듯이 묵직해져 있었다. 엄청나게 쌓인 구름장들이 지평선을 가리고 하늘을 막고 있었다. 그것은 마치 거대한 폭풍의 도시와도 같았다. 그 장벽들, 그 문들, 그 탑들, 그 가공할 성채들은 층층이 쌓여 현기증 나는 높이에 이르고 있었다. 전기를 띤 덩어리들의 육중한 이동이 예감되었다.

그러나 아무것도 움직이지 않았다. 사방이 고요했다. 고원은 죽은 듯했다. 숲들도 움직이지 않았다. 못에 찰랑이는 물소리조차 나지 않았다. 수천 마리 새들은 타는 듯한 날개를 접고 나뭇가지에서 소리를 죽였다. 밤의 물고기들도 물 밑에 가라앉아 있는 것이 분명했다. 풀에서는 유황 냄새가 났고 공기는 시큼했다. 폭풍우가 땅을 짓누르고 있었다. 그것은 땅의 초조한 가슴을 내리눌렀고, 땅은 천천히 숨을 내쉬고는 헐떡임조차 없이 생명을 잃어갔다. 음험한 꿍꿍이가 이 기다림의 뒤에서 엿보고 있는 듯했다. 폭풍우를 인도하는 영은 자기 의도를 감추고 있었다. 이 모든 공중의 권세들 위에 그것들을 쥐고 있는 위협적이고도 고요한 손이 펼쳐지고 있었다. 그리고 원소들의 핵심에 고정된 불길한 의지가 그 임박한 쇄도를 늦추고 있었다.

이 자성을 띤 압력 아래서, 늪터는 금방이라도 작열할 듯이 보였다. 이따금씩 물가를 따라 어렴풋한 번득임들이 달렸고, 수면은 요지부동인 채로 여기저기 돌연한 인광들이 빛나다 곧 풀어지곤 했다. 권능들이 스며들어 축적될 수 있는 도처에서, 하늘에서, 땅과 물과 나무의 껍질 밑에서, 위협이 배어나와 묵묵히 퍼져 나가고 있었다.

이 퍼져 나가는 힘은 갈수록 강해져서 더는 폭풍우의 질료인 구름이 보이지 않았고, 폭풍우는 마치 하나의 존재인 양 느껴졌다. 그것은 아직 가려진 막연한 존재, 폭풍우 속에 붙들린 살아 있는 무엇과도 같은 괴로운 인상을 주는 존재였다.

그것은 내 신경을 찢어발겼고, 신경망은 내 살갗 밑에서 전율했다. 콧구멍이 따갑고 쓰라렸다. 입은 썼고, 혀는 말라붙은 채로, 나는 간신히 숨 쉬었다. 에테르가 진동했고, 내가 진동했다. 알지 못할 힘들이 순식간에 나를 머리끝부터 발끝까지 관통했다. 나는 오두막에 기대어 있었다. 나는 머리를 짓누르는 무게를 느꼈다. 저 적의의 무게였다. 나는 폭풍우를 원했으나, 허용되지 않았다. 이 거절이 내 욕망을 더욱 자극했다. 내 허파에는 더 이상 공기가 들어오지 않았다. 사방에 전기를 띤 구름이 떠돌고, 거기서 흐릿한 빛이 새어나오고 있었다. 심장에서는 웅웅거림이 올라와 피와 살로 그리고 두개골에까지 퍼지는 것이 느껴졌다. 시간은 정지해 있었다. 그 구름장들 아래서 내 기다림은 시시각각 고조되었다. 폭풍우의 임박함이 내게서 뜻밖의 힘을, 지배적 의지가 아니라 생명의 권능을 끌어내었다. 그리고 내 육체는, 내 영혼과 뒤섞여, 전에 없이 용해되어, 필사적으로 그 긴장을 유지하고 있었다. 나와 구름과 물과 미지근한 개흙과 인광을 띤 저 거대한 갈대밭 사이에는 흐름들이 오가며 잠재적인 힘을 교환하고 있었고, 나는 타는 듯한 공기와 증기와 힘들에 에워싸인 나머지 자신을 잃어가고 있었다. 나는 아직 사람이던가 아니면 한 뭉치의 폭풍우이던가? 영혼이던가 아니면 폭풍이던가? 폭발은 어디서 일어날 것인가? 내게서? 땅에서? 하늘에서? 압력은 그 절정에 이르고 있었다.

갑자기 내 밖에 정적이 자리했다. 나는 공허를 느꼈다. 내 피의 압력, 내 영혼의 격렬한 쇄도가 아직 남아 있던 약간의 이성을 휘청거리게 했다.

불그레한 불꽃이 호수들을 비추었다. 한 발의 총성이, 많은 불티가 실린 긴 총성이 있었고, 그것은 먹먹한 폭발음과 함께 터졌다. 산탄들이 수면에 타닥거렸고, 나뭇잎들에 튀었다. 끔찍한 비명이 밤을 찢었다. 내 앞 50미터쯤 되는 데서였다. 그러더니 날개 치는 소리가 났고, 이윽고 조용해졌다. 공기에서는 화약 냄새가 났다.

갑자기 세찬 섬광이 물 위를 날았다. 늪터의 수면 높이에서 터져 나온 것이었다. 그 불꽃은 물가를 따라 수로 전역을 비추고 쓸었다. 그러자 내 맞은편에서는 하늘이 우지끈했다. 땅이 갈라지면서 불꽃 나무가, 그 눈부신 둥치와 가지들이 치솟았다. 세찬 천둥소리 속에 그것은 땅과 하늘을 찢었고, 그러자 모든 것에 불이 붙었다. 번개가 사방에서 번쩍였다. 섬광들이 하늘을 찢었다. 발밑에서 땅이 울부짖었다. 이 모든 동요들이 반복되는 아래서, 땅의 격동은 거대한 진동들로 퍼져 나갔다. 그리고 나직한 저음처럼, 알지 못할 심연으로부터 올라오는 묵묵한 우르릉 소리가 들려왔다.

나는 횃불처럼 탔다. 내 목구멍은 산 채로 찢어지고 있었다. 오두막에 등을 붙인 채 섬광들에 눈부셔 하며, 나는 문설주들에 매달려 있었다. 혼란스러운 가운데, 나는 끊임없이 "비, 비," 하고 부르짖었다. 그러나 비는 오지 않았다. 바람 한 점 없었다. 연이어 섬광들이 비추는 가운데, 요지부동의 호반들과 매끈한 수면들이 보였다. 천둥이 쳤지만, 신기하게도, 공기는 전혀 움직이지 않았다.

혼자서, 이 지옥의 한복판에서, 눈에는 핏발이 선 채, 살은 불에 뜯기면서, 타는 냄새에 목이 갈라지면서, 불길 아래서, 나는 머리가 쪼개지는 것을 느꼈고, 쓰러졌다.

정신을 차려보니, 폭풍우는 그쳐 있었다. 나는 오두막 앞에 누워 있었다. 풀은 여전히 말라 있었다. 비는 오지 않은 것이었다.

이삼백 미터쯤 떨어진 숲 꼭대기에서 몇 그루 나무들이 타는 것이 보였다. 갑자기, 그것들이 갈라지면서 어둠 속에 선명한 불기둥이 치솟더니 흩어졌다. 곧 불의 중심이 낮아진 것으로 보아, 나무들이 다 타버린 듯했다. 줄어든 불길에서는 이제 간간이 불그레한 빛과 불탄 냄새밖에 나지 않았다. 불은 섬 밖으로는 퍼지지 않았다. 벼락은 섬에 떨어진 것이 분명했다.

때때로 커다란 자줏빛 섬광이 서쪽 하늘을 휩쓸었고, 느리고 무거운 천둥소리가 아주 멀리서 들려왔다.

나는 녹초가 되어 있었다. 그대로 드러누운 채, 나는

하늘을 바라보았다. 구름의 천장이 다시 높아져 있었지만, 하늘은 여전히 닫힌 채였다. 바람 한 줄기 내려오지 않았다. 그래도 숨쉬기는 조금 나아졌다. 불길로부터 좀 더 밝은 빛이 일 때면, 수로의 물이 둑 사이로 번득이곤 했다.

모든 것이 침묵에 잠겨 있었다. 그러나 이따금씩 희미한 소리가 들려왔다. 조심스레 규칙적으로 노를 물에 잠그는 소리 같았다.

나는 움직이지 않았다. 더 이상 아무것도 기다리고 있지는 않았으나, 지칠 대로 지쳤고, 또 알 수 없는 감정이 나를 그 땅에 붙들어두고 있었다. 확연히 정의할 수 없는 그 감정이 나를 불안하게 했다. 그것은 뇌리에서 조금 떠난 듯하다가도 어느새 다시 제자리로 돌아오는 것이었다. 그것은 대상 없는 염려와도 같은 것이었다. 그것이 일으키는 동요는 내 이성 뒤편의 잘 알려지지 않은 그리고 깨어날까 두려운 감각들에 은밀히 작용했다. 나는 내 안에 그러한 감각들이 있다는 것은 알지만, 그 본질은 모른다. 그 감각들의 망(網)은 소리와 빛의 파장들 너머, 내가 알지 못하는 데로 펼쳐져 있다. 그 신비한 틀 안에서, 그것들은 보이지 않는 삶의 기미들을 포착한다. 나는 그것들이 어떤 점에서 나와 관계되는지 결코 알아낼 수 없었다. 때로 나는 그것들이 떨어져 나간다고 생각한다. 그것들의 한 가닥이 와 닿는 것을 느낄 때면 나는 어쩔 수 없이 친근한 외관들로부터 다른 은밀한 외관들로 넘어간다. 내가 그것들로부터 받는 이미지들은 내 안에서 별도의 지성을 향하는 듯하다. 그 지성은 아직 잠들어 있지만, 때로 이 이상한 빛들이 그것을 마비에서 끌어낸다. 그런 고통스러운 위기들이 드물다는 것은 다행한 일이다. 그런 위기를 겪고 나면 나는 공허하고 절망적이 되기 때문이다. 나는 더 이상 내 감각들을 되찾지 못한다. 감각들은 내게 원시적이고 조야하게 보인다. 지성은 이제 내게 벽들로 막힌 세계밖에 제공하지 못한다. 고통스럽다. 나는 나 자신의 이쪽에 있는 것이 고통스럽다. 그러나 나는 저 너머로 떠날 때면 겁이 난다.

이제 나는 이 출발의 임박함을 느끼고 있었다.

나는 어찌 될 것인가? 나는 애써 일어났다. 너무 지친 나머지 나무에 기대어야만 했다. 가능한 한 서둘러 라코망드리로 돌아가는 편이 나았다. 어쨌든 그것은 견고한 은신처였으니까.

나는 출발했다.

앞이 잘 보이지 않았으므로, 빨리 갈 수가 없었다. 내 발걸음은 질척한 진창에 빠져들었다. 발밑에서는 뜻밖에도 갓 젖은 진흙이 느껴졌다. 나는 너무나 놀라 몸을 굽혀서 땅바닥을 만져보았다. 내 손은 물웅덩이에 잠겼다. 길을 잘못 든 것일까?

나는 생각해보았다. 나는 제방 두 군데서 방사제(防砂堤)가 갈라져 나가던 것을 기억해냈다. 하지만 내가 본 방사제들은 항상 물에 잠겨 있었다. 늪터의 수위가 밤새 더 내려가서 새로운 길이 생겨난 것일까? 나는 길을 잘못

들었고, 오두막이 보이지 않게 되었다. 사방에서 내 키를 넘는 수풀들이 늪터 가장자리를 가리고 있었다. 되돌아갈 것인가? 나는 공황에 빠질까 두려웠고, 어렵사리, 그러나 이성적인 인내심을 가지고서, 가던 길을 계속 따라갔다.

그러나 가면 갈수록 물가에서 멀어지는 느낌이 들었다. 제방은 섬과 버들 숲 사이의 미로를 지나 꺾여가는 성싶었다. 나는 성가브리엘 고원으로부터 아주 먼 곳에, 늪터의 한복판에 있었다. 나는 전에 이 지역에 거대한 나무들이 솟아 있는 것을 본 적이 있었다. 호반에 우거진 수많은 초목들 중에서도 가장 큰 것들이었다. 그 무성한 잎들이 일대의 식물상을 지배하고 있었다. 나는 이제 그 나무들 한가운데 있었다.

내가 따라간 오솔길은 나를 기이한 은거지의 한복판으로 인도한 것이었다.

사방이 막힌 물의 빈터였다. 나뭇가지들이 높은 데서 만나 궁륭을 이루고 있었고, 그 아래서는 식물이 썩는 냄새가 났다. 어둠이 들어차 있었다. 나는 수령을 만날 것이 두려워서 멈추어 섰다.

돌아 나오려 했지만 발이 진창에 빠졌다. 날이 새기를 기다리는 편이 나았다. 몇 시나 되었을까? 아마, 자정이 다 되었을 것이었다. 나는 갈대 섶에 앉았다. 나무둥치에 등을 기댄 채 생각해보았다. 만일 물이 차오른다면, 어떻게 할 것인가? 고함을 칠 것인가? 늪터에는 아무도 얼씬하지 않았고, 내가 길을 잃어버린 숲은 물가에서 멀리 있었다. 폭풍우는 다시 서쪽을 향해 떠나간 듯했지만, 열기는 여전히 불안하게 남아 있었고, 하늘은 낮은 구름장들로 뒤덮여 있었다. 언제라도 번개가 치고 비가 퍼부을 수 있었다. 그렇다면 이 상황에서 어떻게 빠져나갈 것인가? 나는 수치스러웠지만, 잠시 근심을 밀어두고 귀를 기울였다.

그 정적이 나를 놀라게 했다. 나는 정적의 맛을 알고 또 그것을 사랑한다. 나는 온갖 종류의 정적을 겪어보았으며, 그 여러 가지 성질들을 분간할 줄도 안다. 정적은 마치 소리가 그러하듯 각기 나름대로의 높이와 울림과 밀도를 갖고 있는 것이다.

그리하여 정적은 감지되는 모든 음역의 안쪽에서 또 그 너머에서 펼쳐지는 기이한 음악을 이룬다. 그것은 우리에게 직접 다가오지는 않는다. 그러나 모든 것이 침묵하는 듯한 영역의 둘레에서 일어나는 소리는 들리지 않는 것을 드러내고 신비한 울림들을 일깨우는 듯하다. 그리하여 이 음의 공백 주위에는 조금씩 진동하는 둘레와도 같은 것이 형성된다. 그것은 우리가 아는 소리나 정적이 아니며, 감지할 수 없는 것의 후광과도 같다. 세상에는 아무것도 완전히 침묵하지는 않는 것이다. 바다도 산도 하늘도 그리고 분명 인간의 심장도.

그렇게 죽은 물들에 가로막혀서, 어둠만이 지배하는 녹음의 무덤 속에서, 나는 그 정적을 이해하려 애쓰고 있었다. 나는 일찍이 그런 것을 만나본 적이 없었다. 그것은 그 폐쇄된 장소의 축축한 열기로부터 이상한 무게와 부동성을 빌려온 듯했다. 난생처음으로, 나는 어느 한 순간 침묵한 세계가 아니라 침묵하기를 결코 중단해본 적이 없는 세계를 마주하고 있었다. 어느 날 그것이 정적에 빠져들었다든가 그것이 언제고 거기서 벗어나리라고 말해주는 것이라고는 없었다. 잎사귀를 흔드는 바람 한 점 없었다. 나무의 줄기 하나 껍질 하나 금 가지 않았다. 물 위에 떨어지는 잎사귀 하나 없는, 그런 밤이었다. 나중에(아마도 새벽에)라도 바람이 이 호반의 성역으로부터 희미한 한숨이라도 끌어낼 수 있으리라고는 상상할 수 없었다.

나는 갈대 섶에 드러누워 밤이 지나기를 기다릴 요량을 했다. 어쩌면 잠들 수 있을는지? 그러나 잠은 오지 않았다. 물에서 얼마 떨어지지 않은 곳에서, 풀섶을 베고 누운 채, 나는 꼼짝하지 않았다. 그렇게 숨은 채로 늪터의 삶을 엿볼 수 있었다. 나는 그것들이 침묵에도 불구하고 살아 있음을 깨닫기 시작했다. 머리를 땅에 내려놓자, 희미한 진동이 느껴졌다. 그것은 고조되다가 가라앉고 다시 시작되곤 하는 것이, 느리고 거의 규칙적인 박자를 이루고 있었다. 수면은 그러나 요지부동으로 보였다. 기슭에는 물 튀는 소리 하나 없었다. 이 묵묵한 웅웅거림은 아래쪽에서 오는 것이었다. 분명 그것은 깊은 물속을 떨게 하고 있었다. 팔을 뻗어 물을 만져보니 미지근했다. 나는 손을 잠근 채 움직이지 않았다. 그러자 물의 오르내림이 분명히 느껴졌다. 거의 느껴지지 않는 그 변화는 밀려왔다

밀려가는 진동파에 따르는 것이었다. 늪터는 숨 쉬고 있었고, 내 손은 물의 심장에 잠겨 있었다.

나는 상상할 수조차 없는 삶과 접해 있는 듯이 느껴졌다. 그 다소 억눌린 듯한 호흡은 나에게 폭풍우를 갈망하는 늪터의 온기를 전해주었다. 그 숨결은 나 자신의 숨결 곧 내 초조감과 일치하는 것이었고, 그리하여 나는 내 피의 작용들과 내 영혼의 강박관념들에 물과 땅의 은밀한 움직임들을 뒤섞었다.

이 물질적이고도 정신적인 삶의 교환은 내게 신뢰감을 주었고 나는 자신을 내맡겼다. 이윽고 나는 저 친근하면서도 낯선 반수(半睡) 상태, 아직 깨어 있음을 알면서도 내게 나타나는 세계가 실재하는지 꿈인지를 더 이상 분간할 수 없게 되어버리는 상태로 들어갔다. 때로는 그것이 나를 찾아오는 듯도 했고, 때로는 내가 그것을 지어내는 듯도 했다. 이 어슴푸레한 상태에서 나는 깨었을 때 보던 것과 같은 모습들을 보았지만, 그 모습들은 그 자체에 다소 못 미치는 곳에, 고유한 실재의 가장자리에 있는 듯했다. 모든 것이 합리적으로 연결되지만, 눈에 보이는 어떤 것도 합리적이 아니다. 그럴 때 나는 가시적인 것의 대강을 포착하며 내 정신적인 삶에서 물질의 무게를 덜어낸다. 내가 믿지 않는 척하는 이것은 나를 유혹하는 꿈인가, 아니면 그것들은 외부로부터 오는 것인가, 스스로를 안심시키기 위해 꿈의 착란에 불과하다고 생각하는 이 인간의 얼굴들은? 나는 주저한다, 그리고 환영들은 사라진다.

내가 이 정의할 수 없는 경계를 넘었던 정확한 순간을 기억하기란 어려운 일이다. 나는 늪터에서 벗어나려는 염려에서 조용히 떨어져 나왔고, 정처 없이 떠났다. 우선 나는 가벼워지는 듯한 느낌이 들었다. 땅은 내 몸에서 남은 것(내 형체의 윤곽에 불과한 것)의 밑에서 떠돌다가 침묵 속에서 빙그르 돌았고, 나는 물가의 거대한 나무들이 다가와 선회하는 것을 보았다. 미지근한 물 한 방울이 내 뺨에 튀었고, 내 위쪽 아주 멀리에서, 비가 잎사귀 위로 떨어지는 소리가 들렸다. 그것은 느리고 굵은, 아직 주저하는 듯한 비였다. 비에서 식물 냄새, 그리고 약간의 유황 냄새가 났다. 비는 그쳤다가 다시금 여기저기 한 자락씩 내렸다. 이따금 물방울이 내 살갗에 떨어져 나는 소스라치곤 했다. 그러나 높은 나무들에서는 소리가 가라앉았고, 비는 왔을 때처럼 부드럽게 멀어져갔다.

시간이 흘러갔다…….

갑자기 어디선가 판자가 가볍게 삐걱대는 소리, 그리고 조심히 노를 물에 잠그는 소리가 들려왔다. 나는 고개를 들려 했지만 그럴 수가 없었다. 아주 작은 빛이 나무들 아래서 나타났고, 배 한 척이 조용히 수로에서 빠져나와 갈대밭을 가로질렀다. 배의 이물 난간에 놓인 램프 속에서 아주 작은 등불이 타고 있었다. 배 한가운데서, 머리에 아무것도 쓰지 않은 한 노인이 기다란 상앗대를 다루고 있었다. 고물에도 누군가가 앉아 있었지만 내게는 잘 보이지 않았다. 불빛이 잘 닿지 않는 그것은 마치 너울을 쓴 듯 막연한 형체에 불과했다.

배는 내 은신처를 향해 다가왔다. 물가에 닿았다. 나는 갈댓잎들이 스치는 소리와 자갈밭에 선체가 끌리는 소리를 들었다. 갈대 사이로 등불이 내 머리 아주 가까이 보였다.

배에서 내린 노인은 몸을 굽혀 나를 잠시 들여다보았다. 반쯤 감은 눈까풀 사이로 나도 그를 바라보았다. 그는 짧고 숱 많은 수염과 깊게 팬 주름살들을 가지고 있었다. 그것은 늙은, 아주 늙은 인간의 모습으로, 그 안쪽에서부터 열려 있는 창백한 두 눈은 다소 두려움을 주었다. 그 눈들이 나를 보고 있었다. 그는 한마디도 하지 않았고, 시선은 동요하지 않았다. 그 시선은 내 얼굴 위에 멎어 거기 머물러 있었다. 그는 내 생김새를 관찰하는 것이 아니었다. 그는 나에 대해 아무 반응도 하지 않았다. 그는 그저 보고 있었다. 마치 그러는 것이 초자연적인 소명인 양, 보기만 했다. 그는 내 형체와 내 두려움들, 내 욕망들의 너머에서, 내가 그에게 말할 수 없는 것들을 보고 있었다. 아마도 그는 어떻게 하여 내 안에 거대한 늪터, 내 머리에서 두 치쯤 되는 곳에서 부드럽게 움직이는 늪터가 살게 되었는지를 보았을 것이다.

잠시 후 그는 무릎을 꿇고 나를 팔에 안더니 퍽 수월히 들어 올렸다.

그는 나를 배 안에 눕히고는 등불을 불어 끄고 상앗대로 물가를 밀어내면서 천천히 어둠 속으로 출발했다.

우리는 수로로 들어섰다.

나는 뱃바닥에 누워 있었고, 뱃전이 아주 낮았으므로 기슭들이 조용히 내 얼굴 옆을 스쳐 가는 것을 볼 수 있었다. 수면은 거의 움직이지 않았고, 개흙과 뿌리들의 냄새가 올라왔다.

우리는 나뭇잎 터널 속으로 나아갔다. 하도 어두워서 어떻게 부딪히지 않고 나아가는지 알 수 없었다. 때로는 낮은 가지들이 뱃전을 스쳤고, 때로는 배의 판자들이 삐걱대는 소리가 검은 수면 위 축축한 덤불 속에 있는 마도요나 흑기러기의 둥지를 깨우기도 했다. 그러면 바로 내 뺨 곁에서 놀란 지저귐과 깃털 스치는 소리가 잠깐씩 들려오곤 했다. 내 뒤에 서서 상앗대를 다루고 있는 노인도, 고물에 앉아 있는 미지의 인물도, 내게는 보이지 않았다. 두 발을 배의 앞쪽으로 향한 채, 나는 차츰 어둠이 가시는 이물을 바라보고 있었다. 우리는 터널을 빠져나왔다. 나뭇잎들이 사라지고 하늘이 보였다. 구름장이 하나 찢어지면서 별들이 두엇 보였다. 트인 데로 나오자 숨쉬기가 나아졌다. 배에 탄 아무도 입을 열지 않았다. 배는 풀섶 사이로 소리 없이, 마치 상상의 배처럼, 미끄러졌다. 때로 나는 내가 물 위에 있다는 것을 잊어버리고, 잠이 깨어 이 꿈을 기억하기만 한다면…… 하고 생각했다. 수로는 내 앞에서 별빛을 받아 희미하게 빛났다. 우리는 아무데로도 가고 있지 않았다. 우리는 보이지 않는 나라들을, 아마도 비와 바람들의 왕국을 방문하고 있었다. 우리는 영혼들의 배였다. 우리는 백조들이 물 위에서 잠드는 작은 만 앞을 지나갔고, 그러한 정경은 버들 숲 뒤로 지워졌다. 넓은 수면 한가운데 있는 말뚝들 위에 버들과 갈대로 지은 오두막이 나타났다. 우리는 그것을 왼쪽으로 지나쳤고, 곧 그것은 멀어져갔다. 우리는 이제 더 넓은 호수에 있었다. 쓸모없게 된 상앗대를 들여놓고, 노인은 배를 물살에 실었다. 우리는 순수한 고독을 향해 흘러가는 성싶었다. 눈을 들자 머리 위에 하늘이 크게 갈라진 틈이 보였다. 그리로 내가 알지 못하는 별 떨기들이 지나고 있었다. 그러고는 틈이 다시 닫혔고, 어둠이 짙어져서 더는 하늘도 호반들도 수면도 보이지 않게 되었다. 우리는 늪터로부터 떨어져 나온 보이지 않는 흐름 위를 떠돌고 있었다.

잠에서 깨어났을 때, 나는 제방 안쪽의 풀밭에 있었다. 밤이었고, 바람이 조금 불고 있었다. 짧고 뜨거운 바람이었다. 냄새만으로도 고원으로 돌아왔음을 알아차렸다. 나는 일어섰다. 땅은 딱딱했다. 어둠 속에서 방향을 잡아야 했다. 라 주네스트의 등불을 찾아보았으나, 보이지 않았다. 그래서 제방을 뒤로하고 되는대로 걸었다. 작은 수풀을 따라가다가, 그 뒤에 작은 언덕이 있어 그리로 올라갔다.

거기서는 등불이 보였다. 그것은 내가 예상했던 것보다 훨씬 더 왼쪽에, 훨씬 더 멀리 있었다. 간신히 알아볼 정도였다. 그러나 그것이 보이자 마음이 놓였다. 그것은 순수한 점에 불과했다. 밤의 혼돈 가운데서 그 점은 라 주네스트를 표시하고 있었다. 거기서 조금 오른쪽이 라 코망드리였다.

나는 우선 라 주네스트를 향했고, 15분쯤 걸어가다가 방향을 틀었다. 곧 라 코망드리의 검은 형체가 내 앞에 나타났다. 나는 몸이 가뜬했고, 정신은 자유로웠다.

나는 마당으로 들어섰고, 아래층 거실로 들어가, 쉽사리 계단을 찾았으며, 침실로 올라가서, 촛불도 켜지 않은 채 옷을 벗었다. 나는 아무것도 잊지 않았다. 그러나 내 안에서는 모든 것이 평온했다. 나는 문을 열쇠로 잠갔다. 침대는 서늘하고 푹신했다. 나는 기분 좋게 몸을 뻗었다. 옥수숫대 냄새가 나는 오래된 나무 침대였다. 왼손을 뻗어 시트를 만져보았다. 비누 냄새가 나는 거친 천을 쓸어보았고, 벗은 팔을 거기 내맡겼다. 나는 혼자였다.

조금 후 비가 내리기 시작했던 것을 나는 아주 잘 기억하고 있다. 밤새 계속된 줄기찬 비였다.

여러 번 잠이 깨었고, 매번 머리 위 기와들을 가볍게 두드리는 빗소리를 들었다. 갑자기 커다란 물방울이 돌문턱에 후둑후둑 떨어졌다. 젖은 땅에서는 담쟁이와 나무 덧문을 지나 신선한 냄새가 올라오고 있었다.

나는 늪터에도 비가 내리고 있을 것을 생각했다. 내가 뚫고 들어갔던 기이한 세계가 이따금씩 떠올랐으나, 그런 기억에도 마음은 극히 평온했다. 다만 배의 고물에 앉아 있던 인간의 형체가 생각날 때면 뒤숭숭해지곤 했다. 그 모습은 의식이 잠시 희미하게 깨어날 때마다 되살아나

다가, 내가 잠의 안개 속으로 빠져들 때에야 사라졌다.

자는 동안 어둠이 걷혔다. 나는 아침 늦게야 일어났다. 온 들판이 낮게 풀어진 구름으로 뒤덮인 것이 보였다. 오정쯤 다시 비가 내리기 시작하여 저녁까지 계속되었다. 여섯 시쯤 마당에 나가보았다. 커다란 흰 구름이 고원을 스칠 듯이 낮게 떠 있었다. 라 주네스트는 보이지 않았다.

비는 그날 밤새도록 그리고 다음 날도 온종일 내렸다. 그러나 날이 저물기 한 시간쯤 전에 다시금 소강상태가 왔다. 나는 그 틈을 이용하여 늪터에 가보았다.

제방 위에서 보니 드넓은 수면뿐이었다. 길은 사라지고 없었다. 이후로는 늪터에도 가지 못하게 되었다.

금방 어두워져갔고 또 비가 올 듯했으므로, 나는 큰 걸음으로 되돌아왔다.

불

가을의 마지막 몇 주와 겨울의 도착과 첫눈이 어떠했던가는 이미 말했던 대로이다.

나는 더 이상 늪터에 가지 못하고 있었다. 이후로 내 정신의 영역은 성가브리엘 고원뿐이었다. 발길 닿는 대로 쏘다니는 일은 어느새 나에게 소중한 것이 되어 있었으나, 고원에서는 그렇게 할 마음이 나지 않았다. 고원은 묵직한 몽상, 단 하나의 사념으로 채워지는, 단 하나의 등불로 밝혀지는 몽상을 부과했다. 매일 저녁 라 주네스트에서 타는 등불은 그런 내적인 충실성과 세심한 순수성을 드러내고 있었다.

가을이 그 돌풍과 구름과 비와 비통함과 더불어 계속되는 동안, 나는 사방으로 요동치는 내 영혼을 그 남성적인 정령에 내주지 못하고 있었다. 나는 차츰 자신에 대한 염증으로 돌아왔고, 그러한 염증은 극히 하찮은 권태에도 표면화되곤 했다. 등불이 나를 사로잡고 있지만 않았더라면 나는 분명 고원을 떠났을 터이다. 물론 그것은 그 고장의 유일한 불로서 그 고장과 같은 정신으로 타고 있었다. 그러나 그 정신이 사방에서 내보이는 무뚝뚝한 의연함에 그 등불은 다정한 추억으로 켜진 불빛의 감동적인 느낌을 더했다. 이미 가을의 맹위 한가운데서 그 변함없는 온화함은 나를 놀라게 했었다. 그러나 나는 그 순수성이란 비록 매혹적이기는 해도 예감에 지나지 않는 것임을 짐작하고 있었다. 그것은 다가오는 계절 속에서 그 가장 고상한 가치를 갖게 되리라고, 그런 기다림의 불은 겨울의 등불 그 자체라고, 나는 생각했다. 그 예감이 나를 눈이 내리기까지 성가브리엘 고원에 붙들어놓았다.

눈은 어찌나 부드럽게 내리는지, 그 순수함에 정화된 나머지 나는 라 주네스트로부터 이따금씩 밀려오던 저 평화로운 몽상에 대해 다시금 우호적인 자세로 별 어려움 없이 돌아갈 수 있었다. 그리하여 나는 늪터에서 즐기던 날들에 비견할 만한, 좀 더 나은 시간을 다시금 누리게 되었다. 그러나 이제 그것은 한 인간과 관계된 것이었다.

처음 그 등불을 본 이래로, 라 주네스트는 나에게 숱한 감정과 사념을 불러일으켰다. 그런 감정과 사념은 나 자신의 깊은 어둠 속으로부터 일어난다기보다는 내가 기이한 우정을 바치고 있는 그 미지의 인물에 의해 외부로부터 제공되는 성싶었다. 한 번도 그를 만난 적이 없었으면서도, 나는 그의 너울들로부터, 내 안에서, 감동적인 만남들을 위해, 그 아름다운 인간의 얼굴을 끌어냈던 것이다.

그리고 그가 그토록 나 자신과 닮았으면서도 자신의 비밀들을 고스란히 간직하고 있는 것을 알고는 나도 다시금 살기 시작했으며, 때로는 그 안에서 나 자신을 잃어버린 나머지 우리 둘 중에서 누가 나인지 잊어버리기까지 했다. 이러한 영혼들의 이동은 나에게 차츰 익숙해져서, 언제라도 나는 나 자신을 떠나 친숙한 사물들로부터 멀어지곤 했다. 나는 하도 쉽게 그 다른 이가 되었으므로, 나는 마치 라 주네스트에서 바라보며 상상하듯이 라 코망드리의 낯선 이에 대해서도 숱한 명상을 하기에 이르렀다. 그리고 이 외딴집에서는 밤에도 등불이 타는 것을 볼 수 없다는 사실에 약간의 슬픔마저 느끼었다. 그리하여 나는 나 자신보다도 어느 날 성가브리엘 고원에 도착한 그 틈입자에 더 관심을 갖게 되었다. 그가 거기에 온 까닭은 아무도 몰랐고, 아직 그를 움직이고 있는 욕망이나 약점 같은 것을 나도 문득 알 수 없게 되었다. 나는 그가 불행하다고, 나 자신보다도 불행하다고 상상했다. 나는 적어도 한 영혼을 기다리고 있었으며, 그것은 나 자신도 영혼을 가지고 있다는 바로 그 이유 때문이었다. 어쩌면 그도 그가 더 이상 갖고 있지 않은 혹은 아직 존재하지 않는 영혼을 하나 기다리고 있었으리라. 이러한 변환들은 가벼운 눈 덕분에 모든 실체로부터 벗어난 것이 되었다. 이 비현실적인 세계 위에서 어떤 비현실성인들 생각할 수 없겠는가? 나는 마치 유체(流體)와도 같이 모든 불가능한 것들을 가로질러 다녔고, 때로는 내 정신이 만들어낸 것들과밖에는 접촉하지 않았다. 모든 것이 내 막연한 열망들에 따라 이동하는 이 세계에서 내 변덕스런 욕망은 쉽사리 제거되는 투명한 장애들밖에 만나지 않았다. 나는 몇몇 명료한 감정과 수정같이 맑은 관념과 약간의 상상적인 눈발로 이루어지는 공기의 질료 가운데서 움직이고 있었다.

나는 별로 외출하지 않았다. 멜라니 뒤테루아는 규칙적으로 라 코망드리에 왔으나, 서로 변변한 인사조차 없었다. 항상 같은 일들이 반복되었다. 개와 바구니와 꽃병과 동요 없는 삶. 나는 장작을 많이 장만해 두었으므로, 불을 넉넉히 땠다. 광은 집 안과 연결되어 있어서, 밖에 나가지 않고도 장작을 들여올 수 있었다. 나는 자주 창가에 앉아서 새하얀 뜰과 문 닫힌 축축한 부속 건물, 그리고 담장 너머로 커다란 사시나무와 단풍나무의 가지들을 내다보곤 했다. 잎사귀 하나 없었다. 겨울 하늘에 빈 가지들만 벋어나 있었다.

바깥공기는 고요하고 차가웠다. 맑은 물과 눈의 냄새, 응축된 장미향과도 같은 냄새가 났다. 온 집이 따뜻했다. 겨울을 위해 지어진 집이었다. 벽들은 온기를 지니고 있었다. 그 옛날 오랜 세월 동안 사람들이, 불과 친했던 사람들이, 11월부터 봄이 되기까지 밤낮으로 넉넉히 불을 땠던 덕분이었다.

때때로 독서도 했다. 하지만 대개는 창문 앞이나 벽난로 가까이에 앉아서, 편안한 몽상에 잠기곤 했다.

몽상들은 이제 새로운 모습을 띠었다.

나는 여전히 진정한 나 자신이 되지 못하고 있었고, 늘 내게서 빠져나가는 그림자로부터 너무 쉽사리 해방되는 위험한 경향을 지니고 있었다. 그러나 펼쳐진 눈밭은 나의 불안에 새로운 황야를 보여주었다. 가을은 피의 힘들을 자극했고, 그 끓어오름은 나에게 극히 혼란스런 황홀경을 제공했었다. 이제 겨울은 나에게 대지로부터 떨어져 나온 순수한 정신적 풍경을 펼쳐 보였다. 그 풍경에는 한 가닥 나뭇가지도 가냘프고 뚜렷이 부각되었다. 나는 영혼의 모습들을 그릴 순수의 지평이 펼쳐진 것이었다. 거의 비현실적인 그 표면 위에서 나는 내 나름의 감성적 기하를 상상했으며, 거기서는 추억과 회한과 희망의 곡선들이 다정한 지성에 의해 그려지는 듯했다. 장애라고는 없었다. 나는 내 영혼의 작용들에 영혼 그 자체로부터 나온 평면을 제공했다. 가장 대담한 축조들이 갑자기 가능해졌다. 더 이상 아무것도 내 의도의 전개를 가로막지 않는 세계에서, 내 정신은 뜻밖의 활기를 띠었다. 나는 그 어느 때 못지않게, 아니 그 이상으로 빠르게 돌아다녔다. 나는 사람을 늘어지게 하는 쾌락들로부터 가벼워졌다. 아무것도 더는 나를 시험하지 않았다. 내 안에는 나 자신보다 더 가벼운 정념밖에 살아남지 않았다. 나는 더 이상 다채로운 형태들 안에서 살고 있지 않았으며, 향기들도 거의 내게 이르지 못했다. 나는, 기적적으로, 눈부시고 연약한 명료성의 핵심에 머물렀다. 내 정신은 어디나 뚫고 들어갔고, 나는 나를 보았다.

그리하여 나는 내 결함들과 내 정신적 위치를 충분히 인식하기에 이르렀다. 내가 그 사막에 찾으러 왔던 것, 내가 거기에서 이미 발견한 오죽잖은 것, 그리고 모든 것에도 불구하고 내가 아직 기다리고 있는 것이 극히 명백히 드러났다.

나는 사람들과 함께 살았지만 늘 혼자였다. 나는 나 자신과 함께 살았지만 혼자였다. 내 안에는 나를 내 진정한 고향으로부터 갈라놓는 심연과도 같은 것이 있었다. 나의 일상적인 자아는 나에게 구경거리, 그것도 스쳐 가는 구경거리밖에 되지 못했다. 그리하여 나는 내 실체에 닿을 수도, 스쳐 달아나는 외관들을 붙들 수도 없었다.

나는 사막을 찾아다녔다. 처음에는 그 완전한 허무의 추구에서 냉소적이고 잔인한 만족밖에는 바라지 않았었다. 내 치유할 수 없는 인간적 고독을 끝까지 밀고 나가, 그 주위에 저 자연의 고독이 펼쳐지기를 원했던 것이었다.

그러나 나는 사막이 나를 속였음을 깨달았다.

나는 거기서 혼자가 아니었다. 저 등불이 있었다. 그것은 내 안에 기이한 몽상을 일깨웠다. 이제 그 몽상은 뜻밖의 발견에 이르고 있었다. 내 집에서 500미터 떨어진 곳에 한 외로운 이가, 내가 아닌(그리고 그가 되고자 하는 욕망이 나를 들쑤시는) 외로운 이가 있었다.

하나의 비밀을 가진 자, 하나의 희망으로 살아가는 자, 그는 우리의 고독을 사로잡아 자신이 불러내는 환영들에게 우호적인 고장으로 제공하고 있었다. 그리고 거기서 그는 기다리고 있었다. 그의 강한 기다림은 나에게까지 전해져, 나는 그의 그 진지한 부름이 누구를 향한 것인가를 알고자 하는 욕망을 느꼈다.

나는 고원을, 늪터를, 돌아다녔다. 나는 거기에서 분

명한 모습이라고는 만나지 못했으나, 누군가가 있다는 것은 느끼고 있었다. 그러한 직감에 동요된 나머지, 물과 숲들의 저 혼돈한 세계 한복판에서, 나는 자신을 잊고 자신의 허무를 넘어서서 감각적인 황홀경으로 내려가 의식을 잃기까지 했었다. 나는 그렇듯 구실을 빌려서, 내가 아닌 다른 것이 됨으로써, 대지의 미지근한 일부가 됨으로써밖에는 삶을 되찾지 못했었다.

내가 그처럼 큰 힘에 도달했던 그 장소들을 빼앗기면서, 나는 나를 되찾기 위해서는 다시금 자신을 상실해야 하리라는 것을 잘 예감하고 있었다.

이제 나에게 늪터는 없다 하더라도, 그가 있었다. 오직 그에게서만 나는 나 자신을 다시금 포착할 수 있었다. 그의 안에는 그 기다림의 얼굴, 나에게는 아직 가려진 형태이지만 그에게는 분명 임박한 약속인 얼굴이 살고 있었기 때문이다. 그리하여, 그가 모르는 사이에, 나는 그에게 붙어살고 있었다. 그가 자신에게서 그토록 열렬히 기다리는 바를, 내가 절망 가운데서 찾아 헤매던 저 악마 혹은 천사에 다름 아닌 것을 발견하기 위해.

그러나 슬프게도 그것은 여전히 구실에 지나지 않았다. 대지에 이어 인간이라는 구실 말이다. 내 약함은 이제 나를 기생물 이외의 것이 되지 못하게끔 하고 있었다. 나는 이런 굴욕적인 조건의 위험을 알고 있었다. 그 때문에 나는 피난처에서 피난처로 헤매었으며, 늘 손님이었다. 주인들은 잠시밖에 당신을 맞아주지 않는다. 지붕 없는 이방인은 문간에 들어서면서부터, 그에게 집을 열어주는 자에게 작별의 모습밖에 보이지 않는다. 머무르기 위해서는 주인이 당신을 사랑해야만 한다. 나는 고독 가운데서 내 꿈이 나를 사랑의 욕망이 좋고 있는 지대로 은근히 밀어내고 있음을 짐작하고 있었다.

더없이 명료한 방황의 시기였다. 규명할 수도 정의할 수도 없는 욕망이 내 지성과 영혼을 동시에 고양시키고 있었다. 그 하나는 친숙한 비상으로 언제든 나를 현실의 바깥으로 실어 날랐다. 다른 하나는, 버려진 현실로부터, 저 높은 곳에, 물질로부터 하도 동떨어져 비인간적으로 보이는 청사진을 그려 보였다.

그리하여 나는 여기저기 종잇장에(그것들을 나는 여기 가지고 있다) 그 위태로운 경험들에 관해 적어두게 되었다. 그런 경험들은 얼마 안 가 내게 너무나 쉬운 것이 되어 버렸으므로, 더 이상 다르게는 살 수 없었다.

다시 벌판을 돌아다녀 보려고도 했었다. 겨울 공기는 언제나 상쾌했다. 나는 이따금 튼튼한 장화를 신고 고원을 가로질렀다. 그러나 곧 눈이 두텁게 쌓여 오솔길들을 지워버렸다.

그 부서질 듯한 껍질 밑에는 구멍이며 웅덩이들이 널려 있었다. 결국 돌아다니기를 포기하고 라 코망드리에 갇혀 지냈다. 그렇게 갇혀 있어도 전혀 답답하지 않았고, 오히려 그 반대였다. 그렇게 지내면서 나는 단조롭고 심심한 시간 내내 하염없이 떠오르는 생각들을 이어갈 수 있었다. 거기 너무 빠지지 않는 것이 신중한 일일 터였다. 그러나 이따금씩 되는대로 글을 끼적이거나 어쩌다 책을 읽는 외에는 자신을 떠난다는 씁쓸한 즐거움에 몇 시간씩 탐닉하곤 했다.

내 안에 웅크리고 있던 권태는 저 등불 가까이서 내 영혼이 나를 기다리고 있는 라 주네스트에 다가감에 따라 사라져갔다. 내가 나에게 항상 감추어온 것을 알고자 조바심 내며, 오로지 거기에서만 나는 나에게 말을 건넸다. 그러나 대답은 결코 없었다……. 참다 못해 나는 낱낱의 조각으로 하나의 삶을 지어내었다. 상상적인 기억으로부터 나는 아직 나 자신에게서 알지 못했던 그러나 결코 낯설지 않은 어린 시절을 끌어냈다. 분명 그것은 내가 아이였을 때 이미 꿈꾸었던 금지된 어린 시절이었다. 나는 거기서 나 자신을, 이상할 만큼 다정다감하고 정열적인 자신을 되찾곤 했다……. 나는 내가 한 번도 가져본 적 없는 평온하고 편안한 집에서, 때로 갖고 싶어 했던 놀이 동무들과 함께 살고 있었다. 그 집은 큰 언덕들 밑에 있는 마을에 있었던 듯했다. 노인들, 저 시골의 조부모들, 순박한 할아버지와 대지처럼 지혜로운 할머니가 나를 키워주었다. 집 앞에는 과수원과 사이프러스와 아주 어린 소녀가 있었다. 누가 문득 그녀를 이아생트라고 불렀다. 나는 이아생트를 싫어했는데, 그 애가 무표정한 눈을 하고 있었기 때문이었다. 그러나 이아생트는 떠났고, 어쩌면 죽었는지도 몰랐다(아무도 그 애에 대해 더는 알지 못했다). 이 이상한 고장의 시간 속 어딘가에는 언덕들 가운데 외딴 정원이 있었다. 나는 몰래 거기에 올라가 한 노인을 만났으며, 그는 나에게 무화과와 빛깔이 연한 포도주를 주었었다. 때로 나는 이아생트를 데려간 이가 그 노인인 것처럼 생각되기도 했다.

그러고는 또 다른 곳에 있는 나 자신도 보였다……. 나는 시골 성당의 제의실 한가운데 무릎을 꿇고 있었다. 내 앞에는 나이 든 사제 한 분이 서 있었다. 나는 고해를 하는 중이었다. 그는 두 손을 모아 잡고 묵묵히 내 말을 듣고 있었다. 그의 뒤편 채색 유리창에는 이상하게 그늘진 곳이 있었다. 그 그늘 아래서 사자 한 마리와 한 남자가 한 여자의 곁을 거닐고 있었다. 그리고 잘 찾아보면, 한구석에, 여자의 오른쪽에, 선명한 빛깔의 과실들로 뒤덮인 나무의 매끄러운 둥치에 감겨 있는 지상낙원의 큰 뱀이 보였다.

때로는 이러한 환영들에 놀라곤 했다. 나는 내가 알지 못했던 그런 시절의 이미지들이 어디서 오는지 의아해하곤 했다. 나는 내 어린 시절을 잘 기억하고 있었으니 말이다. 그러나 그 그럴듯한 이미지들은 곧 내 눈앞에서 순수한 기억들로 변모하곤 했다. 그것들은 망각으로부터 떨어져 나오는 모습들의 투명성과 연약함을 지니고 있었다. 세월의 후광이 그것들을 두르고 있었다. 그것들은 어쩌다 망각에서 떨어져 나온 과거의 영역들을 감싸는 기이한 빛 속에 떠돌고 있었다. 추억들은 그 빛으로부터 얻어지는 비물질적인 색채로 인해 우리에게서 얼마간 멀찍이 떨어져 있는 것이다. 그 이미지들은 결코 그 빛을 가로질러 다가오지 못했다. 그것들은 과거의 일상적인 경계들 위에 위치해 있었다. 그런 모습들이, 모든 의지적인 환기로부터 자유롭게, 자발적으로, 자연스러운 몽상처럼 이어졌다. 내가 내 은밀한 열망들에 맞는 과거를 만들어 가지려는 욕망에서 그것들을 만들어냈다면, 그것들은 진짜 추억들만큼이나 변덕스럽게 존재하도록 그렇게 길들지는 않았을 것이었다. 그리고 아마 나도 그런 것들은 전혀 믿지 않았을 것이었다.

나는 그것들을 믿고 있었다. 그것들이 나타날 때면, 내 존재의 어떤 부분들은 다정함과 회한에 지고 마는 것이었다. 그렇게 되돌아오는 모습들에 대한 이러한 감상적 태도는 분명 내가 그것들을 다시 알아보는 것을 도왔을 것이었다. 만일 내가 그것들을 사랑한다면 내가 그것들을 전에 사랑한 적이 있기 때문이리라고 나는 생각했다. 그렇듯 상상적인 과거로써 실제의 현재를 얼마간 위로하는 것이었다.

때로 나는 그 환영의 세계들과 현실 세계 사이의 설명할 수 없는 연결이 이루어지는 극적인 만남의 시간과 장소를 찾아내려 했다. 만일 내가 다른 사람의 영혼에 자주 머무른다면, 나는 거기서 그의 떨칠 수 없는 상념들을 겪지 않았겠는가? 그리고 그 역시 자기도 모르는 사이에 자신에게서 떨어져 나와 내 안에서 살고 있지 않았겠는가? 우리는 서로서로 어디에 있었던가? 그는 내가 그를 엿보고 있음을, 내가 그의 실체로 살아가면서 그의 영혼을 위해 창조했던 그리고 이제 우리 둘 사이의 눈 위에 빛나는 저 경이로운 세계의 편린들을 내 허무를 향해 돌리고 있음을 알고 있었던가? 그는 때로 불안이 올라오는 것을 느끼고 있었던가? 그는 자신의 기다림으로 충전되어 있는(아! 그는 대체 누구를 기다리고 있었던가?) 공간 위로 사람의 그림자가, 어쩌면 성가브리엘 고원 주위를 배회하고 있을 누군가를 그로부터 앗아가려 하는 사람의 그림자가 미끄러지는 것을 보지 못했던가?

그것은 어떤 존재, 어떤 피조물이었던가? 나로서는 도저히 알 수 없었다. 영혼들의 혼융은 거기에서 멈추었다. 그의 영혼에는 그가 내놓지 않는 어떤 비밀이 있었다. 나는 그것이 괴로웠다. 분명 나는 모습들을 지어내고 있었다. 그러나 내 몽상 속의 모든 모습들은 틈입자들로서 스며들 뿐, 내 몽상이 펼쳐내는 저 가변적인 세계의 일부가 될 수 없었다. 저 얼굴 없는 존재는 그 때문에 한층 더 혼란스러운 것이 되었다. 그에게 감각적인 외관들을 부여할 수 없었으므로, 나는 순전히 그의 영혼에만 머물렀다. 내가 눈 위에서 엿보는 것은 한 영혼이었다.

나는 그 새하얀 눈이 내게 기회를 주기를 바랐다. 땅 위에는 아마도 눈을 제외하고는 영혼이 자신을 드러낼 만한 우호적인 공간이라고는 없었기 때문이다.

그러나 또 한편으로는 그 영혼이 나를 발견하지 않기를 바랐다. 그는 내 존재에 놀라 달아날지도 몰랐다. 나는 그것이 눈에 띄지 않고 지나가고 싶어하리라고 짐작했다. 그러나 그것이 어떻게 나를 알아볼 수 있겠는가? 성가브리엘 고원에 사는 두 사람 중 내가 더 숨어 있지 않았던가? 저 다른 사람, 라 주네스트의 그는 멀리서 저 등불을 쳐들고 있었다. 그러나 나는, 그 어떤 표지도 없는 나는……?

하지만 나는 다른 사람이 켠 저 등불의 덕을 보고 있었다. 우리는 둘 다 같은 영혼을 기다리고 있었다. 그는 그 영혼에게 경계심을 일으킬 것을 무릅쓰고 온 지평선에서 다 보이도록 자신을 내어주고 있었다. 나는 그의 곁에 숨어 그늘 덕을 보면서, 그것이 나타날지 모르는 길들을 지키고 있지 않았던가? 때로 나는 그보다 먼저 그 영혼을 만날지도 모른다는 희망과 불안에 시달리기도 했다. 나는 내가 그것을 보게 될까 봐 두려워하고 있음을 깨달았고, 그 때문에 혼란스러웠다.

때로 저 흐릿한 세계와 어렴풋한 얼굴이 나를 불안하게 했다. 나는 거기서 나를 잃을까 봐 두려웠고, 다른 곳에서, 그들의 위험한 영향력을 피해, 확실한 피난처를 찾고 있었다. 나에게는 내 기억이라는 은신처밖에 없었다. 곧 내 진짜 추억들이 거기에서 사라져갔다. 나는 다시금 내가 결코 살았던 적이 없음을 알고 있는 저 전생의 엄습을 받고 있었다. 그러나 모든 세부들이 하도 친근해져서 나는 합리적인 세계로 돌아가고 있다는 착각마저 들었다. 거기서 모든 것이 친숙하게 보이는 순간 나는 더욱 길을 잃을 뿐이었다.

분명 내가 좋아했을 성싶은 친근한 사물들이 이상할 만큼 뚜렷하게 내 눈앞에 나타났다. 그러나 존재들은 여전히 막연하기만 했다. 그들의 환영 같은 얼굴들을 자세히 들여다보려 하면, 이내 그 생김새들을 알아볼 수 없게 되었다. 그들은 어렴풋이 윤곽만 비쳐 보이는 박명 속에 움직이고 있었다. 그것은 육신들이 아니라 사랑과 호의의 이미 멀어져간 형태들이었다. 나는 그들을 붙잡을 수 없었다. 시각도 청각도 촉각도 그들과 교류하는 데 충분하지 않았지만, 나는 그들의 감정들과 접촉하게 되었다. 내가 다시 보고 듣기를 열렬히 원하는 그리고 그 육신이 사라져버린 그들이 내 회한 앞에 남겨놓은 것이라고는 저 다정한 입김뿐이었다. 매 순간 나는 그것이 사라질까 두려웠으니, 그 가벼운 김은 그토록 엷어 보였다. 그것은 극히 적은 숨결에도 흩어지곤 했다. 하지만 그것은 보이지 않는 중심에 끌린 듯 기적처럼 다시 서려들었으며, 거기서는 저 얼마간의 다정함 내지는 친근함이 퍼져 나와, 그것만으로도 덧없는 하나의 음색이나 억양을 망각으로부터, 가장 정다운 모습들의 생김새들이 사라져간 망각으로부터 구별해내기에 족했다. 그런 음색이나 억양은 그 존재들이 살아 있을 때는 결코 들어보지 못한 것이지만, 그 추억은 은연중에 우리 안에 새겨져 그들이 죽은 지 오랜 뒤에도 정다운 전언으로 되살아나는 것이다.

때로 나는 다른 사람을 향해 있는 애정들을 가로채고, 그 산 자와 죽은 자들을 동시에 속이는 것이 수치스러웠다. 나는 행복을 갈망하는 내 영혼을 그들 사이의 교감이 오가는 지극히 순수한 길 위에 가로놓은 것이었다. 그러한 모독을 행하다가 어떤 벌을 받지나 않을지 불안해지곤 했다. 그러나 그 그림자들은 증오 없이 나를 지나쳐갔으며, 때로 나는 그들의 출현과 무관하지 않은 듯이 생각되곤 했다.

그리하여 나는 라 주네스트의 사람과 나 중에서 누가 더 사로잡혀 있는지 알 수 없었다. 집념은 그의 몽상의 힘만으로 내 영혼에까지 퍼져 와 있었으며, 나는 그 해독할 수 없는 몇몇 파장을 붙잡을 수 있을 뿐이었다. 그러나 그 가공할 양식으로 강해진 나는 그의 기다림에 내 기다림을 더했고, 내 기다림은 그 못지않은 간절함으로 그가 우리 둘을 위해 정해놓은 목표를 향하고 있었다. 그리하여 나는 그에게서 빼앗은 부요를, 날마다 두려워하며 내 열에 뜬 내 가련한 두 손을 담그어 신비의 재보들을 건드려보는 그 부요의 일부를 그에게 돌려주는 것이었다.

그 미지의 유년 시절로 나를 데려가는 추억들 가운데 가장 충실히 되살아나곤 하는 것은 낡은 오두막이었다. 장밋빛 무명천으로 된 작은 커튼이 문간에서 흔들리고 있었다. 오래전부터 사람이 살지 않는(전에는 개들이 거기 살았다는 것을 나는 알고 있었다) 그 오두막은 과수원 뒤편 가시덤불 가운데 숨어 있었다. (꿈에서나 볼 수 있는) 거대한 사이프러스가 정원의 복판쯤에 서 있었다. 그 이쪽으로는 마흔 그루 남짓한 벚나무들이 있었고, 그 저쪽으로는 스페인 금작화들이 야생으로 자라나는 우묵한 지대가 펼쳐져 있었다. 아무도 그리로는 가지 않았다. 버려진 지 오래인 그 집에는 누아르아질*이라는 이름이 붙어 있었다. (내가 잊어버린) 누군가가 나에게 그것을 말해주었음에 틀림없다. 나는 그것이 이상하고 불안한 느낌을 준다고 그러나 평생토록 꿈꿀 만큼 아름답다고 생각했다. 나는 거기에 마음이 끌렸다. 나는 그 작은 은신처 주위의 감동적인 영토를 고뇌하며 헤매고 있는 나 자신을 거듭 발견했다. 나는 자주 거기에 가서 여러 시간씩 서성이곤 했다. 그곳은 (이제야 이해하거니와) 내 어린 시절의 가장 중요한 주거지 중 하나였다. 나는 그곳에서 피난처를 발견했었다. 어린 시절은 은밀한 장소들에 대한 관심과 기호를 감추고 있다. 어린 시절은 그 나름의 작은 의식들을 거행하고 그 마법들을 행하기 위해 비록 허구적인 것일지라도 비밀 장소들을 필요로 하는 것이다. 어린 시절이 사람들의 시선을 피해 나왔다고 느끼는 순간부터, 온 세상은 그 순진한 주문(呪文)들 아래 놓이는 것이다. 누아르아

* Noir-Asile. '검은 은신처'라는 뜻.

질로부터 나에게 돌아오는 주문들은 그 격렬함으로 나를 놀라게 했다. 거기서는 은밀한 욕망과 그 나이의 변덕들 이상의 경계심이 느껴지곤 했다. 나는 관찰하고 기다리는 것을 좋아했던 것이다. 누아르스아질 주위의 공기 중에는 마치 인간의 냄새와도 같은 것이, 비누질한 살갗과 들판의 꽃들에서 나는 향기와도 같은 것이 어렴풋이 감돌고 있었다.

판자벽에 기댄 채, 여름의 불 냄새를 풍기는 마른 풀섶에 앉아, 나는 거기서 따뜻한 땅과의 저 감미롭고도 괴로운 접촉을 조금씩 되찾곤 했으며, 그 추억은 이후로 끊임없이 내 삶을 동요케 해왔다. 나는 땅을 사랑하기 때문이다.

오두막은 대개 저녁 어스름 속에 나타나곤 했지만, 때로는 밤의 풍경 가운데서도 나타났다. 그것은 정말로 밤의 오두막처럼 보였다. 그것은 어둠 속에서 비로소 제 모습을 온전히 되찾는 것이었다. 그것은 내 어린 시절의 가장 극적인 장소가 되었다. 무엇 때문에? 아무리 해도 기억해낼 수가 없었다. 나는 전에 거기서 기다리고 괴로워하고 희망했었다. 그 때문에 이제 나는 거기서 필사적으로 한 인간의 모습을 찾고 있는 것이었다. 그러나 그 어떤 모습도 떠오르지 않았다. 단지 내 아주 가까이서 숨소리가, 마치 누군가가 조금 가쁜 듯한 숨소리가 들릴 뿐이었다. 어린 가슴의 짧고 동물적인 호흡이, 그리고 하나의 이름이. 그것은 타는 듯한 입으로부터 나와 나직이 나를 부르고 있었다. 그러나 그것은 내 이름이 아니었다. 그것은 갑자기 내 위로 다가와 부드럽게 나를 건드리고는 멀어져 갔다. 초원으로부터 하나의 부름이, 마치 달밤의 두꺼비 소리처럼 짧고 부드러운 노래가 올라오고 있었다. 하지만 달은 없었다. 하늘에는 무수한 별들뿐이었다. 땅의 온기에 감동한 듯, 머나먼 별들은 희미한 빛만을 허락하고 있었다. 나는 거기 있었고, 나는 사랑하고 있었다. 무엇을 사랑하는지는 알 수 없었으나, 그 괴로움과 그 희열은 기억하고 있었다. 내 가까이에는 아무도 보이지 않았으나, 그 이상한 기억 속에는, 내가 도처에서 헛되이 찾아 헤매었던 그 어린 몸과 그 야생적인 얼굴은 없어도, 으깬 샐비어와 젊은 피의 냄새가 있었다.

이제 나는 더 이상 혼자가 아니었다. 도처에서, 수시로, 그러한 환영들이 나를 사로잡았다. 그것들은 내 잠 속에 끼어들었고, 나를 현재로부터 해방시켰다. 이 두 번째 기억 속에서 풍경은 쉽사리 구성되었고 존재들은 수월히 돌아다녔다. 그것들과 나 사이에, 그 신비한 정경의 배경이 밝아질수록, 하나의 그림자가 형성되었다. 그것은 인간의 형체를 하고 있지 않았으나, 감각적인 윤곽들을 지니고 있었다. 정념의 그림자 그 자체라고나 할 것이었다. 몸 바깥에 투사되어, 자유롭고 유동적으로, 그것은 내 앞에서 나를 시험하고 있었다. 그것은 마치 잊힌 고통이나 다정함의 순수한 운동처럼, 모든 형체에서 풀려나 홀로 되돌아온 추억이었다. 나는 거기에서 내 사랑을 알아보았다. 그러나 내가 사랑한 것이 누구였는지는 여전히 알 수 없었다. 나는 그래서 한층 더 초조했다. 나는 욕망뿐이었다. 그러나 그 열기, 그것은 더 이상 추억의 것이 아니었다. 그것은 나였다. 여기와 다른 곳의, 이전과 지금의 나였다. 나는 거기에서 스스로를 잃었다. 내 감각들은 마치 현(絃)처럼 진동했다. 그러나 여전히 의식은 뚜렷했다. 나는 단지 내 몸을 버려두었을 뿐이다. 그것은 막연히 밤이고 낮이고 저 드넓은 집 안을 돌아다니거나, 아니면 여러 시간씩, 때로는 난로 앞에서 때로는 창가에서, 꼼짝 않고 있었다. 마치 그것은 더 이상 나라는 사람이, 내 몸이 아니라 그것들의 모방인 듯했다. 만일 내가 내 안 깊숙이 아직 단단한 받침 위에 등불의 예식을 간직하고 있지 않았더라면, 그 새로운 착란은 나를 어디까지 데려갔을지 알 수 없다. 왜냐하면 등불만이 동요하지 않았기 때문이다. 멀리서 그것은 내 광기를 비추고 있었다.

그것은 분명히 시골 부엌에서 흔히 보는 작고 보잘것없는 등불이었다. 식탁 한구석에 놓여 오죽잖은 빛을 발하는 구리 등잔이었다. 집안일들과 얌전한 기도들을 비추어주는 등불, 겨울의 친근한 등불, 그리고 조금 늦게까지 깨어 있는 소작 농가들에서는 벽난로 위쪽 걸쇠에 매달아두고 난로의 열기와 빛을 한꺼번에 누리는 등불이었다. 그것은 바로 나에게 필요한 등불이었다. 크게 빛나지 않으면서, 그것은 나에게 집중과 평온함을 가르쳐주었다. 그때부터 그것은 나에게 더 이상 조촐한 시골의 등불이 아니라 겸허한 영혼의 상태였다. 친근하고 참을성 있는 하나의 종교가 그 빛의 둘레 안에 살고 있었다. 거기서는 더 이상 자기 영혼을 찾아다닐 필요가 없었으니, 그것은 이미 거기 있었다. 영혼들은 고통과 회한과 기다림을 비추어주는 그런 조촐한 등불들을 사랑하는 것이다.

그 장중하고 절제된 경건의 전언이 내게 도달한 것은 내 정신이 최악의 방황 가운데 있을 때였다. 그것은 내 방황들을 가라앉혀 주었다. 라 주네스트는 나에게 마치 기억의 수도원처럼 보였고, 거기서는 내가 알지 못하는 예식들이 기이하고 신비로운 얼굴들을 불러내는 성싶었다. 어떤 예지로운 신심이 그 예식들을 유지해가고 있었으니, 그렇게 해서 불려 나오는 얼굴들은 그의 정열적인 이념 가운데서 어떤 예배를, 그 열성은 짐작되지만 그 대상은 여전히 보이지 않는 예배를 확인해주는 것이었다. 이 모든 영혼의 건물, 나는 그것이 다정하고 지속적인 감정 위에 지어진 것이라고 상상했다. 그러한 감정의 존재와 유지는 그 건축물의 주인에게 무엇보다도 중요한 것일 터였다. 그에게는 그 감정의 추억이 움직이는 것을 느끼는 것이 즐겁고도 괴로운 일이었다. 그러나 어쩌면 그는 그 영적인 가치에 한층 더 중요성을 두고 있는지도 몰랐다. 만일 그가 그 사랑의 움직임을 사랑하고 연장하기를 원한다면, 그것은 그의 예배가 진정한 전언을 기다리는 가운데, 어떤 약속 위에서만 살고 있다는 표지가 아니었겠는가? 그는 나름의 내적인 신학과 소통의 기도들과 위로하는 성당들을 가진 폐쇄적인 종교를 만들지 않았다. 그는 온통 부재를 향해 있었고, 대지를 향해 열려 있었다. 만일 거기서 사람이 기도를 웅얼거린다면, 그 기도들에는 분명 순수한 사랑의 구절들밖에 들어 있지 않을 것이다. 라 주네스트는 그의 기도 가운데서 아무것도 요구하지 않았으니, 거기에는 희망이 살아 있었기 때문이다.

그처럼 조용한 확신이 가까이 있다는 것이 나를 다소 안심시켰다. 나는 단순한 심정이 되어 아늑한 고독의 즐거움을 즐기게까지 되었다. 나는 집을 덥히는 불을 기뻐했고, 눈 위를 지나는 바람 소리를 들으며 만족감에 몸을 떨었다. 나는 내 어린 시절과 젊은 시절과 내가 태어났던 산악 지대를 되찾았다. 나는 겨울에 고생하는 짐승들을 생각했다. 겨울이면 여우와 담비는 먹이를 찾아 고원을 헤매 다니고, 늑대는 굶주림과 목마름을 달래느라 눈을 먹는다. 어디에나 구유들은 비어 있다. 개와 목동은 양떼 가운데서 양털과 축축한 숨결의 따스한 냄새를 맡으며 잔다. 밀짚은 버석거리고 치즈와 우유의 냄새가 난다. 바깥에서는 바람이 바다를 향해 내리닫는다. 사이프러스들이 신음한다. 북풍은 마지막 물을 강을 향해 밀어낸다. 사냥철은 지났다. 얼음이 언다. 굴혈 속의 땅은 따뜻하다. 때로, 멧돼지들이 작은 떼를 지어 골짜기를 달려 내려온다. 나무뿌리와 샘물을 찾는 것이다. 언덕 발치에 묻힌 듯한 소작 농가들의 지붕에서는 한 가닥 연기가 솟아오른다. 조용하고 수수한 친구들이 문을 두드린다. 그들의 옷에서는 바람과 눈의 냄새를 맡을 수 있다. 불은 구리 주전자를 노래하게 하고 수증기를 내뿜게 한다. 설탕과 사탕수수를 담근 커다란 포도주 사발들을 데운다. 그리고 모두가 그 주위에 둘러앉는 등불이 있다. 때로는 나지막한 음성으로 마지막으로 날아간 들오리 떼 얘기를 하기도 하고, 젖은 개들은 불 앞에서 몸을 말리며 기분 좋게 으르렁댄다. 모두가 말이 없다. 그러면 벽으로부터 정다운 그림자들이 떨어져 나와 삶의 즐거움에 함께 어울린다. 사람들의 늙은 피가 뛰는 소리가 들린다. 각자, 자신의 가슴속에서, 심장의 집요한 고동 소리를 듣는다. 별자리에는 이미 동방박사들의 군대가 나타난다.* 군대는 겨울 야영을 할 것이고, 곧 별들투성이인 이 황야를 떠나 목동들 쪽으로 내려갈 것이다.

나는 12월의 처음 두 주간이 별 탈 없이 지나갔던 것을, 그러고는 성가브리엘 고원에 기이한 사건이 일어났던 것을 기억한다.

나는 그 현장에 있었다. 이제 생각하면 믿기 어려운 일이지만 말이다.

성탄 전야였다. 낮 동안 눈이 내렸었다. 나는 통 밖에 나가지 않았고, 그러려야 그럴 수도 없을 것이었다. 정오경에는 눈발이 두터운 커튼처럼 드리워졌고, 10미터 앞

* 오리온자리 한복판에 있는 세 개의 별을 '동방박사' 별이라 한다.

도 보이지 않았다. 밤이 되어서도 여전히 눈이 내렸다. 나는 덧문을 닫고, 불을 켜고, 저녁을 먹었다. 그러고는 열한 시까지 책을 읽었다. 열한 시가 되자 졸음이 왔다. 그러나 불 앞에 있는 것이 좋았으므로, 침실로 올라가기를 주저하고 있었다. 거기서 그대로 자도 좋을 것이었다. 나는 긴 의자를 벽난로 가까이 끌어다 놓았다. 거기 누우려다 말고, 문득 외투를 덮으면 좋겠다는 생각이 들었다. 거실 곁 골방에 큼직한 가죽 외투가 걸려 있었다. 그 구석에는 덧문 없는 창이 나 있어 곧장 벌판을 향해 있었다.

그 안에 들어갔을 때, 나는 이상한 빛에 휩싸였다. 창을 통해 들어오는 빛이었다. 나는 다가가서 밖을 내다보았다. 하늘은 맑게 걷혀 있었다. 달이 고요한 고원을 비추고 있었다.

라 주네스트는 보였지만, 등불이 보이지 않았다. 등불이 사라진 것이었다. 나는 놀랐고, 아마 그 구석에서는 소작 농가의 불 켜진 정면이 안 보이는가 보다고 생각했다. 나는 외투를 걸쳤다. 길에서는 등불이 보일 것이었다.

거실로 돌아와 나는 단추를 꼼꼼히 채우고 밖으로 나갔다. 뜰에는 눈이 많이 쌓여 있었다. 장화가 무릎까지 빠졌다. 하지만 날씨는 온화했다. 보름달이 하늘 높이 눈부시게 떠 있었다.

나는 길로 나갔다. 거기서는 대낮처럼 볼 수 있었다. 라 주네스트는 닫혀 있었고, 불빛이라곤 없었다. 그러나 라 주네스트와 나 사이에 웬 건물이 서 있었다. 꿈을 꾸는 것만 같았지만, 꿈은 아니었다. 그것은 거대한 은빛 텐트로, 달빛을 받아 반짝이고 있었다. 마치 유리 가루처럼 부서질 듯한 땅 위에 지어진 눈의 서커스와도 같았다.

그것은 소작 농가 아주 가까이, 내 집에서는 400미터쯤 떨어진 곳에 서 있었다. 사람들이 눈 위에서 부산히 움직이고 있었다. 말뚝이라도 박는지, 망치 소리들이 들려왔다. 말뚝이 대여섯 개는 되는 성싶었다. 일을 마치자, 그들은 한 사람씩 텐트의 벽 뒤 갈라진 틈새로 미끄러지듯 사라졌다.

말이 한 마리 힝힝대더니, 이윽고 모든 것이 조용해졌다. 신기루에 홀렸다고 생각한 나는 그 환영에 등을 돌려 몇 발짝 가다가 멈추어 섰다. 삭풍이 가볍게 불어닥치면서, 마구간과 눈의 냄새를 실어왔던 것이다. 나는 돌아섰다. 라 주네스트 아래쪽에 커다란 원추형의 은빛 지붕이 다시금 눈에 들어왔다. 아무 소리도 들려오지 않았다. 나는 가까이 가보기로 했다.

눈이 많이 와서 때로 무릎까지 빠지곤 했다. 바람이 스칠 때면 반짝이는 눈가루가 흩날렸다.

텐트에서 50보쯤 되는 데서 걸음을 멈추고 나는 찬찬히 바라보았다.

텐트 천을 통해 불빛들이 일렁였다. 때때로 목소리가 높아졌다가 잦아들곤 했다.

거기서 100미터쯤 떨어진 포플러들 아래 열 대 남짓 크고 검은 유랑 마차들이 세워져 있었다. 불빛이라고는 없었다. 이따금씩 말뚝에 매어놓은 말이 앞발을 차는 소리만 들렸다.

나는 더 가까이 다가갔다. 나는 내 눈을, 내 귀를, 도저히 믿을 수가 없었다. 밧줄에 발이 걸려 넘어질 뻔했다. 밧줄이 진동했고, 텐트의 한쪽이 온통 흔들렸다. 나는 그 거칠거칠한 천을 만져보았다. 여러 장의 천이 가는 가죽끈으로 이어져 둥근 벽을 이루고 있었다. 그중 두 개의 매듭을 풀고 나는 안으로 미끄러져 들어갔다.

안은 어두웠다. 가운데 기둥에 연기가 나는 등불이 하나 걸려 있었다. 사람들은, 잘 보이지 않았는데, 무대 주위에서 분주히 일하고 있었다. 바닥에는 눈을 쓸어내고 톱밥을 뿌려놓았다. 싱싱한 전나무 향내가 났다.

내가 들어오는 것을 본 사람은 아무도 없었다. 갈퀴를 든 사내가 내 곁을 스칠 듯 가까이 지나갔지만, 그도 아무 말을 하지 않았다. 그는 볕에 그을고 마른, 건장한 사내로 보였다. 그는 멀어져갔다. 가로대에서 고리들이 미끄러지는 소리가 났다. 무대 주위에서 일하던 사람들은 하나씩 어디론가 사라졌다. 마지막 사람이 등불을 가져갔다.

그러자 어둠 속에서 텐트 꼭대기에 매달린 반투명 유리 등잔에 불이 켜졌고, 뒤이어 두 번째, 좀 더 낮은 곳에 세 번째, 그러고는 텐트 둘레 여기저기에 여남은 개의 불이 켜졌다. 무대 전체가 눈에 들어왔다. 공중에는 곡예사들의 운동 장비들이 준비되어 있었다. 니켈 고리들이 반짝거렸다.

무대 위에는 석회로 굵은 선을 쳐서 타원 안에 거대한 육각형 별을 그려놓았다. 별의 꼭짓점마다 무거운 금속 촛대가 세워져 있었다. 반대편, 내 맞은편에는, 검은 막을 드리운 입구가 있었다.

무대는 잠시 비어 있었다. 이윽고 노파 셋이 막 앞에 나와 쭈그려 앉았다.

가련한 배불뚝이 광대처럼 보이는 사람이 나와 노파들에게서 조금 떨어진 곳에 철제 걸상을 놓고 앉았다.

말들이 발길질하는 소리가 들렸다. 아이가 울고 있었다.

광대는 가볍게 손뼉을 쳤다.

검고 마른 사내가 나타났다. 은손잡이가 달린 지팡이를 옆에 끼고 있었다.

조용히 그는 모자를 바닥에 내려놓았다. 작은 펠트 모자였다. 그는 잠시 그것을 내려다보더니 소매를 걷어붙이고 지팡이를 뻗쳤다. 지팡이가 떨리기 시작했다.

그 끝으로 그는 모자를 건드렸다. 뱀 한 마리가 머리를 들더니 땅바닥으로 미끄러져 나와 똬리를 틀었다.

그러자 마법사는 내 쪽으로 돌아서서 나를 보았다. 그는 인광이 나는 초록색 눈을 하고 있었다. 그는 잠시 꼼짝 않은 채 내 눈을 똑바로 마주 보았다.

그는 모자에 등을 돌리고 서서 그것을 보지도 않는 채 지팡이 끝으로 건드렸다.

불룩한 바지와 작고 파란 윗옷을 입은 사내가 나타났다.

그는 몇 발짝 걸었다.

아주 늙은 마부가, 비단 장식이 달린 빨간 연미복에 흰 반바지를 입고 머리에는 아무것도 쓰지 않은 차림으로, 무대 가장자리 검은 막 앞에 멈추어 섰다.

그는 가느다란 은나팔을 들고 있었다.

그는 두 손으로 그것을 들어 올려 입에 가져갔다. 그의 뺨이 부푸는 것이 보였다.

은빛 텐트가 부드럽게 진동하며 탄식과도 같은 소리가 새어나왔다. 그것은 감상적이고 떨리는 곡조였고 오래된 마구간의 느낌이 났다. 마음을 에는 듯한 그 소리 뒤편으로 푸른 숲과 그리운 옛 집들이 나타났다. 말들은 나무에 매인 채 갈기를 늘어뜨리고 바람 속에 고개를 돌리고 있었다…….

나팔 소리가 울리자 노파들은 커튼을 당겨 올렸다.

쉰 명가량이 커튼 앞으로 모여들었다. 남자들, 여자들. 그러고는 짐승들이 있었다. 크고 얌전한 곰 두 마리, 망아지 세 마리, 뿔 주위에 잎사귀 화환을 두른 작은 황소. 남자 넷에 이끌려 황소는 군중 뒤로 사라졌다.

나는 다가갈 엄두가 나지 않았다.

커튼 뒤로는 복도가 보였고, 복도는 좀 더 작은 텐트로 이어져 있었다. 그 텐트는 횃불의 불꽃처럼 팔락이는 불그레한 빛으로 밝혀져 있었다.

서커스에는 촛대 여섯 개를 밝혀놓았다. 등잔들은 꺼져 있었다.

나는 벤치에 올라가 바라보았다.

아무도 아무 말도 하지 않았다. 나는 텐트 안에서 일어나는 일들을 보려 했다. 작은 단(壇)이 보였고, 그 위에는 황소가 네댓 명의 남자들에 둘러싸여 있었다. 한 여자가 노인 가까이에 있었다. 묵직한 연기가 일었다. 젖은 짚을 태우는 모양이었다…….

황소가 나직이 음매 울었다. 노인은 팔을 들었다. 군중은 낮고 이상한 신음을 냈다. 연기가 빽빽해져서 더는 아무것도 분간할 수 없었다.

갑자기 내 머리 위에서 밧줄과 고리와 가로대가 와장창 부서지는 소리를 내더니 큰 쪽 텐트의 일부가, 좌우 두 폭이, 철썩 소리 내며 접혔다.

하늘이 펼쳐졌다. 불빛이라고는 없이 새까만 하늘이었다. 겨울의 별자리들이 반짝이고 있었다. 공기는 그래도 온화한 편이었고, 달은 어디론가 사라지고 없었다.

횃불들을 꺼버린 모양이었다. 작은 텐트에만 아직 희미한 빛이 남아 있었으나, 다 꺼져가는 불에서 나오는 것이었다.

단 위에는 이제 아무도 없었다. 텐트 안쪽에는 만(卍)자처럼 네 끝이 부러진 거대한 검은 십자가가 그려져 있었다.

불이 꺼졌다. 모든 것이 사라졌다.

발걸음 소리와 숨죽인 말소리가 들려왔다. 곡예 장비들이 있는 쪽에서는 이따금 쟁그랑대는 소리가 났다. 사람들이 다시 내려오는 모양이었다.

누군가가 가까이 스쳐갔다. 땀 냄새가 났고, 가쁜 숨을 쉬고 있었다. 그러더니 누군가가 나를 건드렸다. 내 소매를, 그러고는 팔꿈치를 잡는 손이 있었다. 나직이 어떤 이름을 불렀다. 나는 조용히 몸을 빼쳐내며 텐트의 벽 쪽으로 물러섰다. 공기가 탁해져 있었다. 태운 짚과 톱밥의 냄새가 났다.

나는 출구를 더듬어 찾았다.

바깥은 날씨가 온화했다. 나는 얼이 빠진 채 비틀거리며 50보쯤 걸어갔다. 그러고는 몸을 굽혀 눈을 만져보았다. 눈은 차고 파삭했다. 꿈을 꾼 것이 아니었다. 나는 꿈꾸고 있지 않았다. 그러나 돌아보고 싶지 않았다. 서커스가 더는 거기 없을 것만 같았다.

그래서 나는 라 코망드리를 향했다. 눈에는 한두 시간 전에 내가 밟아왔던 발자국들이 남아 있었다.

길에 이르렀을 때, 돌아보고 싶은 격렬한 욕망에 사로잡혔다.

나는 그 욕망에 저항하며 집까지 걸었다.

문은 여전히 열려 있었다. 뜰에 들어서자 켜진 등불이 보였다.

그것은 식탁 한구석에 놓여 있었다.

처음에는 이상한 무감각에 사로잡혔다.

서커스의 출현은 그리 놀라울 것이 없었다. 그것이 어디서 왔는지? 왜 이 황야에서 야영을 했는지? 그런 질문들은 거의 떠오르지 않았다. 평소에는 그처럼 나 자신을 벗어나기에 조바심하는 나였건만, 직접 목격했던 거의 믿을 수 없는 사건들의 이유를 찾는 데는 미미한 호기심밖에 느끼지 않았다.

이튿날, 나는 퍽 늦게 일어났다. 덧문을 여는 일을 굳이 서두르지 않았다. 열 시쯤 되어서야 마지못해 덧문을 열었다.

예상했던 대로 서커스는 떠나고 없었다. 하지만 그 흔적들은 아직 남아 있었다. 아침에 다시 눈이 왔는데도, 무대에 그려놓은 그림은 여전히 알아볼 수 있었다. 눈밭에 바퀴 자국과 발자국, 말발굽 자국 같은 것들이 패여 있었다.

흔적들은 남동쪽으로 멀어져가고 있었다. 그 기이한 유랑의 무리는 고원을 가로질러 오몽주 로(路)와 오르주발 로가 교차하는 쪽으로 사라진 것이었다.

라 주네스트는 닫혀 있었다. 구름 덮인 하늘이 새로운 눈보라를 예고하고 있었다.

전날 밤의 온화함은 잠시 추위가 유보되었던 것뿐이었다.

성탄절 당일이라 멜라니 뒤테루아는 오지 않을 것이

었다. 나는 유쾌한 기분이었다. 큰 불을 지피고, 맛있게 식사를 했다.

정오에 눈이 내렸다. 나는 창문 앞에 앉아서 눈이 내리는 것을 보았다. 밤이 되자 또 눈이 내렸다.

저녁 여섯 시쯤 나는 마당을 가로질러 오는 발걸음 소리를 들었다. 문 두드리는 소리가 났다. 멜라니 뒤테루아였다.

그녀는 눈을 뒤집어쓰고 있었다.

뜻밖의 방문에 놀라는 내게 그녀는 수건으로 싼 작은 바구니를 내밀었다.

내가 수건을 벗기려 하자, 그녀는 잠깐 기다리라는 신호를 했다.

나는 바구니를 식탁에 놓았다.

그녀가 추울 것 같아서 커피를 권했다.

"고마워요, 제가 직접 데우지요." 그녀는 말했다.

그녀는 커피 주전자를 불 가까이 가져다 놓고 사발을 가져와 벽난로 앞에 무릎을 꿇었다.

그녀는 두건을 쓴 채였고, 나에게는 그 얼굴이 잘 보이지 않았다.

나는 그녀에게 혼자 돌아가려면 무섭지 않으냐고 물었다. 그녀는 처음으로 개를 데리고 오지 않았다.

그녀는 자기가 길을 잘 안다고 대답했다. 그러고는 잠자코 커피를 마시더니 가려고 일어섰다.

문을 열다 말고 그녀는 멈칫하더니 나에게 말했다.

"엊저녁에 동생을 만났어요. 이 고장에 다시 온 건 10년 만이에요."

그런 식으로 그녀 자신의 이야기를 하는 것이 나에게는 좀 거북했다.

"동생이 어디 가 있었소?"

"모르지요. 제 동생은 여행을 한답니다."

"누구와?"

그녀는 고개를 숙이고 낮은 음성으로 말했다.

"그가 짐승들을 보살펴요……."

"무슨 짐승 말이오?"

그녀는 놀란 듯이 나를 쳐다보았다.

"아실 텐데요……."

나는 그녀의 얼굴을 보고 싶었지만, 그녀는 문 뒤에 얼굴을 감추고 있었다. 그녀가 중얼거리듯 말했다.

"가야겠어요. 아직은 보이니까요. 구름 사이로 달이 조금씩 비치거든요."

"이봐요," 내가 말했다. "내 말에 아직 대답을 안 했잖소……."

그녀는 말이 없었다.

나는 그녀 쪽으로 다가갔다.

갑자기 그녀가 내게 물었다.

"오늘 옆집 사람을 만났나요?"

"라 주네스트의 주인 말이오?"

"그야, 다른 이웃이라고는 없잖아요."

"아니, 만나지 못했소. 밖에 나가지 않았으니까. 게다가 여태 본 적이 없고, 그 사람 이름조차 모르오."

"그의 이름은 비밀도 아닌 걸요," 그녀가 나직이 말했다. "다들 그를 콩스탕탱이라고들 부르지요."

"젊은 사람이오?"

"네, 젊어요."

"그런데 이 황야에서 뭘 하는 거요?"

이 질문에 그녀는 고개를 돌려 나를 보았다. 그러나 그 노란 눈은 여전히 무표정했다.

내가 아무 대꾸도 않자 그녀는 한마디 더 했다.

"오늘 저녁은 창문이 아직 다 닫혀 있어요. 등불이 안 보이지요."

나는 그녀를 따라 길로 나가보았다. 조용히 눈이 내리고 있었다.

라 주네스트에는 정말로 불빛이 없었다.

멜라니 뒤테루아는 길 한복판에 멈추어 섰다.

"아마 다들 자러 갔나 봐요," 그녀가 말했다. "나도 그래야겠어요."

나는 라 주네스트 쪽으로 몇 발짝 떼어놓았고, 다시 몇 발짝 더 가보았다. 어느새 서커스의 무대가 있던 자리에 와 있었다. 눈에 덮이기는 했지만, 아직 그 윤곽을 알아볼 수 있었다. 나는 작은 텐트가 있던 자리를 찾아냈다. 거기에는 상당히 깊게 파놓은 구덩이가 있었고, 내린 눈으로 반쯤 차 있었다.

좀 더 가까이 들여다보려고 몸을 굽혔을 때, 무슨 소리가 들려왔다.

나는 몸을 일으켰다. 소리는 창문 쪽에서 나는 것이었다. 덧문을 벽 쪽으로 밀어붙인 다음 안쪽으로 들어가는 그림자가 보였다. 조금 후 창에는 불이 켜졌다.

그 창은 3층에, 거의 지붕 바로 밑에 나 있었다. 아래쪽에서는 불빛을 받는 나무 천장 일부와 둥근 들보가 보였다.

그림자가 다시 나타나리라는 희망을 가지고 나는 잠시 기다렸다.

그러나 아무것도 다시 나타나지 않았다. 나는 얼마 못 가 추워져서 라 코망드리로 돌아왔다.

들어서면서 처음 눈에 뜨인 것은 멜라니 뒤테루아가 가져온 바구니였다.

나는 그것을 집어 들고 불 앞에 앉았다…….

그것은 마치 땅속으로부터 솟구치는 듯이 보이는 저 겨울의 아름다운 불들 중 하나였다. 그것들은 아궁이 한가운데를 차지하고는 불길을 말아 올리다 문득 벽난로의 중심을 향해 세찬 기세로 가장 큰 불꽃을 피워 올린다. 그러면 공기의 기둥이 선회하면서 한 줄기 연기와 불티들이 굴뚝을 지나 웅얼거리며 어둠 속으로, 하늘을 향해, 떠나가는 것이다…….

마침 불은 아궁이 뒷벽에 박힌 주철 판을 비추고 있었다. 나는 그 판을 그렇게 자세히 본 적이 없었다. 거침

없는 불빛 아래 부조된 모습들이 드러나 보였다.

오른쪽에는 종려나무가 있고 그 아래에는 말을 탄 두 남자가 있었다. 그중 한 사람이 들고 있는 깃발 위에는 '보세앙(Beauséant)'이라는 말이 있었다.

왼쪽에는 솔로몬의 인장인 육각형의 별이 있었다.

한가운데에는 광선을 발하는 원반 모양의 태양이 있었다.

원반 복판에 십자가가 있었는데, 십자가의 네 끝은 구부러져 있었다.

그 아래에는 라틴어로 이런 금언이 적혀 있었다:

Rota mundi orbem volventi
Res mortalium volvuntur.

"우주의 궤도를 그리며 인간사를 돌게 하는 것은 바퀴이니라."

……보세앙, 이라는 말은 내가 기억하기로는 성전기사단의 금언이었다. 기사들은 장식 깃발에 그 말을 새겨 가지고 다녔었다.

그 집은 아마도 기사단의 것이었던 듯했다. 라 코망드리(기사관)라는 이름이 붙은 것도 그 때문일 터였다. 옛 시절의 기사관이 변형되고 개축되었으나, 전에 내가 말했던 탑이며 건물의 기초공사는 본래대로인 것이었다.

불을 바라보면서 나는 그런 오랜 역사들을 생각했다.

그러나 그 그림의 전체적인 의미는 확연히 알 수 없었다.

그리고 그 십자가는 석연치 않았다.

그것은 전날 밤 보았던 끝이 부러진 십자가와 같은 것이었다.

얼마나 이상한 광경이었던가!

그 장면의 의미 역시 나로서는 알 수 없는 것이었다.

나는 바구니를 무릎 위에 올려놓고 수건을 들췄다. 수건에는 타마리스(위성류)의 가지 하나와 빵 과자 세 개가 있었다. 나는 그중 하나를 베어 물었다. 유태인들이 유월절에 먹는 것처럼 누룩을 넣지 않은 반죽으로 만든 것이었다. 모양은 둥근 자갈을 생각나게 했다. 반죽에는 어설프게나마 짐승의, 아마도 소의 머리가 그려져 있었다.

나는 빵을 뒤집어보았다. 거기에는, 놀랍게도, 십자가가 있었다. 네 개의 살이 달린 바퀴와도 같은 것의 한가운데에 찍혀 있었다.

빵 껍질에는 향신료 알맹이들이 박혀 있었다.

이런 상징들은 무슨 의미인가? ……이제 나는 그것들이 어디서 왔는지 확신했다. 멜라니 뒤테루아는 작은 텐트 아래 있었던 것이다……. 그리고 그녀는 나를 보았다. 그녀는 그 사람들 가운데서 무엇을 하고 있었던 것일까?

처음에는 그녀의 동생에게 생각이 미치지 못했다. 그러다 "그가 짐승들을 보살펴요"라고 하던 말이 생각났다. 어떤 짐승 말이냐고 묻자 그녀는 내가 그것을 잘 알리라고 했었다…….

그것은 어렴풋한 직감에 불과했다. 생각하면 할수록 나는 그 모든 일이 기이하게 생각되었다. 그러나 한층 더 기이한 것은 내가 그 기이함을 미처 느끼지 못했었다는 사실이었다. 이제야 나는 그것들을 알 것 같았다. 나는 일종의 예식이, 아마도 희생 제의가 치러지는 광경을 보았던 것이었다……. 하지만 무슨 예식이었던가?

다시금 나는 자신이 두려워졌다. 필시 나는 또다시 헛것을 보고 있는 것일 터였다. 나는 이미 엄청난 착란을 겪지 않았던가……?

순간 기분이 상한 나는 빵을 집어 들어 불 속에 던져버렸다. 잠시 타닥거리다, 길고 흰 불꽃이 일어나 굴뚝을 향해 치솟더니 사라졌다.

한 가닥 연기가 퍼져 나와 떠돌았다. 그 연기에서는 씁쓸하고 어딘가 취하게 하는 냄새가 났다. 송진이나 그런 것처럼 진한 수액의 냄새였다.

재 밑에는 잉걸불이 살아 있었고, 장작은 여전히 평화롭게 타고 있었다.

나는 불이, 인간들의 오랜 불이 사는 것을 바라보고 있었다.

불은 내 발과 다리를 덥혀주었다. 그것은 내 불이었다. 내가 그것을 나무로부터 끌어내어 지핀 것이었다. 그것은 살아 있었다. 그 생명이 가운데가 약간 우묵한 저 포석 위를 오르내리고 있는 것이었다. 나는 그것을 필요에 의해, 추위 때문에, 무(無)로부터 불러일으켰었다. 그것은 그저 소박한 시골의 불처럼 재(灰) 위에 조금씩 자리 잡았고, 나를 덥혀주고 있었다. 불은 나와 벽 사이에서 타면서 때로 그 불꽃으로 벽을 핥았다. 그 불 전에는 다른 불들이 그 반들거리는 돌들을 검게 만들었을 것이었다. 이제는 죽은 불들이. 그러나 불이 죽는다는 것이 가능한 일일까? 부활의, 영원회귀의 불이……?

문득 나는 옛 찬가의 말들이 생각났다.

"성스런 불, 세계의 힘, 대지의 품 안에 숨어 있는, 물의 밑바닥에 잠들어 있는, 그대, 인간들의 심장을 불사르며, 바람들을 제압하며, 숨결을 창조하는, 지치지 않는, 영원한, 생명의 불씨여, 그대 덕분에 해 뜨는 곳으로부터 어둠의 나라까지 그리고 해지는 곳으로부터 빛의 나라까지, 모든 것이 지나가며 머물지 않는도다, 그대 덕분에! 그러나 그대 덕분에 모든 것이 돌아오노니! 제물을 받으시라, 오 정화하는 자여, 꿀과 약초 담근 술과 위성류 가지를! 이제 태양의 새해가 왔도다. 희생의 불꽃으로 인간들의 제물은 저 높이 타며 대지와 하늘을 결합시키는도다."

무엇 때문에 그런 것이 생각났을까? 기억의 밑바닥으로 사라졌던 저 옛 노래는 문득 그렇듯 강하게 되돌아와 나에게 무엇을 요구하는 것일까?

그리하여 나는 그 겨울밤, 성탄절 밤 내내 몽상에 잠겨 있었다. 나는 생각했다. '때로 영혼은 더 이상 저 자신이 아니라 자기가 응시하는 것이 된다'라고.

처음으로 나는 맑은 마음이 되었다.

열한 시쯤 내가 몽상에서 깨어난 것은 한 줄기 바람 때문이었다. 멜라니 뒤테루아를 따라 길에 나갔을 때 이미 눈보라의 기미가 보였었다. 악천후가 시작된 듯했다. 저녁내내 내가 모르는 사이에 날씨는 점점 더 궂어지고 있었다. 이제 북동쪽으로부터 삭풍이 불어닥쳤다. 바람의 회오리들이 벽난로 속으로 몰려들고 있었다. 나는 굵은 장작을 몇 개 불에 던져 넣었다. 분명 아직 눈이 내리고 있으리라…….

……집은 강했다. 그것은 돌풍에 당당히 맞서고 있었다. 아래층의 따뜻하고 아늑한 방들은 은둔하기 좋아하는 내게 겨울의 정령에 맞서는 확고한 피난처를 제공해주었다.

나는 오래된 포도주병을 하나 찾아다 식탁에 놓았다. 사탕수수와 설탕을 조금 그리고 월계수잎을 두 장, 오지 냄비 속에 넣고 그 위에 포도주를 부었다. 불꽃이 냄비를 핥았다. 공기가 향긋해졌다…….

나는 어린 시절의 성탄절들을 생각했다. 아버지는 내 머리 위쪽 푸른 칠을 한 천장에 내가 그토록 감탄해 마지않던 금종이 별을 못 박곤 했다. 그날따라 고향의 추억이 나를 괴롭혔다. 나는 저 미칠 듯한 사랑으로, 겨울에 바람이 휩쓰는 고원에서 눈과 삭풍의 냄새 사이로 땅속 둥지의 냄새를 찾아다니는 짐승들을 사로잡는 저 절망적인 심정으로 고향을 원했다…….

그러나 눈보라의 표지 아래 땅이 일어설 때 나는 내 집의 지붕 아래 따뜻이 들어 있었다.

폭풍이 맹위를 떨쳤다. 정말이지 천사들을 위한 날씨였다……. 나는 천사들이 하늘로부터 어깨에 눈이 덮인 채 내려오는 것을, 적은 무리를 지어 성가브리엘 고원의 동쪽에 천천히 내려앉는 것을 상상했다…….

그러나 여기서, 나는 혼자이고, 기다리고 있었다…….

그날부터 나는 일어난 일들을 꼼꼼히 적어두었다. 전부는 아니라도, 내게 유용해 보이는 일들은 그렇게 했다. 그 일들이 기이해서가 아니었다. 내게 있어 기이함이란 더 이상 특별한 것일 수 없었다. 나는 기이함으로 살아가고 있었으니까.

나는 정확한 기억을 간직하기를 원했다. 분명 그 기억들은 내 안에 남아 있었지만, 나는 나 자신이 두려웠다.

이 아름다운 얼굴을 나는 어찌하려는지?

나를 사로잡고 있는 마신들로부터 그것을 떼어놓아야만 했다. 그래서 나는 그 영혼에 대해 알아낸 얼마 되지 않는 것이나마 안전하게 해두었다. 곧 나는 그 영혼이 평생토록 나를 떠나지 않으리라는 것을, 그리고 그렇게 떠나지 않는 모습은 도저히 붙잡을 수 없는 법이라는 것을 이해하게 되었다. 그것은 손을 내밀자마자 멀어져가는데, 나는 이미 손을 내밀고 있었던 것이다.

그러므로 나는 그녀를 억지로라도 떠올리기 위해서는 몇몇 의미 있는 사실들, 세심하고 감정 없이 기록한 사실들을 내 바깥에 간직해야 한다고 생각했다. 이상하게 보일지도 모르지만, 건조하고 진부한 한 줄의 글귀는, 정열의 외침 이상으로, 우리를 떠나버린 자들을 무로부터 끌어낼 힘을 갖는 것이다.

이아생트는 떠났다.

그녀가 나와 함께 사는 것은 오직 여기서뿐이다.

그녀는 성탄절인 12월 25일 자정 조금 전에 라 코망드리로 들어왔다.

그녀가 문을 두드렸을 때, 나는 불에 장작을 넣고 있었다. 폭풍우가 문을 흔들어대던 참이라, 나는 무심히 하던 일을 계속했다.

그러자 그녀는 나를 불렀다. 나는 그것이 멜라니 뒤테루아인 줄로만 알았다. 물론 그녀가 그런 날씨에, 그런 시각에 오다니 무척 놀랐다.

나는 가서 문을 열었고, 문간에서 2미터쯤 되는 눈 속에 한 여자가 서 있는 것을 보았다.

그녀는 내게 무엇인가를 물었지만, 바람 때문에, 나는 알아들을 수가 없었다. 나는 그녀에게 들어오라고 손짓했다.

그녀는 들어왔고, 나는 문을 다시 닫았다. 그녀는 외투에 덮인 눈을 털었다. 그제야 나는 그것이 멜라니 뒤테루아가 입고 있던 것과 똑같은 갈색 모직 외투임을 알아차렸다. 그러나 그녀는 두건을 쓰고 있지 않았다.

그래서 나는 곧바로 그녀의 얼굴을 보게 되었다.

그녀는 눈에 보이게 추워하고 있었다. 나는 그녀를 불 앞에 앉히고, 데운 포도주를 조금 따라주었다.

그녀는 마셨고, 말을 했다.

그녀가 무슨 말을 했는지는 잊어버렸다. 나는 그녀

의 얼굴밖에는 기억하지 못한다. 아마 나는 그녀가 하는 말을 제대로 듣고 있지 않았을 것이다. 과수원의 나무들이 폭풍우 속에서 신음하는 소리만 듣고 있었다.

그녀는 극도로 지치고 졸린 듯했다.

나는 2층 탑 가까이 있는 아직 쓸 만한 작은 방에 그녀의 잠자리를 만들었다.

그런 다음 나는 다시 내려왔다.

그녀는 내게 문 밖 가까이에 가방이 있다고 말했다.

나는 그것을 찾으러 갔다. 캔버스와 가죽으로 만든 커다란 가방으로, 꽤 무거웠다.

나는 그것을 그녀의 침실로 가져갔고, 침실 의자 위에 촛불을 하나 켜두었다.

그녀는 15분쯤 후에 자러 올라갔다. 나는 혼자 불 앞에 남아 있었다.

여전히 같은 불이었다.

공기에서는 따뜻한 포도주와 월계수와 정향의 냄새가 났다. 나는 잉걸불 위에 장작 한 바구니를 전부 비웠다.

그러고는 나도 자러 갔다.

나는 잘 잤다.

이아생트의 출현은 나를 놀라게 하지 않았다. 나에게는 그것이 곧 자연스러운 일로 여겨졌다. 실상 이아생트는 나타난 것이 아니라 돌아온 것이었다. 나는 그날 저녁 그녀의 음성이 다소 쉰 듯하면서도 간간이 아주 부드러웠던 것만 기억난다.

그녀가 자신이 온 이유를 설명했던 것 같지 않다. 그녀의 출현은 하도 경이롭고 불가해한 것이었으므로, 내게는 마치 운명과도 같이 보였던 사건을 그녀가 어떤 식으로든 해명하는 것을 나는 도저히 견딜 수 없었을 것이다.

그러나 나는 이내 마음을 놓았다.

그녀가 라 코망드리에 온 것은 만일 그녀가 존재한다는 것을 내가 알기만 했더라면 그녀가 오기를 바랐을 것이기 때문이었고, 또 그날 밤 나는 조용한 밤을 보낼 채비를 하면서도, 아무 이유 없이, 그 험악한 날씨를 뚫고, 전혀 뜻밖의 시간에, 신이든 천사이든 나타나주기를 기대하고 있었을 것이기 때문이었다.

나는 그녀를 기다리고 있지 않았다는 것을 안다. 분명 무엇인가를 기다리기는 했지만, 그 희망의 불확실한 대상에는 아직 얼굴이 없었다.

신비롭게 내 앞에 놓인 그녀의 얼굴보다 더 야생적이고 더 감동적인 얼굴을 나는 다시 본 적이 없다.

12월 26일, 나는 평소대로 일곱 시에 일어났고 커피를 만들러 내려갔다.

커피 주전자는 난로의 재 곁에서 데워지고 있었다.

식탁 위에는 내 찻잔과 설탕 그릇과 바구니에 든 빵이 놓여 있었다.

나는 커피를 마셨고, 맛있게 먹었다.

난로 가까이에 초록색 호랑가시나무 다발이 있었다.

나는 달력을 보았다. 토요일이었다. 멜라니 뒤테루아가 앞으로 사흘 동안 오지 않으리라는 사실에 기뻤다.

나는 밖으로 나갔고, 과수원에서 이아생트를 발견했다.

그녀가 먼저 말을 걸었다. 그녀도 잘 잤다고 했다.

그녀는 머리에 수건을 쓰고 있었다. 붉은 기가 도는 머리칼이 몇 가닥 관자놀이 부근에 나와 있었다.

그녀는 말했다.

"커피를 진하게 만들었어요……."

그녀는 그다지 크지는 않았지만, 늘씬한 편이었다.

우리는 과수원 안쪽으로 갔다. 그녀는 커다란 단풍나무 앞에 멈춰 서더니 이 구석에 오두막이 있었던 적이 있느냐고 물었다. 나는 알지 못했다.

"여기 오두막이 있었을 거예요." 그녀는 단언했다. "진짜 오두막 말예요."

나는 대답했다.

"만들 거요. 이름도 붙이고 말이오. 나는 한 가지 아주 아름다운 이름을 아는데……."

"나도 알아요," 그녀가 중얼거렸다.

나는 그녀가 내게 그 이름을 말하려는 줄 알았지만, 그녀는 입을 다물었다.

내가 그녀를 이아생트라고 부른 것은 바로 그때였다. 그녀는 깜짝 놀라서 나를 쳐다보더니, 몇 발짝 걸음을 옮겨놓았다.

나는 그녀에게로 다가갔다. 그녀의 얼굴은 격심한 혼란을 드러내고 있었다. 그녀는 나무 한 그루에 기댔다. 마침내 그녀는 눈을 들더니 분명치 않은 소리로 내게 말했다.

"겨우내 여기 있어도 될까요."

우리는 눈 속을 걸어 쪽문이 있는 데까지 오솔길을 되돌아 나왔다.

그녀는 내게 저녁이면 길 쪽으로 난 대문을 닫느냐고 물었다.

"아니," 나는 대답했다. "이런 계절에는 지나가는 사람도 없다오."

그녀는 고개를 저었다.

"언제든 누군가가 지나갈 수 있어요," 그녀는 말했다.

그녀는 불안해 보였다. 다시금 눈이, 아주 부드럽게, 내리기 시작했다. 내가 아무 말도 하지 않자, 그녀는 집으로 들어갔다.

이아생트는 네 시에 집을 나섰다. 나는 그녀에게 시간이 늦었음을 상기시켰다. 이런 계절에는 날이 일찍 저문다고. 그녀는 곧 돌아오겠다고 대답했다.

나는 창가에 다가가서 그녀가 어디로 가는지 내다보았다. 그녀는 길에 나서더니, 잠시 망설였다.

하마터면 나는 그녀를 따라 나가 함께 가자고 말할

뻔했다. 하지만 다시 생각하고 참기로 했다.

그녀는 들판의 웅덩이를 뛰어 건너더니, 라 데온 숲을 향해 몇 걸음 걸어갔다.

그러고는 왼쪽으로 돌아 작은 곳간에 이르렀다. 라 모레트라 불리는, 버려진 곳간이었다.

이아생트는 곳간 뒤로 돌아갔고, 더는 보이지 않게 되었다.

나는 불 곁으로 돌아왔다. 곧 밤이 되었지만, 등불을 켜지 않았다. 덧문들이 열려 있었으므로, 불을 켜면 라 주네스트에서 보일 것이었다. 하지만 이아생트 때문에, 덧문을 닫고 싶지는 않았다. 그래서 나는 장작이 아직 눅눅하여 작은 불꽃밖에 일지 않는 난로 앞에 그대로 있었다.

처음에는 시간이 그다지 오래지 않은 듯했다. 시간을 보내는 데는 익숙해진 나였다. 하지만 얼마쯤 뒤에 시계를 들여다보니, 여섯 시를 가리키고 있었다.

그렇게 늦은 시간이라니 뜻밖이었다. 이아생트는 아마 고원의 지름길로 해서 마을까지 갔으리라는 생각이 들었다.

그래도 나는 외투를 걸치고 밖으로 나갔다.

가장 먼저 눈에 띈 것은 라 주네스트가 캄캄하다는 것이었다. 등불이 없었다. 왠지 나는 그것이 기뻤다.

나는 웅덩이를 건너 라 모레트까지 가보았다. 곳간 뒤에 이아생트가 지나간 자취가 남아 있었다. 그녀는 곳간에 들어갔던 듯했다. 나는 노간주나무들 사이로 나 있는 발자국을 따라갔다. 고원 이쪽에는 노간주나무들이 헤치고 들어갈 수 없을 만큼 빽빽이 우거져 있었다. 그리로 들어가는 두세 갈래 오솔길들은 얼마 못 가 잡목림 속으로 사라지는 것이었다.

나는 거기서 그녀의 자취를 잃어버렸다.

나는 라 모레트로 돌아왔으나, 초조했다. 이아생트는 마을로 가지 않은 것이 분명했다.

라 코망드리로 돌아와 나는 꺼져가는 불을 다시 일구고, 책을 한 권 집어 들었다. 그러고는 여덟 시까지 책을 읽었다.

책을 읽기 위해서는 등불을 켜야 했다. 그러나 덧문을 닫을 결심이 서질 않았다. 라 주네스트는 여전히 닫혀 있었으므로, 그 집주인들은 내 불 켜진 창문을 보지 못하리라는 생각이 들었다.

하지만 한 가지 불안이 나를 들쑤시고 있었다. 왜, 어제부터, 등불이 사라져버린 것일까?

하룻밤 새에 라 주네스트는 닫혀버린 것이었다. 그래서 그날 저녁 고원에 불을 켜 눈밭을 밝힌 이는 나였다.

나는 그런 고독 속에 켜진 그런 불은 사념들을 일깨우며 기이한 발견들을 초래한다는 것을 경험으로 알고 있다.

누가 나를 볼지도 모른다는 생각은 곧 견딜 수 없는 것이 되었다. 나는 사람들 눈에 띄는 것을 본래 싫어했다. 누가 나를 빤히 쳐다보거나 하면, 자리를 피하거나 아니면 공격적인 태도로 맞서게 된다. 하지만 최소한 누가 나를 보고 있는지 어떤지는 알아야 했다.

열 시가 되자 나는 더 참지 못하고 다시 밖으로 나갔다. 덤불에 가려진 오솔길을 따라 라 주네스트 쪽으로 다가가보았다.

그 집은 높이가 8~10미터 정도 되는 깎아지른 암벽 위에 지어져 있었다. 라 코망드리와 마주보는 쪽은 그래서 작은 절벽 위로 솟아 있었다. 벽에 좁다란 창문들이 나 있었다. 아래쪽에 하나, 좀 더 높이 둘, 그리고 네 번째 창은 지붕 높이에 있었다. 이제껏 등불이 켜진 것은 그 창문에서였다.

아래쪽 창문들에는 덧문이 닫혀 있었다. 위쪽 창의 덧문들은 벽 쪽으로 젖혀져 있었다. 창유리가 빛나는 것은 분명 눈[雪]을 반사한 것일 터였다.

나는 잠시 암벽 밑에 서 있었다. 하지만 추워졌으므로, 라 코망드리로 돌아왔다. 그 이상은 가보지 못했다.

나는 밤 동안 불이 꺼지지 않도록 장작을 충분히 넣고, 등불의 심지를 낮추었다. 그러고는 자러 갔다.

곧 잠을 청해 뒤척였지만, 잠이 오지 않았다. 아무래도 잠이 올 것 같지 않았다. 때로 잠이 잘 오지 않을 때면, 잠 대신 꿈이 와서 잠의 그늘이 덮여오기까지 있어주곤 했다. 하지만 이번에는 꿈조차 와주지 않았다. 집요한 사념은 꿈의 유동적인 세계를 불러 모으지 못하는 것이다. 나는 기다렸다. 기다림밖에는, 나는 아무것도 아니었다.

그러나 나는 모든 소리를 분명히 식별할 수 있었다.

밖에서는 아무 소리도 들려오지 않았다. 집의 심장 또한 고요했다. 들리는 것은 손목시계의 초침 소리뿐이었다.

단 한순간도 나는 신경과민에 진 적은 없다. 나는 드러누운 채, 인내심을 닳아뜨렸다. 짐짓 둘러대보았자 허사라는 것을 나는 곧 깨달았다. 왜냐하면 나는 더 이상 혼자가 아니었기 때문이다. 고독 속에서는 스스로 속이기도 한다. 필연적으로 누군가는 우리를 속여야 하니까. 그러나 두 사람이 되는 순간부터는, 미혹이 어디서 올 것인지, 누가 이미 우리의 고통을 예비하고 있는지 알게 된다. 더는 스스로 속지 않는다. 속마음을 감추면서, 차라리 오해이기를 바란다. 최악의 고통 가운데서, 최악의 단념 가운데서는 그처럼 명료해지는 것이다.

나는 잠들지 않았다. 두 눈을 뜨고 기다렸다. 이아생트는 아주 늦게 돌아왔다.

나는 그녀가 계단을 올라가는 소리를 들었다. 그녀는 내 방문 앞에서 걸음을 멈추었다. 그녀의 외투가 문의 널판을 스쳤다. 들어오려나 보다고 생각했다. 분명 정신 나간 생각이었다. 문손잡이가 살며시 움직였다. 나는 벽 쪽으로 돌아누웠다. 복도에서 방 안으로 숲과 눈의 냄새가 밀려들어왔다. 이윽고 이아생트는 되돌아갔다.

나는 눈을 감았다.

나는 밤에만 살았으면 싶다. 일어나지 말았으면, 무엇보다도 그녀를 보지 말았으면 싶다. 그냥 그녀의 소리를 들으며 그녀가 거기 있다고, 집 안을 돌아다니고 있다고만 느꼈으면 싶다.

나는 그녀를 만나기가 두렵다.

우리가 떨어져 있는 동안에는 나는 아무것도 움직이지 않는다고 생각한다. 운명은 벽 양쪽에서 쉬고 있다. 그것은 보이지 않는다. 그것은 자고 있으며, 떠났다고 생각해도 좋을 터이다. 그러나 나는 안다. 만일 내가 그녀와 마주친다면, 아니 그녀가 있는 방 안에 가만히 있기만 해도, 운명은 어디선가, 집 안 깊숙이에서, 아마도 탑 가까이에서 벌떡 일어나 더듬거리며 계단을 내려온다는 것을. 그의 얼굴은 하도 무서운 것일 터이므로, 나는 보지 않으려고 고개를 돌린다.

그는 나를 두렵게 한다. 분명 그는 그녀의 어린 시절 동무이거나, 하인 아니면 주인, 아니면 두 가지 다일 것이다.

그녀는 그를 사랑하지 않는다. 그녀는 그를 거칠게 다루지만, 두려워한다. 그는 침묵한다.

(적어도, 당분간은, 침묵한다.)

그녀가 아래층 거실로 들어왔을 때, 나는 그를 보지 못했다. 그러나 공기가 크게 움직인 데서, 나는 누군가가 그녀와 함께 들어왔음을 짐작했다.

이제 나는 그가 거기 있음을 안다.

이틀 동안, 나는 멜라니 뒤테루아가 올까 봐 염려했다.

그녀는 화요일 아침에 오기로 되어 있었지만, 나는

일요일부터 불안해지기 시작했다. 그 전날은 이아생트가 온 것만이 내 머릿속을 가득 채우고 있었다. 결단코 나는 아무것도 알고 싶지 않았다. 그녀가 어디서 왔는지도, 언제 집을 떠날 것인지도. 하지만 멜라니 뒤테루아에 생각이 미치자 어쩔 수 없이 그 두 가지 문제가 떠올랐다. 나는 이아생트를 숨길 수 있었으면 했다. 그러나 그녀에게 숨어 달라고 할 수는 없었다. 설령 그렇게 한다 해도 별 소용이 없을 터였다. 멜라니 뒤테루아는 개처럼 냄새를 잘 맡았다.

한편, 밤늦게 돌아온 뒤로, 이아생트는 라 코망드리에서 꼼짝도 하지 않았다. 월요일 아침 열한 시쯤 과수원에 나가기는 했으나, 금방 돌아왔다.

나는 그녀에게 더 묻지 않았다. 결코 묻지 않기로 결심했다. 우리는 서로 거북하지 않게, 나란히 살 수 있다. 그녀가 거기 있다는 것은 그 무엇으로도 설명되지 않을 것이다. 나는 그녀가 나와 함께 라 코망드리에 있다는 것으로 족하다. 더도 덜도 바라지 않는다. 그녀가 하루에 두세 번 내 눈앞을 지나기만 하면 나는 만족한다.

내게는 그녀가 무척 아름답게 보인다. 어떻게라고는 말하기 어렵지만, 가령 불 앞에 앉아 있다든가 할 때 그렇다. 또 다른 때들도 있다. 가끔은 그런 아름다움을 잃어버리기도 한다. 마치 그녀의 내부로부터 어떤 손이 올라와 아름다움을 거두어가는 것만 같다. 그러면 그녀의 얼굴에는 겁에 질린 짐승과도 같이 근심스런 가면밖에 남지 않는다.

그녀는 별로 말이 없다. 나는 항상 그녀 쪽에서 말을 걸기를 기다린다. 그녀는 내게 이따금씩 고원이나 늪터 쪽으로 사냥하러 가느냐고 물었다. 나는 아니라고 대답했다.

"멧돼지들이 있어요," 그녀가 말했다. "엊저녁에 아주 커다란 놈을 하나 봤어요. 저쪽 집 부근에서요. 아시지요……."

내가 말이 없자 그녀는 무심한 어조로 덧붙였다.

"그쪽은 황폐하더군요. 집에 아무도 살지 않는 것 같아요."

나는 그 무심한 어조도, 라 주네스트가 화제에 오른 것도 탐탁지 않았다. 그녀가 그 집 사람들에 대해 묻지나 않을까 걱정도 되었다.

그러나 그녀는 다시금 멧돼지를 만난 이야기로 돌아갔다.

"이 고원에서는 아무도 사냥하지 않은 지 오래되었나 봐요. 짐승들이 달아나질 않아요……."

내가 잠자코 있자 그녀도 맥이 풀린 듯 한참 동안 말이 없었다. 하지만 여전히 무심한 어조로 이렇게 덧붙이는 것이었다.

"나도 당신처럼 여기서 살면 좋겠어요."

그녀는 불 앞에 앉아 몸을 앞으로 수그리고 있었다. 옆모습밖에 보이지 않았다. 머리칼이 뺨을 덮고 있었다.

나는 그녀에게 다소 무뚝뚝한 어조로 대꾸했다. 여기서 사는 것은 힘든 일이라고.

"혼자니까 말이오."

"이제 혼자가 아니잖아요," 그녀가 말했다.

낮고 쉰 목소리였다. 그녀는 나를 혼란케 했다.

화요일 아침에 나는 일찍 일어났다. 불안했다. 온 집이 조용했다. 이아생트는 없었고, 아래층은 말끔히 정돈되어 있었다.

여덟 시경에, 창으로 동쪽을 내다보니, 멜라니 뒤테루아가 개를 데리고 오는 것이 보였다. 그들은 아직 멀리 있었고, 눈 속을 힘들게 헤쳐오고 있었다.

문득 온기가 느껴졌다. 돌아보니 이아생트가 내 어깨에 기대고 있었다. 나는 그녀의 얼굴을 그렇게 가까이서 본 적이 없었다.

그녀도 나처럼 눈 속을 걸어오는 여자와 개를 바라보았다. 그녀가 있는 것이 다소 거북하게 느껴졌다. 나는 말했다.

"멜라니 뒤테루아가 오는군……."

분명 유쾌하지 않은 음성이었던 모양이다. 잠시 후 그녀는 내게서 떨어졌다. 나도 그녀를 붙잡으려 하지 않았다. 뒤를 돌아보지도 않았다. 나는 그녀가 침실로 올라가고 문이 조용히 닫히는 소리를 들었다.

곧 나는 기쁨을, 짧고 얕은 기쁨을 느꼈다. 나는 그녀가 괴로워하고 있다고 생각했다. 그러나 그 기쁨은 오래가지 않았다. 그것은 곧 사그라졌고, 나는 문 앞에 혼자 남았다.

나는 집을 나섰다. 멜라니 뒤테루아 쪽을 향해 가는데, 매운 삭풍이 얼굴을 후려쳤다. 나는 장화 신은 발로 힘껏 눈을 밟으며 성큼성큼 걸어갔다.

이아생트가 라 코망드리에 있다는 것은 눈치채이지 않았다. 멜라니 뒤테루아는 자기 일을 했다. 모든 의례적인 순서가 지켜졌다. 나는 거기 있었고, 라기는 주둥이를 쳐들고 방 안의 냄새를 맡았다. 놈은 2층에 올라가고 싶어 했다. 멜라니 뒤테루아가 놈을 가로막았다.

"개들은 아래층에 있는 거야," 그녀는 말했다.

라기는 불 옆에 가서 앉았다. 멜라니 뒤테루아는 내 침실로 올라갔다. 나는 불안했다. 그러나 이아생트는 아무 기척도 내지 않았다. 멜라니는 15분쯤 뒤에 다시 내려왔다. 그녀는 주전자를 걸려고 난로 앞에 무릎을 꿇었다.

고개를 돌리지 않은 채, 그녀는 말했다.

"동생을 다시 만났어요……."

아마도 그녀는 내가 뭔가 묻기를 기대했던 모양이었다. 그러나 나는 침묵을 지켰다. 그러자, 힘들게, 그녀는 말을 이었다.

"지금쯤 멀리 갔을 거예요. 그들은 7년 동안은 다시 오지 않을 거랍니다……."

나는 물었다.

"7년마다 오는 거요?"

멜라니는 애써 대답했다.

"그렇지요…… 대개는요……."

그녀는 잉걸과 재를 정리하고 있었다.

"항상 이리로? 성가브리엘 고원으로 오는 거요?"

"항상 그렇지요……."

"무엇 때문에?"

"우리 조상들도 이리로 왔었거든요."

"조상들이라니, 누구 말이오?"

나는 마치 혼잣말이라도 하는 것처럼, 하지만 일부러, 이렇게 중얼거렸다.

"그럼 기념일인 게로군? 항상 성탄절 밤이란 말이지……."

멜라니가 말을 받았다.

"그래요. 바로 그날이랍니다…… 저는 그래도 세례는 받았지만……. 매번 겁이 나요…… 짐승은 울부짖고…… 하지만 동생이 절 찾으러 오면 거절은 못 해요……. 집을 태워버릴지도 모르거든요……."

그녀는 몸을 일으켰다.

"……분명히 내 집을 태워버릴 거예요. 불이라면 그들이 잘 알거든요. 게다가 날 좀 의심하는 것 같아요……. 난 내 어머니도 모르니까요……. 마을의 피가 섞였다나요……."

심상찮은 동요가 그녀의 어깨를 들썩이고 있었다. 그녀는 경고의 말을 단숨에 쏟아놓았다.

"뒤에 남은 사람들이 몇 있어요. 라 데온 숲을 돌

아다니고 있지요. 거기서 뭘 기다리나 모르겠어요. 하지만 난 그 사람들을 알아요. 그들이 어슬렁거리는 건 뭔가 원하는 게 있어서지요……. 밤에 문을 열어두지 마세요……."

나는 생각했다.

'위층의 그녀도 도망을 쳤구나…….'

불 위에서 물이 끓고 있었다. 멜라니 뒤테루아는 외투를 여미고 떠날 채비를 했다.

나는 잘 가라고 인사를 했다.

"그럼 금요일에!"

라기가 문 앞에 버티고 있었다. 멜라니 뒤테루아는 불쑥 말했다.

"개를 두고 가겠어요."

"있으려 하지 않을 거요……."

"천만에요!"

그녀는 개를 불렀다. "라기! 라기!" 하고 쉰 듯한, 부드럽고도 갈라진 음성으로.

라기는 으르렁댔지만 문간을 떠나 불 곁으로 돌아갔다.

멜라니는 문을 열었다. 몰아치는 바람이 그녀의 외투 자락을 부풀게 했다.

"또 눈이 내릴 모양이에요," 그녀가 말했다.

내가 물었다.

"그럼 당신은? 개가 없어도 괜찮겠소?"

그녀는 아무 대답 없이 떠나갔다.

나는 문을 다시 닫고, 불 곁으로 돌아왔다. 이아생트가 벌써 거기 있었다. 그녀는 벽난로 위의 사암 단지를 가리켜 보였다.

"꽃을 두고 갔군요……."

라기는 엄격한 눈으로 그녀를 바라보았다. 그녀가 들어왔을 때도 그는 까딱하지 않았었다.

물이 세차게 끓고 있었다. 밖에서는 다시 눈보라가 치기 시작한 모양이었다.

이아생트는, 불 앞에서, 머리를 풀어 내리고 팔을 드러낸 채, 침묵을 지키고 있었다.

개가 일어나 방을 가로질러 가더니 그녀에게서 먼 쪽의 문간을 가로질러 누웠다.

내가 그것을 지적했다.

"이제 우리를 감시하는군……."

"그래야겠지요," 이아생트가 대답했다.

그녀는 내 쪽으로 몸을 돌려 나를 바라보았다.

나도 그녀를 바라보았다. 선이 짧고 무표정한 얼굴에 입은 크고 생생하다. 그 얼굴은 담담하면서도 열정적이고 고집과 욕망을 드러내고 있다. 금빛 어린 잿빛 눈은 언뜻언뜻 시선을 던질 뿐이다. 오직 입만이 그녀를 드러낸다. 피가 그리로 올라와 영혼을 이끈다. 단단한 살이 입에서만 다소 부푸는 듯하다.

낮 시간은 별다른 사건 없이 지나갔다. 이아생트는 집 안

깊숙이 사라져버렸다. 나는 그녀가 집을 구석구석 탐색하는가 보다고 생각한다.

네 시쯤 나는 개를 데리고 집을 나섰다. 100미터나 갔을까, 잠깐 바람을 쏘일 만한 시간이었다. 날씨가 좋지 않았다. 집에 돌아와 나는 빗장을 질렀다. 곧, 저녁 식사를 마치고, 이아생트는 자기 방으로 갔다. 나는 편지들을 썼다.

……어쩌면 아르보의 내 친구는 알지도 모른다. 며칠 전부터 무슨 이유로인가 성가브리엘 고원을 기웃대고 있는 그 이상한 사람들에 대해. 그는 집시들과 함께는 아니었지만(그들은 외부인을 받아들이는 법이 없었다) 적어도 그들과 가까이 살았던 적은 있었다. 그는 아마 알 것이다……. 나는 그에게 몇 가지 질문을 했다. 두고 보면 알게 될 것이다…….

편지를 마치고, 나는 다시 읽어보았다.

열 시에, 나는 책을 덮고 귀를 기울였다.

바람의 신음 소리 말고는, 집 안에서도 밖에서도, 아무 소리도 들려오지 않았다.

나는 오래 기다리지 않았다. 문 두드리는 소리가 났다. 라기는 즉시 그 큼직한 머리를 들더니, 조용히 문 뒤로 갔다. 나는 꼼짝도 하지 않았다.

다시금, 좀 더 세차게, 문 두드리는 소리가 났다.

본능적으로, 나는 계단 쪽을 바라보았다. 이아생트가 거기 있었다. 그녀는 난간에 몸을 기대고 있었다.

밖에서 누군가가 소리쳐 불렀다.

"라 주네스트에 환자가 있어요. 좀 모셔 오랍니다."

나는 몸을 움직이려 했다. 이아생트가 가만히 있으라는 손짓을 했다. 그녀는 등불로 다가가 불을 껐다.

밖에서는 투덜대며 다시 문을 두드리더니, 잠잠해졌다. 캄캄했다.

라기는 길게 누워 끙끙거렸다.

문득 나는 이아생트의 몸이 내 가까이에 있는 것을 느꼈다. 그녀는 속삭였다.

"저쪽 집에서 등불을 켰어요. 다락방에서 보여요."

나는 그녀의 팔을 잡으려 했지만, 아무것도 잡히지 않았다. 나는 조용히 그녀를 불렀다. 그녀의 대답은 계단 쪽에서 들려왔다.

"저 위에 가보세요. 불은 켜지 마세요…… ."

더듬거리며 나는 계단의 첫 층계까지 갔다. 그러자 그녀가 내게 손을 내밀었다. 그녀의 열기가 느껴졌다. 타는 듯한 머리칼에서는 건초 냄새가 났다. 그녀는 내 손을 잡았고, 우리는 다락방으로 올라갔다. 그녀는 채광창으로 나를 이끌었다. 라 주네스트가 보였다.

그녀가 물었다.

"환자가 있다는 게 저 집이지요?"

나는 대답했다.

"그럴 거요."

그녀는 침묵했다. 우리는 등불이 타는 것을 바라보았다. 내가 말했다.

"여덟 달 전부터 보아왔소. 저건 환자의 등불이 아니오."

그녀는 내게 기댔다. 떨고 있는 듯했다. 나는 그녀보다 컸다. 그녀의 머리는 내 어깨에도 못 미쳤다.

나는 말을 이었다.

"등불은 탁자 위에 놓여 있지만, 방 안에는 아무도 없소. 불을 켠 사람은 다른 방에 있다오. 더 잘 보려고 말이오……."

낮고 부드러운 음성으로, 그녀는 내게 물었다.

"그는 무엇을 찾고 있지요?"

나는 대답하지 않았다. 불안했다.

"여기서 나갑시다, 이아생트. 당신은 추운 것 같은데. 이 다락방은 너무 춥소. 외풍도 심하고. 노친네가 연감이나 들여다보고 있을 등불을 두고 이러니저러니 하는 건 미친 짓이오."

그녀는 나를 뿌리쳤다. 마루가 삐걱거렸다. 나는 그녀를 불렀다. 성냥을 찾아 켰지만……. 다락방에는 아무도 없었다.

순간, 나도 모르게, 다시금 채광창으로 눈이 갔다. 라 코망드리와 라 주네스트 사이 눈 위에 아주 분명히 세 명의 남자가 보였다. 늪터 쪽으로 가고 있었다.

나는 그들이 사라질 때까지 지켜보았다. 그러고는 다시 등불을 바라보았다.

몹시 추웠지만, 나는 자리를 뜰 수가 없었다. 나는

마치 짐승처럼 그 불에 홀리기나 한 듯이 우두커니 서 있었다.

나는 실상 길들지 않은 짐승이었으니 말이다. 그렇지 않다면 그 불빛에 그렇게 홀리겠는가?

나와 마찬가지로, 짐승은 제 집구석에서 빛을 지켜본다. 놈의 좁은 영혼 안에서는 피의 마신들이 요동한다. 그러나 놈은 기이한 황홀경에 사로잡혀, 불을 숭배한다. 불은 항상 어둠의 피조물의 낡은 비참을 유혹한다. 그리고 차츰 놈은 사랑에 이끌려, 죽음이 엿보는 가운데, 인간들의 어머니인 겨울의 불꽃으로 다가간다…….

이아생트는 자기대로 살고 있다. 나는 그녀를 아주 드물게밖에 볼 수 없다. 식사 시간에조차 만나기가 어렵다.

그녀가 라 코망드리에 온 지도 석 주가 되었다. 그녀는 거의 밖에 나가지 않는다. 이따금 낮에 과수원에 가는 것이 전부이다. 라기가 그녀를 따라다닌다. 놈이 그녀를 따르는지는 알 수 없다. 라기는 우리들 곁에서 저만의 삶을 살고 있다. 놈은 한 가지 임무, 운명을 섬긴다는 임무를 수행하는 듯하다. 나는 놈이 여느 개들과 같은 개라는 것을 인정할 수 없다. 놈은 개의 굴종도 비굴한 습관도 보이지 않는다. 그렇다고 늑대도 아니다. 늑대는 불안해 보이는 주둥이를 하고, 동작에 음험한 구석이 있다. 하지만 놈은 가슴을 활짝 펴고 똑바로 다닌다. 먹을 때는 숨는다. 놈은 대개 이아생트의 방 앞에서 잔다. 놈은 결코 짖지 않는다. 으르렁댈 때도 이빨 사이로 아주 조용히 으르렁댄다. 그러나 그러는 일도 드물다. 아주 작은 소리에도 놈은 몸을 곧추세우고 당장이라도 덤벼들 태세를 한다. 그럴 때의 놈이 나는 마음에 든다. 내 안에도 그 야생적인 개와 같은 것이 있다. 놈은 싸움개이다. 나도, 놈처럼, 무리를 떠나 목을 단단히 세우고 눈에는 저 용맹한 빛을 띠고 싶다.

멜라니 뒤테루아는 규칙적으로 온다. 그리고 번번이 꽃병을 두고 간다.

그녀가 와 있을 때면, 이아생트는 나타나지 않는다. 멜라니는 라 코망드리에 여자가 있다는 것을 안다. 때로 이아생트는 목도리나 스카프 따위를 아무렇게나 두는 것이다. 멜라니 뒤테루아는 묵묵히 그런 것들을 정리한다.

라기는 그녀를 보고도 반가워하는 기색이 없다. 놈은 그녀가 오고 가는 것을 바라본다.

멜라니는 다시 말이 없어졌다. 그러나 이제 그 침묵에서 약간의 초조가 엿보인다. 나는 어제 그녀가 나를 의심쩍은 듯이 바라보는 것을 눈치챘다. 적어도 그런 느낌이 들었다. 하지만 나는 상상을 잘 하는 편이니까…….

그녀는 속을 터놓은 것을 후회하는 것일까……? 그 목석 같은 얼굴에서 나는 갈등을 엿본다. 그녀는 예사로운 여자가 아니다. 그녀 또한 운명의 흔적들을 지니고 있다.

그녀는 누구에게 복종하는 것일까? 갈수록 나는 그녀가 누군가에게 복종하고 있다는 생각이 든다.

그녀가 내게 한 몇 마디 말은 집시들에 대한 적의를

드러내는 듯하다. 그러나 성탄절 밤 그들이 저 이상한 예식을 거행할 때, 그녀도 분명 그들과 함께 서커스에 있었다.

그녀 뒤에 숨어 있는 이는 대체 누구일까? 그녀가 라 데온 숲을 어슬렁대는 집시들에 대해 내게 경고하기를 두려워하지 않고 또 개를 남겨두고 간 것을 보면, 그녀는 뭔가 믿는 구석이 있는 것 같다.

누가 그녀에게 그런 믿음을 준 것일까? 어떤 의지의 영향이, 그녀의 의지와는 무관하게, 내가 그 의도를 알 수 없는 일들로 그녀를 몰아가는 것만 같다.

며칠 전 밤에 라 코망드리와 라 주네스트 사이에서 내가 본 세 명의 집시는 아직 이 고장을 떠나지 않았다. 그들이 어디 사는지는 알 수 없다. 그러나 나는 늪터와 서쪽의 라 데온 숲 사이에서 발자국들을 찾아냈다. 나는 제방까지 가보았다. 낚시를 하기 위해 얼음을 여러 군데 깨놓은 것이 보였다. 숲 한가운데는 버려진 삼림 감시원의 옛 집이 있다. 아마도 그들은 거기 머무는 모양이다. 멜라니 뒤테루아의 말로는, 그 집은 옛 주인의 이름을 따라 말코르라고 부른다고 한다. 그 집을 찾으려면 개울 근처 작은 골짜기 깊이 내려가야 한다. 나는 그런 말들을 유심히 들어두었다. 한번 가볼 생각이었다.

엊저녁에 이아생트는 평소보다는 말이 많았다.

그녀는 내게 말했다.

"밤마다 부속 건물에 오는 사람이 있어요."

나는 놀랐다.

"눈 위에서 발자국을 본 적이 없소."

그녀는 그 까닭을 설명해주었다.

"과수원으로 해서 오거든요. 담장 위를 걸어서요."

내가 놀란 소리를 내자 그녀는 중얼거렸다.

"그래요, 정말 이상하지요……."

그녀는 한참 동안 말이 없었고, 나도 침묵을 깨뜨리지 않았다.

잠시 후 그녀는 얘기를 계속하려는 듯 또 이렇게 말했다.

"나도 시골에서 자랐어요. 시골에서는 이상한 일이라곤 없지요……."

나는 강한 호기심이 일었다.

"누가 당신을 키워주었소?"

그녀는 내 질문에는 대답하지 않고, 딴 얘기를 했다.

"커다란 사이프러스가 있었어요. 그런 것은 다시 본 적이 없어요. 나무 뒤로 더없이 아름다운 고장이 펼쳐져 있었지요……."

"과수원도?"

"그럼요, 오두막이 있는 과수원이요……."

그녀는 다시 침묵했다. 내가 물었다.

"두려웠소?"

"가끔은요. 하지만 과수원에서는 안 그랬어요. 특히 집 안에서는……. 난 처음에는 아래층 부엌 옆방에 살았지요. 그러다 지붕 밑 다락방으로 옮기게 되었어요…….”

“그 고장이 어디였소?”

“아주 멀리, 언덕들 가운데요…….”

그녀는 짧게 덧붙였다.

“난 행복했어요. 숨을 수 있었거든요.”

“어디에?”

“오두막에요. 난 거기서 온종일 지내곤 했어요.”

“오두막에서 뭘 했소?”

그녀는 오래 생각했다.

“아무것도 안 했어요. 기다렸지요…….”

“놀지도 않았소?”

“물론 가끔은 놀기도 했지요. 혼자서요…….”

그녀는 불 앞에 앉아 있었다. 나는 그녀를 찬찬히 살펴보았다. 때때로 그녀의 얼굴은 변한다. 그녀의 얼굴은, 이미 젊지만, 문득 더 어리게 보이곤 한다. 이 담담하면서도 열정적인 얼굴 속에는 무표정한 아이의 얼굴이 있다.

자신에 대해 말할 때면 그녀는 으레 저 무심한 어조가 되곤 한다. 그럴 때면 모든 생기가 그녀를 떠나버린다. 이 갑작스런 어린애다움은 그 어떤 강박관념을 싸고 있는 듯하다. 그 표면 아래에는 잔인한 지성이 집요한 욕망에 골몰해 있는 듯하다. 하지만 대체 어떤 욕망이란 말인가……?

한 아이가 여기 있다. 열정들을 품은 채, 아직 남아 있는 감동적인 아름다움보다도 그 조숙함과 굴종으로 더욱 사람을 혼란케 하는 아이가.

며칠째 나는 의혹을 품고 있었다.

그녀들에게 눈치채이지 않게, 나는 들판 쪽으로 난 문을 통해 돌아왔다. 외투를 걸어두는 골방에 숨어서 귀를 기울였다.

멜라니는 낮은 음성으로 말하고 있었지만, 잘 들렸다. 그녀는 설명하고 있었다.

"그들은 나를 의심해요. 당신이 여기 있으리라는 것도 알고 있어요. 가초가 날 찾으러 와서는 '개를 내놔' 하더군요. 난 '줘버렸다. 개는 이제 라 코망드리에 있으니까, 원한다면 가져가' 했지요. 그러자 그는 '내 가기만 하면 불을 질러버릴 테다' 하고 으르렁댔어요."

이아생트가 물었다.

"그럼 라기가 당신 동생을 따라갈 거라고 생각해?"

멜라니 뒤테루아가 대답했다.

"천만에요. 그 개는 주인님 말밖에 듣지 않아요."

"그를 다시 만나봤어?"

"아니요."

그녀들은 이야기를 그쳤다. 멜라니는 의자를 옮겨놓고 탁자를 밀었다. 그러자 이아생트가 말했다.

"그도 나를 찾는 것 같아?"

멜라니는 주저하는 듯하더니, 결국 대답했다.

"아니요. 만일 그랬다면 벌써 찾아냈겠지요……."

이아생트는 한숨을 쉬었다.

"하지만 그도 분명 괴로울 거야. 나도 괴로운걸."

"이해해요. 그는 당신에게 아버지 이상이었잖아요."

"난 아버지가 없었어. 그가 내게 모든 걸 주었지. 정원에 대해서는 당신도 알겠지……. 거기서 난 행복했어야 하는데."

"아가씨가 떠났지요."

"난 괴로웠어."

"뭐가요?"

"모든 걸 가졌지만 자유롭지 못하다는 것 말야. 난 떠날 자유 말고는 모든 걸 가졌었지……. 그래서 난 달아났어……."

"왜요?"

"난 얼마 안 가 다른 데로 가고 싶었어. 가진 것이 아무것도 없는 곳으로 말이야. 가령 여기도 그런 곳이지."

"당신은 여기서 행복한가요, 아가씨?"

이아생트는 대답하지 않았다.

"또 눈이 내리네요." 멜라니가 말했다. "그는 분명 돌아올 거예요."

"그래," 하고 이아생트가 말했다. "그가 와서 안 될 것도 없지. 하지만 난 이 집을 떠나고 싶어. 날 여기 붙들어놓는 건 하나밖에 없어."

"그게 뭐죠?" 멜라니가 물었다.

이아생트가 말했다.

"저 등불."

멜라니는 방 안쪽으로 갔다. 잠시 후 이아생트가 그녀를 불렀다.

"저 집에 누가 사는지는 내게 말해주지 않았지?"

"오!" 하고 멜라니는 중얼거렸다. "별다를 거 없는 사람들이지요. 좀 더 촌사람일 뿐이에요."

오랫동안 그녀들은 말이 없었다. 그러더니 이아생트가 다시금 말을 꺼냈다.

"당신은 왜 내 시중을 드는 거야?"

멜라니가 투박한 음성을 높였다.

"난 맡은 일을 할 뿐이에요. 난 아가씨가 누군지 알거든요."

이아생트는 말했다.

"난 아무것도 아냐."

멜라니는 대답하지 않았다.

"난 이제 어떻게 하지?" 이아생트가 물었다.

"겨울이 끝나기를 기다려야지요."

"그럼 그다음엔?"

"고향이 있나요?"

"아니. 내게 고향이라곤 서너 사람의 영혼뿐이야……."

다시금 그녀들은 침묵했다. 라기는 방을 가로질러 불 앞에 가서 앉았다.

멜라니는 외투를 집어 들었다.

소리 없이 나는 집을 떠났다. 약 15분 후에 멜라니는 마을을 향해 떠났다.

나는 돌아왔다.

이아생트는 여전히 그 자리에 앉아 있었다. 그녀는 아무 말 없이 나를 쳐다보았다. 그녀는 평온해 보였다.

나는 그녀에게 겨울이 길어지겠다고 말했다.

내가 말코르에 간 것은 일주일 뒤였다. 이 방문에서 생긴 일들 때문에 나는 이 기록을 여러 달 동안이나 계속하지 못했다. 그러나 나는 그 일들을 생생히 기억하고 있다.

나는 어느 화요일 아침 열 시에 라 코망드리를 나섰다. 날이 몹시 추웠다.

출발 전에 이아생트를 찾아보았지만, 집 안에서도 집 근처에서도 찾을 수 없었다. 별로 걱정되지는 않았다. 얼마 전부터 그녀는 저 혼자 따로 살고 있었다.

자기가 살던 층의 서쪽을 그녀는 자기 영역으로 만들었다. 거기에는 두 개의 복도가 십자형으로 나 있는데, 하나는 탑으로, 다른 하나는 다락방 계단으로 가는 것이었다. 그쪽은 내가 가보지 않은 곳으로, 일여덟 개의 퇴락한 침실들이 있었다. 그중 두 개의 방 — 이아생트의 방도 포함하여 — 에는 가구가 몇 점 남아 있었다.

이아생트는 자기 시간의 대부분을 그 위에서 보냈다. 나는 그녀를 거의 볼 수 없었다. 때로 그녀는 온종일 모습을 나타내지 않았고, 혼자 식사를 했다. 때로 나는 그녀가 문을 닫는 소리를 들었다. 때로는 탑으로 가는 긴 복도를 따라 발소리가 멀어져가기도 했다. 밤이면 그녀는 아래층으로 내려가 거실에 오래도록 머물러 있었다. 내려가면서 내 방문 앞을 지나곤 했으며, 대개 나는 그녀가 다시 침실로 올라오기 전에 잠들곤 했다. 그렇듯 그녀는 내 침묵에 익숙해진 발소리와 소음과 스침으로 집을 가득 채우는 것이었다. 나를 사로잡고 있는 보이지 않는 존재로부터 나온 그 소리들은 더없이 자연스럽게 내 꿈속으로 스며들어 상상적인 사건들로 내 꿈을 살찌웠다. 그 커다란 집은 처음부터도 신비로웠지만 한층 더 기이한 성격을 띠었다. 그렇듯 어수선하게 감지되는 움직임은 지하의 장소들이며 낡은 벽들과 버려진 침실들로부터, 오랫동안 갇혀 있던 생명을 끌어내었다. 그 생명을 이 돌들 속에 칠팔백 년씩이나 가두었던 것은 저 단순한 마법 내지는 사랑의 말이었으니, 이아생트는 도처에서 그 말을 찾고 있는 것이었다.

그녀와 멜라니 뒤테루아 사이에 오가는 이야기를 엿들은 이후로, 나는 그녀를 별로 만나지 못했다. 그녀의 부재로 인해 나는 극도로 예민해져 있었다. 나는 그녀가 보이지 않게 된 데에 은근히 만족했지만, 기척은 계속 들려왔고 그녀는 거기 있었다. 그녀로부터 내게로 마치 기이한 전언과도 같은 것이, 애매한 말, 경고, 두려움, 숨죽인 부름 같은 것들이 집 안을 가로질러 건너오곤 했다. 그러나, 무엇보다도, 내가 이름 붙일 수 없는 집요한 욕망이 진동하고 있었고(그것은 그녀의 내부에서 웅웅대고 있었음에 틀림없다), 그 파장들은 그녀의 심장으로부터 벽들에게로, 나에게로, 내 심장에게로, 그녀를 괴롭히는 고뇌를, 그리고 심지어는 그녀 영혼의 스치는 온기마저 전해주는 것이었다.

나는 등불로부터 더 이상 아무런 도움도 얻지 못했다. 등불은, 내가 알 수 없는 어떤 법칙에 따르는 듯, 때로는 켜지고 때로는 켜지지 않았다. 그러나 그것이 늘 있던 창가에서 빛날 때에도, 내게는 아무것도 전해져오지 않았다. 라 주네스트와 라 코망드리 사이에는 더 이상 아무런 교환도 없었다.

등불은 여전히 살아 있었지만 내게는 낯선 것이 되었고, 나는 그 변화들을 이해할 수 없었다. 실제적으로는 더 가까워진 듯했지만, 더 진부해진 것도 사실이었다. 그 불은 그저 습관에 의해, 아무렇게나, 켜질 뿐인 듯했다. 등불이 켜지지 않는 것은 그저 잊어버린 때문일 것이었다…… 등불은 그다지 중요치 않았다…… 나는 피곤을 느꼈고, 실망감이 가슴을 죄었다. '어느 날 밤엔가, 영영 꺼지고 말겠지' 하고 나는 생각했다. 매일 저녁, 나는 등불이 켜지는 것을 다시는 보지 못할까 봐 두려웠다. 등불이 더디 나타나거나 하면, 나는 초조하여 괴로웠다. 그 친숙한 불빛이 켜지지 않는 밤이면, 나는 여러 시간씩이나 내 방 창유리에 이마를 붙인 채 그 집의 야트막한 담장들과 눈밭을 바라보곤 했다. 그 집에는 내 제2의 삶이, 내 진정한 삶이 살고 있음을, 그러나 나로서는 거기에 더 이상 도달할 수 없음을, 나는 알고 있었다. 나는 무엇인가 알 수 없는 곡절이 낡은 소작 농가의 주인들을 동요케 하고 있음을 예감했다. 그러나 그 의미는 알 수 없었다.

이제는 내가 나 자신을 포착하고 "너 여기 있구나" 하고 말할 수 있는 때가 가끔 있었다. 나는 살고 있었다. 그러나 나는 내가 있는 곳에서는 살고 있었지만, 더 이상 다른 곳에서는 살 수 없었다. 내가 야생적인 정열로써 추구해온 이 강력한 단일성이 갑자기 나를 고립시켰다. 살아 있는 나 자신을 온 힘으로 껴안을 때면, 나는 더욱 고독해졌다. 분명 그것이 내가 이아생트를 잘 만날 수 없는, 그리고 라 주네스트가 내 감정이 닿지 않는 돌과 벽돌과 기와로 만든 집이 되어버린, 이유일 것이었다.

나는 눈 위에 나타나는 극히 적은 부름에도 민감했다. 늪터에는 갈 수 없었다. 그러나 반 마장쯤 떨어져 있는 숲은 그 향기로 나를 이끌었다. 때로는 바람결에 죽은 나무와 썩은 잎들의 숨결이 전해져오곤 했다.

며칠 전에 보았던 세 명의 남자는 다시 나타나지 않았다. 그러나 나는 그들이 그 고장을 떠나지 않았음을 알고 있었다. 한두 번 그들은 늪터 쪽으로 뻗친 숲의 한끝에서 불을 피웠었다. 라 코망드리에서 나는 저녁녘에 나무들 위로 그 가느다란 연기가 피어오르는 것을 본 적이 있었다.

그들은 무슨 의도로 이곳에 남아 있는 것일까?

여러 번, 밤에, 나는 부속 건물의 기와들이 움직이고

과수원의 문이 삐걱대는 소리를 들었다. 나는 나가보았지만, 아무것도 발견하지 못했다.

하지만 그들은 여전히 돌아다니고 있었다. 멜라니 뒤테루아의 말이 내 머릿속을 맴돌았고, 나는 말코르의 버려진 집을 생각했다. 다소 두려웠던 것이 사실이다. 나는 겁쟁이가 아니지만, 그렇다고 용감하지도 않다. 그러나 그 집은 나를 불안하게 했다. 막연하기 때문에 한층 더 고통스러운, 그 막연함으로 해서 한층 더 강력해지는 불안이었다.

화요일 아침, 말코르를 향해 출발한 것은 그러한 불안을 지우기 위해서였다.

일단 밖으로 나오자, 나는 평온을 되찾았다. 삭풍이 그쳐 있었고, 땅과 하늘은 일종의 고요한 추위 속에 굳어버린 듯했다.

나는 라 데온 숲을 향해 갔고, 반 시간 뒤에 거기 도착했다.

나는 이 숲의 한복판, 말코르가 있는 쪽으로는 별로 깊이 들어가본 적이 없었다. 조금 헤맨 뒤에 나는 내려가는 오솔길을 발견했다. 겨울 하늘에 앙상하게 드러난, 잎 진 나무들이 늙어 보였다. 때로 눈 밑에서 마른 가지가 밟혀 부서지는 소리가 나곤 했다. 묵직하고 윤나는 까마귀들이 몇 번인가 까악대곤 했지만, 그 밖에는 아주 조용했다…….

골짜기 근처 우묵한 곳에 이르렀을 때, 문득 말코르가 나타났다.

그것은 네모난 단층 건물로, 지붕의 네 경사가 모이는 곳은 유약을 칠한 도자기 원구로 장식되어 있었다. 문이 조금 열려 있었다. 눈 위에 발자국들이 보였다.

그러나 집에는 사람이 사는 것 같지 않았다.

발자국들은 늪터 쪽에서, 라 주네스트 쪽에서, 그리고 숲을 따라 나 있는 길 쪽에서 온 것이었다. 그 길은 성 가브리엘 고원을 넘어 데오르주에서 볼티에의 지방도와 만날 것이었다.

나는 처음 발길을 멈추었던 작은 둔덕에서 내려와 집을 한 바퀴 둘러보았다. 발자국들은 분명히 분간되었다(내가 생각했던 대로, 세 명의 남자가 있었다).

나는 발자국들을 따라갔다. 문턱에는 발자국이 없었다. 입구 쪽에는 눈이 꽤 높이 쌓여 있었다.

나는 문을 향해 가다가, 갑자기 눈이 무너지는 바람에 미끄러졌다. 손을 뻗쳐 무엇인가 잡으려 했지만, 부서지는 눈밖에 없었다. 나는 계속 미끄러졌다. 눈이 무너지면서 내 머리를 덮었다. 허우적대면서, 나는 허방으로 떨어졌다.

얼떨떨한 심정으로 몸을 움직여보았다. 아픈 데는 없었다.

그곳은 일종의 지하실이었다. 둥근 천장에 나 있는 작은 통풍구로 빛이 들 뿐이었다. 건물의 바닥을 통해 지하실로 빛이 드는지, 그곳에는 눈이 덮여 있지 않았고 희미한 빛밖에 들어오지 않았다.

바닥은 경사져 있었다. 통풍구 쪽으로 나아가다 보면 물에 잠기게 되었다. 나는 되돌아왔다.

내가 떨어진 구멍 쪽으로 가보려 했다. 구멍은 눈으로 다시 막혀 있었다. 손을 넣어 구멍을 다시 뚫어보려고 잠시 파헤쳤으나, 곧 그만두어야 했다. 손가락들이 얼고 피투성이가 되었다. 나는 윗옷 속에 손을 넣어 가슴에 대고 녹였다. 그러고는 커다란 돌멩이를 도구 삼아 하던 일을 계속했다. 전혀 초조하지 않았다. 몸을 덥히려면 될수록 빨리 파야 한다는 생각뿐이었다. 불행히도, 돌멩이를 썼음에도 불구하고, 손가락들은 금세 곱아들었다. 좀처럼 빨리 나아갈 수 없었고, 얼마 못 가 중지해야 했다. 간신히 머리와 어깨를 들이밀 만한 굴은 파냈지만, 이제 눈은 단단히 가로막혀 있었다. 나는 벽에 기대었다. 시계를 보았다. 야광 문자판에서 열 시*를 읽을 수 있었다. 몹시 지쳤다. 앉고 싶었다.

나는 내가 처한 상황이 얼마나 위험한지 잘 알고 있었다. 나는 매몰된 것이었다. 혼자서는 결코 거기에서 빠져나갈 수 없을 터였다. 누군가가 나를 구해내야만 했다. 하지만 그 세 명의 집시 말고는 도와줄 만한 사람이 없었

* 화요일 아침 열 시에 집에서 출발, 반 시간 만에 라 데온 숲에 도착, 말코르 문 앞에서 구멍에 떨어져 눈을 파헤치다가 시계를 보기까지 시간이 얼마나 흘렀을지? 뒤에서 다시 시계를 보았을 때는 일곱 시이다(이 책 177쪽 참조).

다. 그들은 언제 돌아오려는지? 라 코망드리에서는 내가 말코르로 떠났다는 것을 아무도 알지 못했다. 이아생트는 자기 방에서 꼼짝도 하지 않았고, 멜라니는 사흘 뒤에나 다시 올 것이었다.

나는 앉고 싶었다. 그러나 바닥은 진창이었다. 구덩이 속은 추웠다. 또 다른 구멍에 빠질까 봐 자리를 옮길 수도 없었다.

집에서는, 그리고 숲에서도, 아무 소리도 나지 않았다.

두렵지는 않았다. 나는 귀를 기울였다. 그러나 내 시계의 똑딱 소리와, 이따금씩 내가 숨을 더 세게 내뿜을 때면 내 숨결이 지나는 소리밖에는 들리지 않았다.

나 혼자였다. 밖에 있는 아무것도 내게 닿지 않았다. 그리고 내게는 이 숨결밖에 없었지만, 그것은 내 숨결이었다. 나는 숨결을 더 크거나 더 작게 할 수도 있고, 아니면 오래 참을 수도 있었다. 나는 내 실재를 느꼈다. 아직 살아 따뜻한 채, 이 구덩이의 바닥에서, 나는 살아 있었다.

그러나 발끝에서부터 추위가 퍼져오고 있었다. 신발에는 물이 들었다. 하지만 털옷을 입은 배와 허리와 가슴은 아직 따뜻했다. 그리고 내 심장이 조용히 고동치고 있었다.

내가 생각한 것은 이아생트가 살고 있는 라 코망드리나 내 실제 상황이 아니라 숲이었다. 이상한 무심함으로, 나는 이 검은 구덩이의 바닥에서 말 없는 큰 나무들을 눈앞에 떠올렸다.

그것들은 내게 겨울의 순수한 이미지를 전해주었다.

놀라운 순백이 나를 적요함으로 채웠다. 이 비좁은 암흑 속에서 나는 눈[雪]이었고, 고요한 벌판이었다. 축축한 벽에 기댄 채 나는 내 무력감을 다 잊고, 영혼의 평안에서 구원을 얻었다. 그러나 나는 무덤 안에 있음을 잘 알고 있었다. 저 위 숲에서는 아마도 눈이 다시 내리기 시작하여 내 발자취를 지워버리고 있을 것이었다. 온 땅을 뒤덮는 무수한 눈송이들의 조용한 하강은 그러나 나를 매혹했다. 나는 조금씩 내 삶의 그늘과 경계들에 대한 의식을 잃어갔다. 나는 내 안에서, 누구나 마음속에 지니고 다니는 저 상상의 겨울 속 어딘가에서, 떠돌고 있었다. 나는 지상의 계절들 너머에 있었으며, 지상을 떠날 준비가 되어 있었다…….

나를 마비 상태에서 끌어낸 것은 어떤 목소리였다. 통풍구를 통해 들려오는 듯했다. 그때까지만 해도 새어들던 빛이 완전히 사라져버렸다. 위쪽 세상은 어두워지는 모양이었다. 아마도 밤이 되었으리라…….

나는 몸을 움직여 진창 속에서 몇 걸음 떼어놓았다. 목소리들은 정말로 지하실 위쪽의 방에서 들려오고 있었다. 무슨 말인지는 분간할 수 없었지만, 묵직한 울림은 전해져왔다. 남자들의, 분명 집시들의 목소리였다.

그들은 천천히, 짤막하게 끊어 말했다. 잠깐씩 침묵이 끼어들기도 했다. 나는 외치기만 하면 되었다. 틀림없이 그들에게 들릴 것이었다…….

나는 안쪽 벽으로 다가가보았다. 무릎까지 물이 찼다. 더듬거리며 나는 벽 안쪽에 작게 파인 곳을 찾아냈고, 그리로 올라갔다. 거기는 물이 없었다. 머리는 천장에 닿았고, 통풍구가 바로 귀 옆에 있었다.

나는 귀 기울였다. 목소리들은 여전히 말하고 있었지만, 역시 웅웅거림으로밖에 들리지 않았다…….

접시와 병들이 부딪치는 소리로 그들이 식사하고 있음을 알 수 있었다. 손목시계를 보니 일곱 시*였다.

그러고는 잠시 침묵이 왔다. 남자들 중 한 명이 큰 소리로 하품을 했다. 불을 피웠는지, 통풍구를 통해 나 있는 데까지 젖은 장작이 타는 냄새가 가늘게 스며들었다.

발걸음 소리들이 들렸다. 어딘가 매복하러 가는 것인지……?

소리쳐 불러야 했다. 그러나 그럴 수가 없었다. 이상한 소심함이, 아마도 일말의 자존심이 그렇게 하는 것을 막았다.

그들은 내가 거기 사로잡혀 있다는 것을 모르고 있었다. 결코 알아서는 안 되었다. 내가 부르면 그들은 사나운 조롱으로 대답할는지도 몰랐다…….

* 앞서 열 시를 가리켰던 시계가 여기서는 일곱 시를 가리키므로, 이 부분은 저자의 실수인 듯하다. 그렇다면 앞선 '열 시(dix heures)'는 '여섯 시(six heures)'의 오기일 법하지만, 겨울 저녁 여섯 시까지 지하실 통풍구를 통해 희미한 빛이 스며들 만큼 날이 밝은지? 그리고 겨우 한 시간밖에 지나지 않았는지? 그러므로 174쪽에서의 '열 시'는 서너 시쯤이 되어야 이치에 맞을 듯하다.

내가 처한 곤경을 알지 못하는 한, 그들은 감히 라코망드리를 습격하지 못할 것이었다. 그들은 아직 나를 두려워하고, 아니 적어도 염두에 두고 있었다. 만일 내가 자기들의 수중에 들어 있다는 것을 알게 된다면, 무슨 짓인들 못하겠는가?

극도의 무력감에 내몰려, 죽음의 위기에 처해서도, 나는 그들에게 여전한 힘을 행사하고 있었다. 나는 그들을 이아생트로부터 떼어놓고 있었다.

그리고 무엇보다도 나는 거기 있었다.

그들은 내가 거기 있음을 모르고 있었다. 하지만 나는 거기 있었고, 그러한 입장의 유리함을 느끼고 있었다. 그러므로 내가 우세했다. 내가 거기 있음을 그들이 모르는 한, 그러할 것이었다. 소리를 쳐서는 안 되었다! 몸을 지탱할 수 있는 한 바위에 기대어 서 있어야만 했다. 아무 말도 하지 말 것, 아무것도 생각하지 말 것, 기다릴 것, 이 지하의 정령이 될 것…….

차츰 몸이 굳어져왔다. 나는 돌과 일체가 되었고, 그러고는 돌의 냉기와, 그러고는 냉기 그 자체와 일체가 되었고, 그러고는 그 몸을 잃어버렸다.

위쪽에서는 누군가가 나직이 노래하고 있었다…… 아마도 몽상에 잠긴 듯했다…… 노래가 그쳤고, 나는 다시 혼자였다.

나는 잠시 기다렸다…… 내가 혼자임을 확인하고 싶었다. 분명 그랬다. 내 밖에도, 내 안에도, 새로운 침묵이 펼쳐져 있었다…… 그리고 나는 나 자신과 하도 일치하여 이따금씩 내가 혼자라는 사실마저 느낄 수 없었다.

더 이상 아무 감각도 없었다. 다만 한 가지 감정, 여전히 지속되고 있다는, 좀 더 근본적으로는, 존재한다는 감정만이 있었다…… 그것을 감정이라고 할 수 있을까? 거기에는 아무런 온기도 없었고, 온도 없는 인광과도 같은 것이 흘러나올 뿐이었다. 나는 더 이상 살고 있지 않았다. 나는 지속하고 있었고, 차츰 그 지속에서조차 벗어난 시간의 잴 수 없는 흐름 속으로 나아갔고, 그러면서 묵묵히 퍼져 나갔다.

그 퍼져 나감은 음산한 지하의 돌들을 통과했고, 비옥한 흙과 살아 있는 뿌리들과 얼어붙은 지표면을 지나 내뿜어지고 있었다. 나는 그것이 눈 위에 떠도는 것을 보았다. 그것은 마치 땅에 닿을락 말락 하게 바람에 흔들리며 천천히 늪터를 향해 가는 빛나는 안개와도 같았다. 달은 이미 기울어지고, 안개가 다가가자, 달빛을 받은 늪터는 나무들 사이로 희미하게 빛나고 있었다. 라 주네스트는 캄캄하게 닫혀 있었다. 등불은 땅속 깊이 내려가 버렸다. 그러나 라 코망드리에는 불이 켜져 있었다. 나는 거기 탑 가까이 이아생트의 신비한 창에 불이 켜진 것을 보았다…… 이아생트는 볼 수 없었다, 이아생트는 보이지 않으니까……(어째서 그녀에게는 형체가 없는가?)…… 그러나 나는 그녀가 초조하고 예민해져 있으리라 추측했다…… 그녀는 천천히 온 집을 헤매 다니며, 하지만 점차 불안에 사로잡힐 것이었다. 왜냐하면 점차 자신이 혼자임을, 어둠 속에 흩어져 있는 보이지 않는 괴물들의 소리에 귀 기울이게 되는 그 무서운 인간적 고독 가운데 혼자임을 발견할 것이기 때문이었다. 그녀는 거실로 내려와 있었다. 그녀는 내가 더 이상 거기 없다는 것을 알고, 두려워하고 있었다. 그녀는 나가고 싶지만 감히 엄두를 내지 못한 채, 밤과 눈 때문에 마음이 움츠러들어 있었다. 나는 그녀가 신음하며 라 코망드리의 모든 방을 헤매 다니며 나를 부르는 소리를 들었다. 어쩌면 내 이름을 부르고 있는지도 몰랐다.

아마도 그랬을 것이다. 왜냐하면 나는 더 이상 그 이름을 알아듣지 못했지만, 누군가가, 짐승이, 그것을 알아들었으니까. 내 침실의 문턱에서, 자고 있던 라기가 일어나는 것이 보였다.

놈은 그 굵은 목을 흔들고는, 낑낑대며, 계단을 달려 내려가 문을 향해 거칠게 일어섰다. 이아생트가 살짝 열었다가 무서워서 닫아버린 문이었다. 집 밖 늪터 위에는 저 빛나는 안개가 떠도는 것이 보였기 때문이다. 이제 달이 저물었으므로, 안개는 늪터의 얼어붙은 물과 눈밭 위에 이상한 빛을 드리웠다…… 안개가 모든 것을 비추고 있었다.

크고 사나운 개가 코를 낮추고 라 데온 숲으로 가는 길로 뛰어들더니, 숲을 뚫고 들어가, 킁킁거리며, 말코르 쪽으로 미친 듯이 내닫는 것이 보였다. 이윽고 내 머리

바로 위쪽에서 힘센 앞발을 긁어대는 소리가 들렸다. 놈은 으르렁대며 땅을 팠고, 허리까지 눈 속에 파묻히며, 단단한 코로 땅을 파헤쳤다. 놈은 나무뿌리들을 물어뜯었고, 놈의 발톱들은 부식토를 움켜쥐었다. 나는 놈의 숨결을 느꼈다. 내 머리칼 속에서 놈의 시큼한 털 냄새가 났다. 놈의 송곳니가 내 윗옷의 가죽을 물었다……. 놈은 계속 끌어당겼고, 미끄러졌고, 다시 당겼다. 놈은 그 부서지는 흙 속에서 커다란 발톱으로 몸을 휘어 버티고 있었다. 놈은 신음했다. 그러면서도 팽팽하게 긴장된 놈의 긴 힘줄들은 나를 조금씩 끌어올렸고, 계속 조금씩 더 올라가, 이미 나는 숨을 쉴 수 있었다. 놈은 기뻐 으르렁댔고, 생생한 밤공기가 내 폐부를 찔렀다.

나는 열이 났고 덜덜 떨렸다. 일어서려 해보았지만, 몸이 휘청거렸다. 라기가 내 앞에 있었다. 나는 그 불가해한 눈의 광채를, 인광을 발하는 두 개의 구멍을 알아보았다. 나는 갑작스런 가벼움을 느끼며 비물질적인 광막함 가운데 걸음을 떼어놓았다. 누군가 보이지 않는 이가 눈 위에서 깃털을 집어 들듯 나를 일으키는 듯했다. 때로는 내가 생각했던 것보다 더 큰 걸음을 떼어놓기도 했고, 때로는 아무리 애를 써도 전혀 앞으로 가지지 않기도 했다. 그러나 라기는 비틀거리는 나를 꾸준히 이끌어 이아생트의 불빛 쪽으로 나아가게 했다. 개는 침착하게 나를 인도했고, 내가 숨차서 멈춰 설 때면 자기도 멈춰 서곤 했다. 그러나 검은 라 주네스트 위쪽에는 무수한 별들이 반짝이고 있었다.

나는 사랑과 두려움에 차서 땅에서부터 별들을 쳐다보았다. 그리고 어떻게인가 알 수 없지만, 나 자신으로부터 나 자신에게로, 끊임없는 현기증들을 가로질러, 나아가고 있었다. 겨울바람 속에서 내 영혼의 자취를 찾아낸 저 야생적인 큰 개를 뒤따라.

노트

나는 여기에 회상들을 모아놓았다.

때로 그것들은 그 당장 기록한 것처럼 생생한 형태로 다가오곤 한다.

그러나 그것들은 그렇게 곧바로 쓴 것은 아니다. 나는 그것들을 나중에야 썼다.

그런데도 이 회상들이 눈앞에 보듯 선명한 윤곽으로 그려진 것은 내가 그것들을 떠올리면서 새삼 그것들에 사로잡혔기 때문이다. 나는 더 이상 기억하는 것이 아니라, 다시 살고 있었다. 나는 마치 사건이 지난 지 채 몇 시간도 안 되어 쓰는 것처럼, 어느 결에 그 비시간적인 현재로 돌아가 있곤 했다.

이 사건들은 본래대로 몇 년이라는 거리 저편에 두고 보는 편이 자연스러울 터이다. 나는 마치 그것들이 아직 거기 있는 것처럼 말하지만, 내 글을 읽을 때는 그것들을 문장의 시제 너머에 멀찍이 두어야 한다.

또 어떤 때는, 그 과거가 말 그대로 과거로 남아 있기도 했고, 그러면 나는 그것을 그대로 기술했다.

영혼의 상태나 그 움직임들은 확연히 자리매김하기 어렵다. 특히 영혼의 움직임들은 기억의 일상적 지형에서 벗어나는 것이다.

아마도 이 기록에서는, 내 회복기 동안 땅과 하늘 사이, 내 위로 미끄러졌던 저 가볍고 풀어질 듯한 구름밖에는 보지 말아야 할 것이다.

정신을 잃은 사이에 나는 이 방의 커다란 침대로 옮겨져 있었다.

이것은 내 방이 아니다. 내 방은 환자에게 너무 춥다고 생각되었던 모양이다.

이 방은 두 개의 창문 덕분에 상당히 밝고, 특히 아침나절에 그렇다.

창문 중 하나는 나무들을 향해 나 있다. 다른 하나는 어디로 나 있는지 모르겠다.

어떻게 하여 이 방으로 오게 되었는지 알 수 없다. 아무런 기억도 남아 있지 않다.

몇 시간 동안이나 땅 밑에 있었던가……?

시간관념을 잃어버렸다. 내게는 더 이상 시간이 흐르지 않았으니까. 그것은 아무 동요 없이 내 삶에서 떨어져 나갔고, 나는 의식의 고삐를 놓아버렸다.

그때 누가 왔던가? 무슨 일이 일어났던가?

누군가가 나를 들어 올려 날랐다. 나는 멀미와 현기증이 났다. 그러고는 다 잊어버렸다.

무엇을 잊어버렸는지도 모르겠다. 얼마 동안 나는 몸 없는 괴로움일 뿐인 듯했다. 나는 떠도는 신열의 무게로 변해 있었다. 그 묵직함이 그것을 어딘가 땅바닥으로 자꾸 끌어내리고 있었다.

하지만 얼마 후에는 이 느낌마저도 사라졌고, 내게서 남은 것은 그저 뻥 뚫린 공백뿐이었다.

이 공백기 동안 집에서 무슨 일인가 일어났음에 틀림없다. 무슨 일인지는 모르겠다. 알지 못하니 막연히 이렇게 말할 수밖에 없다. 하지만 그 일들은 분명히 일어났다.

어쩌면 그것들은 결국 사소한 집안일들인지도 모른다. 하지만, 내가 깨어나자마자, 그것들은 내 정신을 사로잡았고, 때로는 절망에 빠뜨리기도 했다.

나는 죽을 뻔했다. 여러 날 동안이나 헛소리를 했다. 이미 말했듯이, 그 착란상태에 대해서는 아무 기억도 나지 않는다. 하지만 분명 꿈을 꾸었던 모양이다. 정확히 언제였는지 모르겠다. 아마 내가 의식을 잃기 시작한 순간쯤이 아니었나 싶다.

……나는 내 침대에 누워 있었다. 지평선 저 끝에서부터 주름 하나 없이 새하얀 거대한 보(褓)가 나를 향해 다가왔다. 그것은 미끄러졌고, 온 땅에 펼쳐졌다. 그 수평의 보는 내 발과, 무릎과, 배에까지 이르렀다. 그것은 축축하고 싸늘했다. 그것은 내 목과 어깨에 닿았고, 차츰 내 얼굴을 덮었다.

괴물들을 본 것은 아니었다. 괴물들은 내 안에 있다. 그러나 그것들도 내 착란 동안에는 나를 찾아오지 않았다.

나는 어딘가에 내려놓아졌다. 한쪽에는 내 몸이, 다른 쪽에는 내 영혼이 있었다. 내 몸은 홀로 방어했다. 영혼은 잠들어 있었다.

누가 그 둘을 다시 모으고, 살고 싶다는 동일한 욕망 가운데 함께 녹아들게 했는지 모르겠다.

이 마술적인 작용들은 내가 모르는 사이에 이루어졌다.

처음 내 의식을 깨운 것은 어렴풋한 약초 냄새였던 것 같다. 아마도 서양 지치나 샐비어였을 것이다. 그러고는 다소 고풍스런 가락이 들려왔다. 시골티가 나고 신선한, 어디선가 알 수 없는 데서 누군지 알 수 없는 이가 부드럽게 연주하는 음악이었다.

약초 냄새가 내 폐부에 들어와 거기 머물렀다. 씁쓸하면서도 상처를 아물게 하는 냄새였다. 그 냄새가 콧구멍으로 올라와 가슴속을 따뜻하게 하는 것을 느꼈다…….

나는 그것이 좋았다. 나는 막연히 지상의 좋은 것들, 오래된 민간 처방들, 묘약들, 약초들……을 생각했다.

하지만 나는 여전히 눈을 감고 있었다. 차츰 내 안에서는 오랜 중병이라는 관념이 형성되어 그 최초의 쾌락이 느껴지기 시작했다. 여전히 의식이 희미한 채였다. 깨어나기는 했지만, 아무것도 알 수 없었다. 이미 나는 회칠한 벽 위에서 희미한 형태들이 생겨나는 것을 보고 있었다. 그것들은 연이어 사라졌지만, 나는 그 부드러운 움직임을 아주 멀리까지, 그것들이 천장에서 구름처럼 풀어지기까지 따라갈 수 있었다. 그 사라진 자리에서는 또 다른 형태들이 또 그렇게 부드럽게 나타나 다정히 나를 바라보다가는 사라져갔다. 이 비물질적인 흰 벽 위에서 삶이 나에게 돌아오고 있었다.

의식으로 돌아오는 그 느리고 섬세한 과정이 며칠이나 걸렸는지 모르겠다. 나는 가냘프게 살아 있는 가운데 세포 하나하나를 다시 만들어 나를 재구성하고 있었다. 고비를 넘겨 회복되기 시작한 것이 짐작되었고, 아직 병중이라는 것이 문득 행복하게 느껴졌다. 어떻든 내게는 그랬다. 나는 아늑한 회복을 즐기고 있었다.

방은 쾌적했다. 밤낮으로 장작불이 지펴져 있었다. 내가 처음 발견한 것도 그것이었다. 회반죽을 바른 작은 벽난로에서 굵은 장작들이 장중히 타고 있었고, 거기서 나직하지만 끊임없는 소리가 나고 있었다.

방에는 아무도 없었다. 문은 닫혀 있었다. 벽난로 위에 도기로 된 야등과 흰 사발과 설탕 그릇이 놓여 있었다. 아침 아홉 시는 되었을 터였다. 조금 열린 벽장에서는 세탁한 면직물과 비누의 냄새가 났다. 집 안의 아무도 내게 의식이 돌아왔다는 것을 아직 모르고 있었다. 나는 혼자였다. 나는 아무도 보는 사람 없는 가운데 의식을 되찾은 것이 기뻤다. 아직 아무도 모르게 살아 있다는 것이 내 마음을 부드럽게 했다. 밖에서는 하염없이 눈이 내리고 있었고, 나는 행복하여 눈물이 났다.

나는 방을 찬찬히 살펴보았지만, 눈에 익은 방이 아니었다.

나를 놀라게 한 것은 방이 아주 깨끗하다는 것이었다. 아마 항상 청소를 해두었던 듯했다.

벽면의 석회는 새것처럼 깨끗했고, 목제 천장은 잘 닦여 있었으며, 포석이 깔린 바닥도 깨끗했다. 유리창들도 말끔히 닦여 있었다.

기분 좋은 방이다. 나는 아주 편안하다. 창 가까이 벽에는 벽감이 파여 있다. 두 개의 작은 탁자 위에 책 몇 권과 작은 병이 놓여 있다. 가느다란 목 부분이 나팔 모양으로 벌어진, 푸르스름한 유리병이다.

고즈넉하다. 집에서는 아무 소리도 들려오지 않는다.

하지만 사람이 살지 않는 집은 아니다. 사방이 고요하지만, 나는 그것을 느낀다.

모든 것이 따스하다.

밖에는 눈이 내리고 있다.

깨어난 지 얼마나 되었을까? 알 수가 없다. 하지만 딱히 지친 것은 아니다. 그렇다고 거뜬하지도 않지만. 나는 희미하게 생각을 이어간다.

모든 것이 나를 건드리고, 내 관심을 끈다. 그러나 모든 것이 곧 내 이해를 벗어난다.

나는 내 깨어난 의식을 분명한 기억들에로, 아는 사물들에로, 돌리려 한다. 그러나 더 이상 분명한 기억들을 찾을 수가 없다. 눈에 보이는 사물 중에 친숙한 것이라고는 없다. 설탕 그릇과 흰 찻잔조차 낯설다…….

야등은 어디서 가져온 것일까?

그렇다, 집에는 누가 살고 있다. 하지만 아무 소리도 내지 않는다. 그들은 오래전부터 발소리를 죽이고 있다.

그들은 아래층에 있다. 그들은 끊임없이 참을성 있게 집을 덥히고 있다.

그리고 여전히 아무 기척이 없다.

그들이 내 방에 오지 않은 지도 아주 오래되었다.

그들은 나를 혼자 내버려둔다.

불안의 기미는 없다. 그들은 이제 내가 위기를 넘겼음을 잘 알고 있다.

그들은 아래층으로 물러가 있다. 하지만 이 오래된 방은 그들의 놀라운 성실성으로 둘러싸여 있다. 그들은 내 병에 신경을 쓰고 있다.

저녁이 되어 어스름이 다가올 무렵, 그들이 들어오면 나는 자는 척하리라.

사발을 옮겨놓고, 장작을 불에 넣고, 그릇들을 정돈한 후, 그들은 발끝으로 살그머니 물러갈 것이다.

다시금 나는 혼자가 될 것이다. 그러면 밤이 들어올 것이다.

그들이 왔다, 고 나는 생각한다. 눈을 감자.

밖에서는 여전히 눈이 내린다.

나는 그들을 보지 못했다. 보고 싶지 않았다. 그들이 들어왔다. 두 사람이었다. 한 사람은 내 침대에 몸을 굽혔고, 내 뺨에 닿는 그의 숨결이 느껴졌다. 몸을 굽힌 이가 누구였는지 나는 모른다. 눈을 뜨고 싶지 않았다. 그러나 그 숨결은 너무나도 가벼웠고, 신선한 침을 가진 축축한 입의 숨결이었다. 아마도 여자였던 것 같다.

다른 사람은 불을 보살피고, 조심스레 의자를 옮겨 놓았다.

그들은 방 안에 송진과 양털의 냄새를 물씬 가져왔다.

그들은 한마디도 하지 않았다. 그리고 아마도 꼭 필요한 동작밖에는 하지 않았을 것이다. 방 한가운데, 내 휴식을 위해 그처럼 잘 마련해놓은 이 공기를 흩뜨리지 않기 위해서.

그들은 아주 부드럽게 움직였으므로 거의 소리를 내지 않았다. 나는 그들의 호의를 느꼈다.

그들은 들어왔을 때처럼 살가운 태도로 다시 나갔고, 조심히 문을 닫았다.

나는 그들이 나를 보호하고 있다는 것을 안다.

예견했던 대로, 그들이 떠나자 밤이 왔다.

이제 밤은 방 안에 자리 잡았다. 이상한 밤이다. 밤

은 새하얀 눈밭 위에 자리 잡고 있다.

그 흰빛은 창문을 통해 들어와 모든 사물의 무게를 덜어낸다.

내 침대 발치에는, 여전히 성실하게 타고 있는 불이 그림자들로(그리고 때로 마른 타닥임으로) 이 방의 비물질적인 평화에 생기를 주고 있다.

야등은 켜지 않았다.

나는 어디 있는가? 저 사람들은 누구인가?

나는 이제 조금 생각할 수 있게 되었다. 내 생각은 아직 유동적이고 눈빛에 싸인 듯 흐릿하다. 내가 내 회복의 의미를 이해할 수 없는 것은 분명 그 때문일 것이다.

회복은 캄캄한 데서부터 그처럼 눈부신 흰빛의 한복판으로 쏟아져 나오므로, 나는 아직 확연한 삶의 감정이 들지 않는다. (회복은 어디에서 오는가? 나를 어디로 데려가는가?) 왜냐하면 나는 도처에서 내 무사히 살아 있음을 볼 뿐, 아직 살고 있지 않으니까…….

차츰 나를 엄습하는 이 안락함은 일종의 순진성과도 같다. 나는 이 방도, 이 방에 사는 이 몸도, 이 몸속에서 쉬고 있는 이 영혼도 알아보지 못한다.

이 연약한 깨어남을 지키는 존재들은 나와 전혀 친숙하지 않다.

나는 기억의 상당 부분을 잃어버렸음에 틀림없다.

분명, 이제 곧 스르르 잠이 들 것이고, 그러면 또 잊어버릴 것이다. 하지만 나를 데려갈, 그리고 다시금 이 연약한 삶의 빛을 꺼버릴 이 잠은 나를 불안하게 하지 않는다. 아무것도 나를 불안하게 하지 않는다. 나는 나를 내맡긴다. 나는 이해할 수 없는 호의에 내맡겨져 있다.

나는 그날 하도 쉽게 잠이 들었으므로, 잠자는 동안에도 내가 다른 세상에서 왔다는 느낌이 들지 않았다. 이 잠에서는 모든 것이 꿈이었고, 그래서 몇 시간 후 다시금 깨어나면서도 내가 잤었는지를 알 수 없었다. 하지만 여전히 자고 있는지 어떤지도 알 수 없기는 마찬가지였다.

다시금 저녁이었다.

방에는 달라진 것이 없었다. 야등, 사발, 설탕 그릇이 여전히 같은 자리를 차지하고 있었다. 그러나 내 침대 머리맡에는 누군가가 있었고, 그의 숨소리가 들렸다.

그가 내게 찻잔을 내밀었고, 따뜻하고 쓴 탕약을 마시게 했다.

내가 마시는 동안, 내 뒷목을 받쳐주는 큼직한 손이 있었다. 나는 너무나 힘이 없어서 고개를 돌려볼 수조차 없었다.

문이 열렸고, 수군거리는 소리가 났다.

내 머리가 다시 베개 위에 뉘어지자, 목소리가 말했다.

"야등을 켜도 되겠어요."

사실 방 안이 어두워지고 있었다. 한 남자가 벽난로 쪽으로 다가가더니, 심지에 불을 붙였다. 그러자 심지가 타닥이더니 곧 기름 냄새가 퍼졌다.

그 남자는 나보다 키가 커 보였다. 그의 얼굴은 보이지 않았다. 그는 내게 등을 돌리고 있었다. 아까 말한 음성이 다시 말했다.

"덧문을 닫아야지요."

남자가 중얼거렸다.

"뭐하러? 이제 아무도 없는데."

다른 사람은 아무 대답 없이 방을 나갔다. 나는 복도에서 멀어지는 발소리를 들었다.

남자는 한숨을 쉬며 불 가까이에 앉았다. 그는 여전히 내게 등을 돌리고 있었다.

때로 장작이 굴러떨어졌다. 그는 꼼짝도 하지 않았다. 나는 그 부동의 형체에서 눈을 뗄 수가 없었다. 희미한 야등과 장작불만이 살아 있는 그 어스름 속에서, 그는 더 이상 사람이라기보다는 겨울의 정령처럼 보였다.

내가 잠든 후에야 그는 방에서 나갔다. 그 후 여러 날 동안 그를 다시 보지 못했던 것 같다.

그가 나간 지 얼마 안 되어 나는 꿈을 꾸었다. 그것은 내가 잠이 들기 얼마 전, 방에 등불을 가져온 후부터 시작된 꿈이었던 듯하다.

그때까지는 야등 하나밖에 켜지 않았었다.

한 여자가 들어왔다. 그때까지 본 적이 없는, 작고, 나이가 꽤 든 여자였다.

그녀는 등불을 창문 앞 탁자에 놓았다.

나는 곧 격렬한 감정을 느꼈다.

여자는 덧문을 닫고 심지를 가다듬었다. 그리고 떠났다.

나는 등불과 함께 남았다.

감정이 하도 격해져서 나는 정신을 잃었다. 얼마 뒤, 나는 실신 상태로부터 잠으로 거슬러 올라갔다. 꿈을 꾼 것은 그때였다.

나는 여전히 같은 방에, 창 가까이에 서 있었다.

거기서 나는 큰 건물을 바라보고 있었다. 건물은 닫혀 있고, 캄캄했다. 밤이 내리기 시작했다. 그러나 집 앞, 길 위에 멈춰 서 있는 한 남자를 알아볼 수 있을 만큼의 밝음은 아직 남아 있었다.

그는 들판을 살펴보는 듯했다. 밤이 되도록 그는 그 자리에 그대로 있었다. 이윽고 더 이상 보이지 않게 되었다.

나는 창가를 떠나 자리에 가서 앉았다.

탁자 위에는 공책이 한 권 있었다. 분명히 기억이 난다. 딱딱한 표지를 씌운 두툼한 빨간 공책이었다. 공책을 펼쳐 읽었다:

> "그 집에는 사람이 산다. 오늘 저녁, 일곱 시경, 굴뚝에서 연기가 조금 피어올랐다.
>
> 내가 고원에 온 지도 7년이 되었다.

날이 짧아진다. 나는 좀 더 일찍 등불을 켠다.

그 집에는 보름 전부터 사람이 살지만, 불빛이라고는 보이지 않는다. 덧문은 전부 닫혀 있다.

이따금 안뜰을 가로질러 길에 나와 보는 한 남자가 눈에 뜨인다.

그는 혼자 사는 모양이다.

나는 희망도 절망도 하지 않는다. 믿음도 의심도 없다.

나는 오직 한 가지 욕망, 한 가지 생각으로 살아간다.

내 정신은 몽상의 매혹들에 탐닉하기를 거부한다.

도피라든가 기분 전환이 무슨 소용이란 말인가?

나는 평온하다.

운 좋게도, 나는 평온하다. 신의 선물이다.

평온은 매혹적이다.

이제 등불을 켤 시간이다."

그때 누군가가 들어왔다.

나는 공책을 덮었다. 꿈이 달아났다. (적어도 그랬던 것 같다. 얼마간 더 계속되었다 하더라도, 그다음은 전혀 기억나지 않으니 말이다.)

그러나 당시 내게 일시적이나마 인격을 부여한 것은 그 꿈이었다.

깨어난 이후 다시 살고 있었다고는 해도, 내 존재로

부터 아직 어떤 인물도 확립되지 않은 상태였다. 나는 도처에서 익명의 미약한 온기만을 느끼고 있었다.

내가 나로 돌아온 것은 현실과의 접촉에서가 아니라 꿈이 내게 건네준 이 내적 증여 덕분이었다. 나는 병중에 나를 떠나갔던 나(라는 것은 워낙 불안정한 것이지만)를 되찾지 못했다. 그 대신 나는 이상한 주인, 지나가는 나그네를 맞아들였다. 나는 이 틈입을 깨닫지 못하고 있었다. 나는 다시 내가 되었다고 믿었다. 이 방문객이 떠나버린 오늘까지도, 나는 아직 내가 착각했던 것이라고 확신할 수 없다.

분명 나는 정신이 채 들지 않았고, 저 섬세한 깨어남들과 옅은 잠 사이에서, 불분명한 경계밖에 건너지 못한 채 그 위를 떠돌고 있었을 것이다. 의식을 잃지는 않았지만, 때로는 삶의 첫 선물들 즉 세계로부터 오는 모든 감각들에서, 그리고 때로는 내적 질료에서 자양을 취하고 있었다. 드물고 희박한 질료였지만, 새로운 감각들에는 전혀 빚지지 않은 것이었다. 왜냐하면 내 진짜 기억들은 전부 파괴된 반면, 모든 것이 내 상상적 기억의 특별한 신선함으로 살고 있었기 때문이다. 망각에 의해 씻겨나간 광막함 가운데서, 전에는 내가 발명해냈던 것만 같았던 저 경이로운 어린 시절이 끊임없이 빛났다. 나는 과수원과 언덕과 한 노인의 정원과 누아르므아질 오두막의 입구에 얌전히 앉아 있는 어린 이아생트를 다시 보았다. 그리고 마치 내 가깝고 먼 모든 과거로부터 그것만이 내 안에 살아남은 듯, 이전의 내 진짜 삶에 대해서는 가장 희미한 기억조차 없었다. 어쩌면 더 이상 영혼은 없는지 몰라도, 마침내 나는 내 청춘을 소유한 것이었다.

그것은 나만의 청춘, 내 스스로 만들어 가진 청춘이었지, 고통스럽게 보낸 어린 시절이 외부로부터 내게 부과한 청춘이 아니었다. 나는 거기서 내가 그 피어남을 보기 위해 태어났던 식물들만을 보았고, 예기했던 산과, 내가 내 놀이에서 그토록 갈망했던 그러나 본 적 없는 아이를 되찾았다. 그러나 더 이상 실제 경험이라고는 존재하지 않는 이 기이한 영혼의 상태에서, 나는 이 청춘(내게는 내 청춘으로 보였고, 정말이지 내 유일한 청춘이었던)이 불과 얼마 전에, 내 고독의 바로 그 장소에서, 아마도 낙원의 나날 이래로 내 핏속에 전해져온 순진성과 도취에 대한 오랜 욕망의 은밀한 열기를 허구로써나마 가라앉히기 위해 피어났음을 알지 못했다.

내가 실제로 살았던 무거운 과거, 물질의 숙명에 종속된 과거의 옆에, 나는 나의 내적 운명과 일치하는 과거를 단숨에 피워냈다. 그리고 삶으로 돌아오면서, 나는 극히 자연스럽게 이 비물질적인 기억의 무구한 즐거움을 향해 가고 있었다.

분명, 나는 아직 아주 약했고, 완전한 회복에는 여전히 이르지 못하고 있었다. 나는 갈피를 잡을 수 없었다. 극히 사소한 감정에도 나는 이성을 잃었고, 극히 사소한 충격도 내 가슴을 찢었다. 여러 주 동안, 내 모든 잠은 내 불확실한 깨어 있음만큼이나 가벼운 것이었다. 이 끊임없는 혼돈 가운데서, 나는 끊임없이 꿈을 꾸었다.

때로는 내 방에 있는 몇 안 되는 물건들이 또렷이 다가왔고, 나는 깊은 인상을 받았다. 나는 그것들을 따로따로 분명히 분간할 수 있었다. 또 어떤 때는, 그것들이 전혀 손 닿지 않는 곳으로 떠나버려 보이지 않게 되기도 했다.

그리하여 나는 물질의 무게를 벗어버린, 달아나는 우주 가운데 놓여 있었다. 나 자신으로부터 남은 것이라고는 내가 만들어낸 나의 분신, 저 야생적이고 다정한 얼굴, 내가 내 안에서 열정적으로, 지치지 않고 바라보는 얼굴뿐이었다. 하도 열정을 가지고 바라본 나머지, 나는 그것이 점차 자라는 것을, 어린 시절로부터 벗어나 열렬한 신앙의 모습을, 남성적인 굵은 윤곽들을 띠게 되는 것을 보았다. 그 윤곽들을 가지고 나는 고독했던 지난 몇 달 동안 라 주네스트 주인의 얼굴을 만들어냈던 것이다. 그 사실을 깨닫자 나는 존재의 뿌리까지 흔들렸다.

왜냐하면, 라 주네스트의 주인이란, 이제, 소생하는 중인 나 자신이었으니 말이다.

갑자기 그 기이한 인물을 드러낸 것은 등불의 출현이었다. 그것은 깊이 잠들어 있던 것들을 일깨웠다. 하지만 나는 무심했어야 했다. 라 코망드리에 있는 내 침실에도 등불은 있었으니까.

내가 간신히 회복하기 시작한 이 익명의 집에서 등불이 곧 라 주네스트를 환기할 수 있었다는 것은 인정한다 하더라도, 왜 내 격동된 정신은 나에게 아무것도 아닌 이 방을 즉시로 잊고 그때까지 내가 저 잊을 수 없는 불빛을 바라볼 수 있었던 그처럼 감동적인 장소들로 단숨에 돌아가지 않았던가?

나는 모른다.

어쩔 수 없이, 계속 써내려갈 뿐이다.

등불은 매일 저녁 되돌아온다. 항상 같은 나이 든 여자가 이미 켠 등불을 들고 오는 것이다.

나는 그 여자를 알지 못한다. 그녀는 깔끔하고 세심하다. 내게 말을 건네는 법이 없다. 분명 내가 아직 대답을 하기에는 너무 약하다고 생각할 것이다.

나는 대답을 하려면 할 수도 있을 터이지만, 침묵을 지킨다.

그렇다, 나는 침묵한다. 그렇게 하면, 내가 아는 모든 것이 내게 머물러 있다. 하지만 만일 말을 한다 해도, 나는 내 어둠으로부터 점차 윤곽을 드러내는 낯선 세계에 대해 아무것도 전하지 못할 것이다. 내 안에는 내가 알지 못하는 얼굴이 있다. 그것이 내 안에 사는 유일한 얼굴, 내 것인 얼굴이다. 그것이 나를 혼란케 한다. 나는 그것이었던가?

그렇다, 나는 그것이었다. 하지만 어디서? 언제? 분명 저어린 시절의 시간과 장소들일 것이고, 말 없는 얼굴 뒤에서 나타나는 것은 그 기억(은 때로 음험해 보인다)이다. 얼굴 또한 침묵하고 있다. 그는 자신의 비밀을 내보이지 않는다. 내 또 다른 자신은 내 안에서 은밀하게 산다. 그는 대체 내가 누구인지 잊었는가?

방금 여자가 들어왔다. 나는 눈을 뜨고 있다. 그녀는 나를 바라본다. 그녀 또한 나를 알아보지 못하는 것 같다.

나는 이제 며칠째 깨어 있다. 아니, 며칠째 깨어나기를 계속한다. 하지만 아주 완만한 깨어남들이다. 나는 그 귀환을 서두르지 않았다. 나는 내 안에서 내가 할 수 있는 한 회복의 움직임들을 늦추었다. 나는 여전히 힘이 없고, 내심 그 점을 다행스러워 한다. 그러면 시간을 벌 수 있는 것이다. 내가 내 인생에서 취하는 시간 말이다. 나는 다시 살기 전에 관찰하고 싶다.

왜냐하면 나는 관찰할 필요가 있기 때문이다. 내 주위의 모든 것이 새로워 보인다. 그리고 이 나는 더욱 그렇다. (하지만 내게는 그것밖에 없고, 나는 그것으로 만족해야 한다.)

집에는 두 사람이 있다. 적어도 그 둘밖에는 보지 못했다. (때로 침실 위쪽에서 발걸음 소리가 들리기는 한다.)

나이 든 여자가 있고, 남자가 있다. 남자 역시 늙었는데, 체구가 다부지고 뼈마디가 굵다. 그는 흰 얼굴에 짧은 콧수염을 기르고 있다.

모든 것이 내게 새로워 보인다. 그렇다. 하지만 이 집, 나는 때로 그것이 내 것임을 알겠다. 이상한 확신이 내게 말한다. "네가 네 집에 있다고 그토록 확신하지 않는다면, 그렇게 믿을 수도 없을 거야."

그러나 나는 확신한다. 그래서 불안하다. 극히 작은 확신도 내게는 비정상적이고 위협적으로 보인다. 나는 여기 익숙해질까 두렵다. 나는 확신을 원치 않는다. 나는 내가 이해하지 못하는, 그 이상의 무엇인가를 원한다.

노인이 불 앞에 앉았다. 그는 내가 자는 줄로만 알았던 모양이다. 그는 호주머니에서 작은 책을 꺼내 읽었다.

오늘 저녁에는 그가 등불을 가져왔다.

그는 오래도록 읽었다. 밖에는 바람이 몰아치고 있었다. 나는 이 집은 대체 어디에 세워졌기에 그처럼 심한 바람을 만나는 것일까 생각한다.

굴뚝이 윙윙대는 소리가 들린다. 이따금씩, 노인은 책장을 넘긴다. 그의 입술은 달싹도 하지 않는다.

나는 곧 그들이 덧문을 닫은 뒤에야 등불을 켠다는 것을 알게 되었다.

……그것은 시골집에서 흔히 보는 것 같은, 구리로 된 작은 등잔이었다. 겨울의 일상적인 등불, 사려와 정숙(靜肅)을, 친근하고 인내심 많은 종교를 가르치는 저 보잘

것없는 등불들 중의 하나, 그 아래서 누군가가 괴로워하고 후회하고 기다리는 등불이었다…….

그들이 덧문을 닫는 데에는 분명 이유가 있을 것이다. 아마 그들은 등불이 바깥에서 보이는 것을 원치 않는지도 모른다. 이 험한 날씨에, 이 외딴 고장, 이 눈보라 가운데서, 대체 누가 할 일 없이 시골집 작은 창문의 불빛을 바라보겠는가?

하지만 그들은 무엇인가 두려워하는 듯하다. 그들의 조심성(그 절제된 동작이나 소리 죽인 음성)으로 보아서는 늘 그렇게 근심을 하는 것 같기도 하다. 마치 항상 무엇인가 위험을 두려워하는 것처럼 말이다. 그들은 운명의 임박함을 느끼는 듯하다. 그들은 단 한 번의 한숨이나 극히 사소한 신뢰가 우리를 위태롭게 한다는 것을 알고 있다.

그리고 이 작은 등불 하나가 그들을 불안케 한다.

나 또한 그들을 불안케 한다.

왜냐하면 나는 이 등불에 대해 많이 생각하기 때문이다.

때로, 눈과 삭풍에도 불구하고 누군가가 한밤중에 밖에서 매일 저녁 등불이 켜지는 것을 기다리는 듯하다. 그 서성이는 자, 내가 알지 못하는 자를 나는 사랑한다.

왜 그를 사랑하는지는 알 수 없다. 이 사랑은 마치 추억과도 같다. 하지만 나는 온전한 얼굴을 떠올리지 못한다.

등불은 내게 헐벗은 고원과 낡은 집(내 꿈속의 집)과

한 남자가 서성대던 그 길을 생각나게 한다.

그들은 내가 누군가를 기다리고 있음을 짐작한 것 같다. 실제로 나는 기다리고 있다. 그러나 그 점에서도 나는 오리무중이다. 그 등불이 하나의 신호일 수 있음은 알겠다. 그래서 그것을 감추는 것이다. 그러나 그 신호는 누구를 향한 것인가……?

사방이 캄캄하다.

나는 어디에서 잠이 깨었던가? 생각나지 않는 이름들이 있다. 우선은 내 이름과, 그리고 내가 의식을 잃으면서 잊어버린 지명들. 그러나 잊어버린 이름들이란 나를 찾는 저 이름도 형체도 없는 존재에 비하면 사소한 상실에 지나지 않는다. 그는 더 이상 나를 찾지 못하리라. 등불을 감추었으니 말이다.

이제는 밤에도 나를 혼자 내버려둔다. 힘을 추스르게 되면 나는 곧 일어나 창가로 가볼 것이다. 그리고 소리나지 않게 덧문을 밀쳐낼 것이다.

그들은 나를 조용히 잘 보살펴준다. 그러나 지금껏 내게 한마디 말도 건네지 않았다. 함께 방 안에 있을 때면, 자기들끼리도 말을 하지 않는다. 방에 들어오기 전에, 문 뒤에서 이따금 낮게 수군댈 뿐이다.

그들은 내게 거의 비현실적으로 보인다.

힘을 되찾기 시작한 이래로, 나는 날짜를 계산하려

애써본다. 하지만 아직도 머릿속이 뒤죽박죽이다.

그들이 방 안에 있을 때면 나는 자는 척한다. 어쩌면 그들은 내가 묻기를 기다리는지도 모른다. 하지만 나는 묻지 않을 것이다. 그들이 누구이며 그들이 무엇을 아는지 알지 못하는 한 나는 안전하다. 나는 은신처의 즐거움과 편의를 누리고 있다.

집은 닫혀 있다. 아무도 다가오지 못한다. 극히 사소한 동작에서도 경계심이 엿보인다. 고립의 막강한 위력이 우리를 세상으로부터 갈라놓고 있다. 모든 경계가 취해졌다.

이 집 주인들은 여러 해를 지낼 준비가 되어 있다. 그들은 자신들이 저장해둔 신비한 양식으로 살아갈 수 있다. 그들은 무언가 해묵은 재보로 자신들의 영혼을 살찌운다. 그들의 태도와 동작과 돕는 손길, 그리고 무엇보다도 침묵은 유능한 경건함과 어김없는 선량함을 보여주는 것이다.

그들의 보살핌은 내 영혼의 병을 고치기 위한 것인 듯하다. 그들은 나를 간호하기 위해 까다로운 예식의 규칙들을 따르고 있다. 다소 씁쓸한 약초를 사용하는 그들의 치료법은 열과 갈증과 회복기의 위태로운 조바심을 적절히 다스리는 세심한 기술을 드러낸다.

그런데도 그들에게는 나를 불안하게 하는 구석이 있다. 때로 그들은 근심에 잠긴 듯이 보인다. 그러나 그들의 근심은 나 때문이 아니다. 분명 이 집에는 그들이 유념하는 누군가가 있다.

필시 내 방 위쪽에서 거니는 자일 것이다.

그는 아주 늦게까지 깨어 있다. 매일 저녁, 밤이 내릴 때면, 그가 창가로 다가가 덧문을 여는 소리가 들린다.

나는 첫걸음을 떼어놓았다. 그들이 나를 도와주었다. 나는 그들이 생각하는 것보다는 튼튼했다. 노인이 내 겨드랑을 받쳐주었다. 그들은 나를 벽난로 앞 안락의자까지 부축해 주었고, 거기에 조그만 원탁을 갖다놓았다.

나는 미소하며 그들을 바라보았다. 노파는 내게 아무 말도 하지 말라는 시늉으로 손가락을 들어 보였다.

그녀는 눈이 작다.

그들은 침묵을 지키는 데에 몹시 신경을 쓰는 듯하다. 그것은 그들이 이 방에 갖다 둔 귀중한 재보이다. 그것을 건드리면 안 된다. 그들은 내게 말하지 않을뿐더러, 내가 그들에게 말하는 것도 허용하지 않는다. 아마 그것도 내 회복에 유익한 모양이다.

그 점에 대해서는 불만이 없다. 나도 질문들을 받는다면 괴로울 것이다. 그리고 나도 전혀 질문할 필요를 느끼지 않는다. 내가 잊어버린 것, 내가 모르는 것은 나를 혼란케 하지만 괴롭히지는 않는다. 나는 내가 있는 여기에 잘 있고, 나라는 존재 속에서 편안하다. 내가 나 자신에게서 되찾은 오죽잖은 것(이 정말로 나 자신의 것이라면)이 나를 감동시키고 때로는 감정이 북받치게 한다.

그러나 내게는 핵심적인 것들이 결여되어 있다. 내가 어둠 속에서 빠져나와 도달한 이 방, 날마다 내 삶이 재구성되고 있는 이 방을 나는 사랑하지만, 불과 송진과 보리수와 밀랍 냄새가 나는 이 방은 추상적인 장소, 조용한 방이라는 관념에 불과하다. 나는 아직 이 방의 방향이나 위치를 알 수 없다.

방 안쪽에 놓인 내 침대에서는 벌판이 보이지 않는다. 저 창문이 어디로 나 있는지도 알 수가 없다. 이제껏 창을 통해 보인 것이라고는 내리는 눈뿐이었다. 내 우주는 온통 비현실적인 채 나를 허공에 띄워놓고 있다. 나는 내 삶의 상태들을 밑도 끝도 없는 이 네 벽과 익명의 문으로 드나드는 저 말 없는 두 사람에게밖에 연결시킬 수 없다. 나는 그들이 어디서 와서 어디로 가는지 모른다. 나는 내 무력함과 침묵의 포로이다. 하지만 나는 이 포로 상태의 유익을 이해하며, 내가 욕망하는 것에 대해 다소 불신을 가지고 있다. 저 창문 뒤에 숨겨져 있는 지평선을 발견하게 되면 내 삶은 의미를 띠는 동시에 내게 자기 운명을 부과하지나 않을까 두렵다.

나는 운명을 사랑하지 않는다. 이제부터는 필연이 아닌 고통을 겪고 싶다. 나는 내가 고통을 겪어야 한다는 것을 안다. 이 안락함은 고된 탐색이 다시 시작되기 전의 휴지기에 불과하다. 그럼에도 나는 창가로 가고 싶다. 내 영혼의 어두운 부분이, 분명 전에 나였던 존재, 내가 그 기억을 잃어버린 존재가 나를 가만두지 않는다. 내 이

전의 존재로부터는 모든 것이 침몰했다. 사랑했었다는 기이한 감정 외에는. 나는 내가 사랑했다는 것을 안다. 오직 그것만이 내 오랜 기억의 밑바닥으로부터 내게 도달한다. 나는 내가 무엇을 사랑했는지 알고 싶다.

네 시경에 바람이 일었다. 사나운 바람이었다. 날이 저물 무렵, 그들은 등불을 켜러 왔고, 평소대로 덧문부터 닫았다. 그러고는 식사 후 나를 혼자 내버려두었다. 그때 바람은 이미 폭풍우로 몰아치고 있었다. 집은 신음했다. 나는 행복했다. 나는 바람에 귀를 기울였고, 바람 부는 소리는 오랫동안 나를 즐겁게 해주었다. 이 안락함 끝에 나는 나도 모르게 잠이 들었다. 두어 시간쯤 졸았던 모양이다.

세찬 소리에 나는 소스라쳐 일어났다. 나는 눈을 떴다. 등불이 꺼져 있었다. 돌풍이 덧문을 열어젖히고 유리창을 밀친 것이었다. 바깥에서 맹렬한 추위가 들이닥쳤다.

처음에 나는 소리쳐 사람을 부르려 했다. 그러나 막상 그러려는 순간, 외칠 수가 없었다. 이 알지 못하는 집이 두려웠다. 나는 이불 하나를 끌어당겨 그것으로 어깨와 팔을 감쌌다. 그리고 발을 바닥에 내려놓자, 현기증이 나를 사로잡았다. 그 자리에 선 채 꼼짝할 수 없었다. 어지럼증이 가라앉자, 나는 의자 등받이를 붙들고 조금 앞으로 나갈 수 있었다. 지쳐서 주저앉았다. 그러고는 또 몇 걸음 벽을 따라 걸었다. 마침내 나는 창에 이르렀고, 내다보았다.

바람에 씻긴 하늘에서 달이 빛나고 있었다. 달은 새하얀 설원을 비추었다.

왼쪽으로는 숲이, 오른쪽으로는 크고 나지막한, 탑이 딸린 건물이 보였다.

내 심장의 먹먹한 충격이 내게 경고했다…… 삭풍이 거세게 몰아쳤고, 나는 기침이 났다. 그러나 창을 붙든 것을 놓을 수가 없었다. 한 가지 기억이, 어렴풋한 회상으로부터 문득 솟아오른 기억이 나를 거기에 붙들어놓았다. 그것은 천사의 이름이었다. 나는 그제야 성가브리엘 고원을 알아보았다. 나는 그것을 알고 있었다.

유리창을 닫았던 것을 기억한다. 덜덜 떨며, 간신히 다시 누웠다. 나는 어디에 있는 것일까?

나는 고원과 나지막한 집 즉 라 코망드리를 알아보았다. (이 이름을 생각해내는 데 한참이 걸렸다.) 그러자 혼란이, 그러고는 고뇌가 나를 엄습했다. 폭풍우가 기세를 떨치고 있었다. 고원 전체가 고집 센 돌풍들에 휘말려 있었다. 온 집에서 바람에 시달리는 목재들과 거대한 들보의 모든 기와들이 고통하고 신음하는 소리가 들렸다. 라 주네스트의 지붕이었다…… 나는 이불 밑에서 전율했다. 불은 꺼져 있었다. 등불도 없었다. 이제 창은 캄캄했다. 폭풍은 서둘러 구름장들을 몰아갔고, 달은 사라졌다.

아침결에야 잠이 들었다. 새벽녘까지 나는 지켜보았다. 내 안에서는 모든 암흑이 바다처럼 곤두서서 위협하고 있었다. 폭풍우에 헝클어진 구름들이 때로 갈라지면서, 잠깐씩 빛의 다발들이 아직 이 바닷가에 누워 있는 부동의 물체들 위에 떨어졌다. 나는 전에 그것들을 본 기억이 없었다. 하지만 그것들은 내 기억의 오랜 자리들을 차지하고 있었다. 아마도 내가 병이 난 사이에 소리 없이 거기 도착했거나, 내가 모르는 사이에 가공할 난파 뒤에 거기 좌초했을 것이었다…….

이름이 생각나는 것들도 있었다. 내 안에는 늪터와 라 데온 숲과 개를 데리고 있는 키 크고 마른 여인의 모습이 있었다. 나는 그것이 라기와 멜라니 뒤테루아라는 것을 알고 있었다. 그러나 내가 아무리 마음속으로 그들을 불러도, 그들 중 아무도 내 소리를 듣는 것 같지 않았다. 내 기억들은 나를 알아보지 못했다. 그것들은 내게 다가와 나를 건드렸지만, 그러면서도 나를 보지 않는 듯했다. 그것들은 마치 내가 만져지지 않는 물질로 싸여 있기나 한 듯이 나를 가로질러 갔다. 비물질적으로 보이는 것은 나였지 그것들이 아니었다. 그것들은 마치 나라는 장애를 만나지 않은 듯이 계속 나아갔다. 나와 마주치면 그것들은 명확해지련만, 그것들은 나와의 마주침을 느끼지 못했다. 나는 그것들에게 라 코망드리의 주인이 아니라 라 주네스트의 이름 모를 손님에 불과했다.

그렇듯 그것들을 되찾으면서, 나는 다시금 나를 잃

어갔다. 나는 그것들이 나를 알아보지 못하는 것이 괴로웠다. 그 무심한 기억들이 내게는 소중했고, 나는 그것들의 사랑이 필요했다. 나는 조바심하며 아침을 기다렸다. 나는 그토록 깊은 암흑을 뚫고 되돌아온 그 세계가 아침이 되면 다시금 사라지지나 않을지 두려웠다. 나는 마침내 나를 알아보았다는 표시를 해줄 이 이름들이, 이 환영들이 사라져가는 것을 보지 않기 위해 날이 새기 전에 잠들고 싶었다. 그리고 실제로 새벽에 나는 잠이 들었다. 내 모든 환영들을 잠 속으로 끌고 들어가면서.

돌아온 이아생트

그녀는 어떻게 하여 내 방에 들어왔을까?

오늘 밤이었다. 나는 그녀를 보았다.

아마도 내가 본 것은 허상이었는지도 모른다. 이 방에서 깨어난 이래로, 나는 내가 보는 것이 진짜인지 아닌지 알 수가 없다.

(어떻든 보기는 보는 것 같다.)

때로는 내가 듣고 보고 만지는 모든 것이 다 지어낸 것만 같다.

하지만 그녀는 탁자 곁에 있었다. 나는 그녀를 알아보았다. (그녀가 결코 완전히 현실적이었던 적이 없다는 것을 나는 잘 안다.)

그러므로 그녀를 다시 보면서도 나는 그녀의 이름을 부를 수가 없었다. 그녀를 부르려 해보았지만, 내 기억 속에는 어떤 이름도 떠오르지 않았고, 내 입에서는 아무 말도 나오지 않았다.

나는 아직 그녀의 이름을 알지 못하지만, 전에 알았었다는 것만은 기억한다.

분명 어느 겨울밤, 내 문 앞의 눈밭에 서 있었던 그 야생적인 여자였다…….

오늘 밤, 그녀는 창문과 어두운 방 안쪽에 놓인 내 침대 사이에 나타났다. 그녀는 나를 바라보고 있었다.

나는 그 하관이 짧고 무표정한 얼굴과 생생한 큰 입을 알아보았다.

문득 표정이 달라지더니, 그녀는 입술을 움직였다. 하지만 그녀가 내게 하는 말을 나는 듣지 못했다.

그녀는 손가락을 입에 가져다 대고는, 등불을 불어 껐다. 나는 그녀가 내 침대 바로 옆을 지나가는 소리를 들었다. 문이 삐걱였고, 모든 것이 다시 침묵 속으로 돌아갔다.

그런 다음 나는 오래 기다렸다.

결국 그녀의 이름을 되찾지 못한 채 다시 잠이 들었다.

사흘째 나는 그녀를 기다리고 있다. 다른 사람들은 전혀 눈치채지 못하고 있다.

그녀는 어디로 해서 집 안에 들어왔을까?

왜냐하면 분명 그녀는 이 집에 살지 않고, 몰래 들어오는 것이 확실하기 때문이다. 그녀는 무엇을 찾으러 오는 것일까? 그리고 어떻게 그 많은 침실들과 복도들, 아래층 방들(을 나는 상상한다) 사이를 아무도 모르게 지날 수 있었을까?

그녀가 기적적인 가벼움 또는 은밀함 덕분에 보이지 않게 될 수 있다는 것(하지만 그들의 눈은 주의 깊고 예민하다)까지는 인정한다 치자. 하지만 그녀가 이 집 안에 일으킨 동요를 어떻게 그들이 느끼지 않았을까? 그녀가 지나간 자리에는 자유로운 여자의 야생적인 체취가 남지 않았을까?

여기서도, 내가 그녀를 언뜻 보았던 이 방에서도, 나는 그 후로 그녀의 피의 훈김을 느낄 수 있다.

그녀의 가슴은 헐떡이고 있었다. 그 작고 단단한 얼굴 밑에서 그 어떤 권능이 그런 폭풍우를 일으켰던 것일까? 그녀는 도망치고 있었을까? 무엇에 몹시 놀랐던 것일까?

그녀는 달아날 수 있었을까?

이제 나는 그녀가 다가오는 것을 느낀다. 그리고 이미 그녀의 이름이 내 안 어디엔가 자리하여, 내 입을 부풀리고 내 오죽잖은 어둠으로부터 해방되기를 갈망하고 있다. 감히 그것을 말할 것인가? 그것은 그녀를 이 집으로, 내가 알지 못하며 어쩌면 무서운 신비들을 품고 있을지도 모르는 집으로 불러들이는 일이 되지 않을까? 영혼들을 시험하는 집, 어쩌면 밤의 예식을 거행하지나 않을지 두려운 집으로?

그녀는 다시 왔다. 열한 시경에 문이 열렸다. 집에서는 모두 자고 있었다.

그녀는 문을 닫고 침대 가까이에 앉았다.

그러고는 나직이 말하기 시작했다.

나는 들었다.

나는 그처럼 간결한 말로 기이한 사건들을 속삭이듯 이야기하는 그 음성에 여전히 이름을 붙일 수가 없었다.

그 음성은 밖에서 오는 것이 아니라, 내 안에서 말하고 있었다. 하지만 그것은 내 음성이 아니었다. 그녀의 한

마디 한 마디가 내 기억 앞에 떨어질 때마다, 거대한 행복의 파장이 내 존재 안에 퍼져 나갔다.

……그녀는 여러 주 동안 기다렸었다. 아주 혹독한 겨울이었다. 하지만 그녀는 라 코망드리에서 불행하지 않았다. "나는 별로 나가지 않았어요," 그녀는 말했다. "너무나 추웠거든요……."

그녀는 아주 낮은 걸상에 앉아 있었다. 때로 나는 그 뺨의 온기가, 그리고 그녀가 내 쪽을 돌아볼 때면 그 규칙적인 숨결이, 침대 밖으로 늘어진 내 손에 닿는 것을 느꼈다.

그녀는 계속 말했다. "난 두렵지 않았어요. 당신을 다시 찾아내리라는 걸 알고 있었거든요. 그러는 동안 나는 이 등불의 도움을 받았지요." 그녀의 목소리는 점점 더 희미해져갔다. 소리는 분명히 분간되지 않았지만, 말뜻은 전해져왔다. 말의 가락에 담긴 음악적 운동만으로 짐작이 되었건, 내가 회복기 동안 아직 입 밖에 내지도 않은 생각에 말없이 접근하는 능력을 얻었건 간에…… 왜냐하면 말하는 것은 더 이상 입이 아니라 영혼 그 자체였으니까…….

"……나는 이 등불을 사랑했어요. 나는 매일 저녁 그것을 바라보았지요, 라 주네스트에서는 틀림없이 누군가를 기다리고 있었어요……."

그녀는 집 주위를 서성이곤 했다. 집 전체가 극도의 경계 태세로 닫혀 있었다. 이 사람들은 그녀에게 이상할 만큼 무뚝뚝해 보였다. 그녀는 마침내 샛문을 발견했다.

처음에는 닫혀 있었지만, 어느 날 저녁 열린 것이 보였다. 그래서 함정이 아닌가도 싶었지만…… 위험을 무릅쓰기로 했다…….

숨소리도 거의 들리지 않았다. "……나는 당신의 방을 찾아다녔어요. 하지만 방이 어찌나 많은지……!" …… 그녀는 결국 이 따뜻한 방을 찾아냈다……. "때로 나는 정말로 당신인지 확신할 수가 없었어요. 생김새는 당신인 것 같았지만, 당신 자신은 여기 없었지요. 당신은 무엇엔가 사로잡힌 듯했어요…… 그런데 당신이 눈을 떴고, 대번에 나를 알아보더군요…… 하지만 내 이름은 알지 못한다는 것을 알았어요. 그래서 나는 등불을 끄고 다시 떠났지요……."

그녀는 입을 다물었다. 나는 그녀의 손을 잡고 싶었지만, 찾을 수가 없었다. 그녀가 내게 말했다.

"움직이지 말아요. 내가 다시 올게요. 밖에는 눈이 녹기 시작했어요. 이제 곧 겨울도 끝이 나려나 봐요."

그녀는 다음 날 다시 왔다. 네 시경에 바람이 조금 불었다고 알려주었다. 바람에 실려 온 숲의 냄새가 따스하고 습했다고.

"그건 해빙을 알리는 거예요," 그녀가 말했다. "눈이 녹으면 곧 나는 떠날 거예요."

내 가슴은 조용히 조여들었다. 하지만 나는 아직도 내가 어디 있는지 알 수 없었다. 그래서 그녀가 침묵을 지키는 동안 나는 정말로 내 안에서, 나 때문에, 괴로웠다.

이윽고 그녀가 물었다.

"누아르므아질이라는 이름은 어디서 알았지요?"

하지만 나는 대답할 수가 없었다. 그러자 그녀가 말을 이었다.

"그들이 어떻게 날 데려갔는지 모르겠어요 …… 내가 어렸을 때는 너무나 졸음이 왔어요…… 그런데 문득 창밖을 보니 정원이 있더군요. 집은 버려진 듯했어요…… 사방에서 나무들이 자라고 있었지요. 거대한 가지들에서 축축한 줄기와 잎의 냄새가 났어요. 때때로 멀리서 짐승이 놀랐는지 아니면 성났는지 외치는 소리가 들려왔지요…… 하지만 서늘했어요. 식물적이고 마음을 가라앉혀 주는 서늘함이었어요…….

……정원에서 아카시아 나무들 곁을 거닐고 있는 노인이 있었어요. 처음에는 그를 부르려 해보았지만, 입을 열려는 순간 겁이 났어요. 그는 정원 저 안쪽으로 멀리 사라져갔지요. 나는 앉아서 기다렸어요……."

그녀의 음성이 희미해지더니 그쳤다. 나는 남풍이 일어나 부드럽게 창문에 부딪쳐오는 소리에 귀 기울이고 있었다.

그녀는 속삭였다.

"난 도망쳤어요. 성탄절 나흘 전에."

이제 그녀는 매일 밤 온다. 살그머니 들어와서 내 머리맡에 잠자코 앉아 있다가, 몇 마디 속삭이고는 또다시 입을 다문다. 그녀는 침대에서 쑥 들어간 곳에 있어서, 그녀를 보려면 나는 몸을 돌려야 한다. 그녀가 말이 없어도 나는 그녀가 거기 있음을 느낀다. 그러나 때때로 그녀가 말을 할 때면, 그녀의 존재는 거의 비현실적으로 느껴진다. 그녀는 그 속삭이는 음성일 뿐이며, 나는 말하는 것이 입인지 아니면 내 몽상의 속내 이야기를 듣고 있는 것인지 알 수가 없어진다.

그녀는 또 말했다. 그는 그녀를 친절하게 키워주었으며, 그는 이미 아주 늙었었다고. 처음에 그녀는 그를 두려워했으나, 그는 친절하고 인내심 많은 사람이었다. "하지만 결코 나를 사랑하지는 않았지요. 그가 사랑한 것은 다른 아이였어요. 나도 그 애를 사랑했지요……."

나는 이 안개 속에서 힘겹게 싸우고 있었다. 그녀가 자신의 어린 시절에 대해 내게 들려주는 이야기는 내 안에서 딱히 규명할 수 없는 기억들을 일깨웠다. 어떤 것들은 나도 아는 것이었다. 그러나 나는 그런 기억들이 표류물에 지나지 않음을 잘 알고 있었다. 가라앉은 배는 고스란히 있었지만 물 밑바닥에 있어 보이지 않는 것이었다. 바로 그 배가 내 두 번째 전생의 부드럽게 밝혀진 심연으로부터 떠오르고 있었다. 이아생트의 쉰 듯한 음성이 이 미지의 기억(그것은 나 자신의 기억에 대한 망각이 아니라 전혀 별개의 기억의 세계였다)에 대해 말하는 것을 듣노라면, 몇몇 신비한 사건들, 이 세계가 자신의 어둠으로부터 내던져버렸던 사건들이 조용히 다시 나타났고, 내 안으로 들어오고 싶어 했다. 나는 그것들을 다시 알아보았다. 그러나 때로 나는 그것들이 보여주는 와해된 삶, 이 모든 기억을 구성하는 삶은 더 이상 내 안에 살고 있지 않으며, 내가 원치 않는, 원초적이고 씁쓸한 삶의 옆에 간간이 빛나고 있을 뿐임을 발견하곤 했다.

그러나 이 삶은 내 안에서 잿더미 아래 졸고 있었다.

이아생트는 매일 밤 자신의 어린 시절에 대해 들려주었다. 아주 드물기는 했지만, 자신을 납치한 저 노인과 반쯤 야생적인 짐승들 그리고 거의 길들지 않은 인간들과 더불어 실바칸이라는 신비한 영지에서 보낸 날들에 대해서도 털어놓았다. 그녀의 이야기들은 요령부득이었다. 가장 분명한 말들조차도 침묵에 잇닿는 암시들에 지나지 않았다. 그러나 열정적인 유년 시절에 대한 회한과 자신의 고독한 놀이들의 의미, 자신이 사랑했던 몇몇 사람들의 모습 등에 대해 이야기하는 그녀의 격심한 고뇌는 나로 하여금 그녀의 그리움을, 그리고 그녀를 그토록 사로잡고 있는 정념들의 열기를 가늠할 수 있게 했다. 그녀는 사랑하고 있었다. 그리고 그녀가 사랑하는 사람, 그는 나와 비슷했다! 그는 내가 그녀를 알기 전에 이미 내 안에서 그의 어린 시절을 되찾았던 바로 그 아이였기 때문이다. 이제 그녀 앞에서 그는 아직 나였지만, 그녀가 그에게 말하는 줄도 모르고 자신의 사랑을 고백하는 이 낯선 나였다.

나는 눈을 감은 채 듣고 있었다. 그 고백들은 나를 기쁨으로 취하게 하기는커녕, 내 그림자들에 대한 부조리한 질투를 불러일으켰다. 왜냐하면 이 질투의 대상은 나 자신일 뿐이었으니까. 그러나 나는 이 열렬한 사랑이 다른 사람을 향한 것이기나 한 듯, 사랑받는 것이 괴로웠다. 그러나 내가 이아생트 모르게 그 무게를 싣고 있던 두 인접한 존재들 중에서, 그녀는 내가 되고 싶었던 하지만 아마도 내가 아니었던 자를 선택했던 것이 아닐까?

왜냐하면, 그녀 안에는 여전히 지상낙원의 아이가 살고 있었기 때문이다. 그리고 나는 낙원의 아이가 아니었다…….

날씨가 하도 빨리 풀려서 이제 아침이면 녹은 눈에서 부드럽고 따뜻한 물안개가 올라왔다. 여기저기 물웅덩이들이 기울어진 거대한 판석과도 같은 성가브리엘 고원 위에서 빛나고 있었다.

때로 창밖에 보이는 포플러에서는 겨울새가 이런 봄 소식에 불안한 듯 애처롭게 지저귀곤 했다. 나는 아무 도움 없이 창까지 갔지만 마음이 무거웠다. 나를 돌보아주는 노인들은 여전히 신중한 태도를 취하고 있었다. 그들은 내게 거의 말을 걸지 않았고, 나도 그들에게 말하기를 피했다. 그들의 조용한 출현은 여전히 상상 속에서 일어나는 일인 듯한 매혹과 효력을 지니고 있었다.

그들의 조용함은 일종의 초자연적 예의와도 같아서

그들을 소원한 존재들로 느끼게 했다. 그들은 벽들을 통과해 드나드는 듯이 보였다. 그들은 내 몸이 아니라 내 영혼의 회복 자체에 관여하는 듯했다. 그들의 동작은 필시 환영인 듯, 아무런 장애물에도 걸리지 않았다. 그들은 자신들의 행동들로부터 워낙 멀리 있는 듯이 보여서, 밤에 이아생트가 온다는 사실을 여태 모른다는 것도 전혀 놀랍게 생각되지 않았다.

이아생트는 매일 밤 조금씩 더 열에 떠서 찾아왔다. 마치 더운 바람이 고조되기나 하는 듯, 혹은 땅의 어떤 은밀한 영향이 그녀의 피를 한층 더 세차게 솟구치게 하고 그녀의 회한을 말 없는 욕망들로 바꾸기나 하는 듯했다.

그녀의 가슴은 헐떡였다. 그녀의 음성은 갈수록 쉬어갔고, 그녀는 내 앞에 앉아서 그 빛깔 엷은 눈으로 나를 뚫어져라 바라보곤 했다. 그 눈 뒤에서는 그녀가 어린 고아 소녀의 말 없고 서툰 열정으로 자신의 사랑에 무심한 아이를 사랑했던 저 유년 시절의 여전히 열렬한 이미지가 그려지고 있었다. 지난 몇 달 동안 내가 그 존재, 내게는 여전히 그토록 숨겨져 있던 존재에 대해 알게 된 모든 것이 이아생트의 부름에 대답하듯 모여들어서 하나의 낯선 모습, 점점 더 친숙해지는 모습을 이루어냈다. 그의 삶은, 내 삶의 한가운데서, 시시각각 피어났다. 이제 내 의식의 일상적인 세계는 더 이상 내게 종속되어 있지 않은 이 두 번째 영혼의 분출에 지고 있었다. 이미 그 영혼은 내 얼굴을 건드리고 있었으며, 내 뺨을 태우는 불은 이 정념의 힘을 드러내고 있었다. 내 안에서 나는 전혀 다른 사람이었고, 이아생트는 내게 말했다.

"나는 분명 당신을 되찾았어요……."

우리 두 영혼은 하도 뒤섞여 있어, 나는 저 야생적인 행복에 취하는 바로 그 순간에 격심한 질투에 사로잡히곤 했다. 방의 어스름 속에서, 나는 그 다른 내가 나를 비집고 들어왔다는 느낌이 들었다. 이아생트는 아직 그를 보지 못하고 있었다. 그러나 이미 막연히 나는 그의 그림자와 평온한 얼굴의 밝음을 알아보고 있었다.

오직 나만이 이 영혼을 비추어내고 있었다. 하지만, 이아생트의 욕망 앞에서, 그 영혼은 내 존재로부터 하도 세차게 뽑어져 나와, 마침내 그것은 내게서 떨어져 나가 저 혼자 살기에 이르렀다. 그것이 발하는 인광을 알아볼 수 있는 것은 나뿐이었다. 그 분리는 내 마음을 찢었다. 나는 이 낯선 존재, 내 굶주림에 사로잡혀 강제로 붙들린 존재가, 여러 달의 공존 끝에, 얼마나 내 피요 내 살이 되었던가를 느끼지 않을 수 없었다. 그것이 내가 내게서 사랑하는 유일한 부분이었다. 그리하여, 마음속에서, 나는 두 가지 괴로움을 동시에 겪고 있었다. 이아생트의 사랑이 이 영혼을 찾고 있다는 것과 이 영혼이 나를 버리고 있다는 것을.

이아생트는 여전히 내게 말하고 있었다. 그러나 얼마나 더 계속되려는지? 내 얼굴 바로 가까이서 뜨겁게 속삭여지는 말들에 나는 고통스럽게 귀 기울였다. 하지만 그것은 이 가면 뒤에 숨은 틈입자가 아니라, 아마도 바로 이 순간 이아생트가 나를 바라보며 그에게 말하는 이 다정한 속삭임들을 들으며 무력한 질투의 고뇌를 감내하고 있을 다른 자에게 건네어지는 것이었다.

그녀는 성탄절 밤에 자신이 겪었던 곤경에 대해 말해주었다. 그리고 그녀가 왜 내 문을 두드렸는지도. 집시들의 거대한 캠프와 불의 예식과 희생에 대해서도. 나는 그녀가 이 거친 사람들 사이에서 소중한 존재, 일종의 신성한 존재임을 이해했다.

"실바칸에서 나를 키워준 시프리앵 노인이 그들의 정신을 온통 지배하고 있거든요……." 그녀는 나직이 이야기했다.

그녀는 1년에 두 번, 유월에 있는 성요한의 날 불의 축제와 성탄절에만 영지 밖으로 나올 수 있었다. 오래전부터 그녀는 집시들의 이동을 기회 삼아 달아나고 싶었다. 그녀는 처음에 늪터에 숨었었다. 그녀는 그곳을 조금 알고 있었다……. 거기 물 위에는 노인이 아끼는 오두막이 두어 채 있었다……("나는 무서운 폭풍우가 치던 어느 날 밤을 기억해요…… 우리는 익사하려는 사람을 구해주었지요.")……. 그녀는 성탄절 밤 동안 늪터를 떠났다……. 그러고는 등불을 보았다.

그녀는 자주 라 주네스트 주위를 헤매었다. 그 신비로움이 그녀를 자극했다.

"그러면서 당신을 엿보았지요," 그녀가 나직이 말했다. "나는 곧 그 등불이 당신을 사로잡고 있다는 걸 알아차렸어요. 하지만 내가 그것을 그토록 열렬히 바라보며 다른 사람을 생각하는 동안, 당신은 내내 거기 있었는데, 나는 당신의 얼굴을 알아보지 못했어요……."

우리는 늘 어둠 속에서 이야기했다. 그녀가 들어올 때 가끔 몸의 윤곽을 알아보는 것이 고작이었다.

그녀의 손은 보이지 않았다. 하지만 간간이 그녀의 따뜻한 숨결이 내게 닿았고, 거기서는 여전히 고원의 바람 냄새가 났다. 그리하여, 내 회복기의 그 마지막 며칠 동안, 이아생트는 하나의 음성, 간신히 알아들을 수 있는 음성에 불과했다. 나는 거의 그녀를 보지 못했다. 내 욕망은 그녀의 몸의 움직임이나 모습의 매혹에서 생겨난 것이 아니었다. 나는 그녀의 음성을 들었고, 그것이 전부였다. 나는 몇몇 속내 이야기에 함께했지만, 그 이야기들은 한 영혼이 자신으로부터 내놓을 수 있는 모든 것이었다.

이 영혼을 나는 배반하고 있었다.

이 배반의 의미는 이아생트가 속내를 털어놓을수록 점점 더 고통스럽게 내 정신에 부각되었고, 내 어둠 속에 선명한 빛을 비추었다. 이제 내 시선은 이 지하 납골당의 깊숙이까지 이르렀고, 나는 거기에서 부당하게 얻은 영혼의 아무것도 남아 있지 않음을 보았다. 내 진정한 재보들은 탕진되고 없었다. 내 안에는 그 오래된 불운의 몫, 내

피에서 혹은 나쁜 별의 영향에서 오는 불운의 몫밖에 없었으니, 그것은 가장 가련한 욕망을 일으킬 만한 가치도 없었다.

라 코망드리에서는 장소들의 영향력과 절망의 기이한 힘이 내게 영혼을 훔치는 것을 허용했었다. 이제 라 주네스트에 갇히자 이 영혼은 다시 내게서 떠나갔다. 내가 아직 거기 붙들려 있는 한, 이 가공할 집의 보이지 않는 주인이 내게서 나를 빼앗아갈 것이었다. 봄이 와 있었다. 봄의 숨결들이 창의 덧문들을 통해 불어오고 있었다. 새벽이면 이아생트는 나를 발견할 것이다. 그녀는 가공할 사기를, 내가 어둠 속에서 차츰 어떤 괴물이 되어갔던가를 볼 것이고, 그것이 그녀를 소름 끼치게 하리라…….

……고뇌의 날들이었다.

한편 나는 기력을 되찾고 있었다. 지팡이를 짚고 걸을 수도 있었다. 그러나 나는 내 보호자들에게는 그 사실을 알리지 않았다. 혼자 있을 때면, 나는 다리의 힘을 시험하노라 창문까지 걸음을 옮겨보곤 했다.

창문에서는 라 데온 숲과 늪터의 일부가 보였다. 눈은 남아 있지 않았다. 그러나 이아생트는 떠나지 않을 것이었다. 눈이 녹으면 떠난다던 말은 내 마음을 갈가리 찢는 것이었지만, 이제 때로 고뇌가 극에 달할 때면 나는 오히려 그편을 바라기도 했다. 하지만 대개는 그녀를 잃는다고 생각하면 격한 감정이 엄습하곤 했다. 그래도 나는 이성을 되찾았다. 낭패감이 엄습해올 때도, 나는 크게 동요되지 않았다. 나는 임박한 위험이 어디서 오는지를 알고 있었다. 말없이 지켜보는 괴물은 다름 아닌 라 주네스트, 그 깊이와, 미로들과, 닫힌 방들과, 유령 같은 하인들, 그리고 숨어 있는 저 사내를 포함하는, 집 자체였다.

달아나야 했다. 이아생트가 돌아오는 것을 막고, 라코망드리로 돌아가, 거기서 이 고장을 떠나야 했다.

이제 나는 저 다른 영혼으로부터 점차 분리되는 것을 느꼈다. 그러나, 이상하게도, 그가 나를 사로잡고 있는 동안 내가 그에 대해 그때까지 발견했던 모든 것(특히 저 유년 시절)은 나 자신의 기억 한복판에 생생한 이미지로 아로새겨져 있었다. 이제 분리된 이 영혼이 살았던 공동(空洞)에서는 더는 아무것도 떨어져 나오지 않았다. 하지만 우리가 공존하는 동안 거기서 비쳐 나오던 정열적인 작은 세계는 고스란히 남아 있었다. 그것은 무한한 가치를 지니게 된 마법의 재보였으니, 나는 때로 그 남은 것만으로도 한동안 더 이아생트를 속일 수 있기를 불안한 심정으로 바라곤 했다.

이 재보의 존재는 나를 놀라게 했다. 나는 더 이상 그것으로 살 수 없었기 때문이다. 나는 거기서 나오는 희미한 마지막 빛을 누리는 데 그쳐야 했다. 매 순간 나는 그것들을 잃을까 봐 떨었다. 나는 다시는 되찾지 못할까 두려워서, 그것들이 내게 보여주는 내적 정경에서 눈을 뗄 수가 없었다. 나는 그것들이 어떤 유대에 의해 유지되고 있는지 알지 못했다. 그것은 약하고 부서지기 쉬운 유대였다. 그것이 내 욕망이었던가? 알 수 없는 일이었다.

내 근심의 강도는 때로 나를 거의 미치게 만들었다.

나는, 이 더해가는 긴장 아래서, 그 가느다란 끈은 언제라도 끊어질 수 있으리라 추측했다. 그러면 아직 이 아생트를 매혹하고 있는 이 회상의 구름들은 이내 걷히고 말 것이었다.

소리도, 침묵도, 나 자신도, 모든 것이 내 의심을 자아냈다. 분명 나는 살고 있었지만, 나를 지배하는 정체 모를 공포는 갑자기 내 밖으로 뛰쳐나와 내 이성이라는 유리 집을 파괴할 수 있었다. 나는 두려웠다. 나는 저 다른 영혼이 두려웠다. 이제 나는 그가 내 방 위쪽에 살고 있다고 확신했다. 그가 주인이었다. 나는 그가 영혼에 대한 지배력을 가지고 있으리라고 추측했다. 그는 그 자신이 무엇보다도 영혼이므로, 필멸의 육신에 속해 있을망정 악한 천사들의 날개를 한순간 정지시킬 수 있는 저 영의 권세들을 행사할 수 있을 것이었다.

나는 그를 두려워했고, 또 사랑했다. 나는 사랑할 수 있는 여느 인간 중 한 사람으로가 아니라, 마치 그가 불가능한 나 자신이기나 한 듯이 그를 사랑했다. 그는 내 손님이 아니었던가? 그가 내 안에 사는 동안, 나는 최선을 다해 그를 섬기지 않았던가? 모든 것에도 불구하고, 그는 나라는 인간을 미워할 수 있었을까? 그의 경이로운 청춘이 잠시 묵었던 오죽잖은 객사(客舍)였을 뿐인 한 인간을?

한편 이아생트는 거의 매일 밤 다시 왔다. 우리는 창

가에 앉곤 했다. 때로는 나직이 이야기를 나누었고, 때로는 둘 다 말없이 겨울이 버리고 간 고원을 바라보았다. 그 해에는 계절이 유난히 이른 듯했다. 때로는 밤에도 유리창을 열어놓을 수 있을 만큼 따스했다. 들판으로부터는 이미 수액이 돌기 시작한 나무들 특유의 냄새들이 올라오고 있었다. 며칠째 달이 늪터를 비추고 있었다.

온 집에 일상적인 평화가 감돌았다. 집은 여전히 가정적인 사념들과 자질구레한 일들로 채워져 있는 듯했다. 시끄러운 소리라고는 없었다. 조용한 발걸음, 따뜻한 빵과 면직물과 약초의 은은히 감도는 냄새뿐이었다. 다만 때로 위층에서 조용히 들보가 삐걱이는 소리가 났다. 불 꺼진 벽난로에서 올라오는, 주철과 벽돌과 오래된 연기의 냄새는 날씨가 곧 바뀔 것을 예고하고 있었다.

위층에서, 미지의 인물은 움직이지 않았다. 어쩌면 이제 다른 방에 사는지도 몰랐다. 오후 늦게야 그가 들어오는 소리가 나곤 했다. 처음에는 꼼짝 않고 있다가, 몇 걸음 떼어놓는 것이었다. 부드러운 천을 댄 듯이 조용한 발걸음, 그러면서도 천장을 흔들고 유리창을 떨게 하는 발걸음이었다. 어둠이 내릴 무렵이면, 창에까지 갔다가 한 15분 후에 물러나곤 했다. 그때쯤이면 이미 어두웠다. 그러고는 밤 동안, 방에는 아무도 오지 않았다. 방은 비어 있었다. 그러나 나는 거기 왼쪽 창문에서 등불이 타고 있음을 알고 있었다. 그 빛이 헛간 지붕을 희미하게 비추었다.

고작 들보 몇 개와 석고로 된 천장이 그 방과 나를 갈라놓고 있었다. 기와들에 반사되는 빛으로 보아 작은 등불일 것이었다. 아껴가며 쓰는, 보잘것없지만 유용한 불꽃이었다. 심지를 잘 가다듬느라 공들였을 것이었다. 분명 석유 냄새도 날 것이었다. 일단 불을 켠 후에는, 아무도 등불 곁에 남아 있지 않았다. 그것은 빈방과 헛간을 비추었다. 그러나 고원을 가로지르노라면, 멀리서도 그 등불이 보일 것이었다.

그것은 이아생트의 밤길을 인도해주었다. 처음에는 그 생각을 하지 못했다. 그러나 그녀의 그 은밀한 왕래를 생각해보다가, 나는 집 안에서 그녀를 위협하는 위험들을 상상하기에 이르렀다. 그녀의 대담성이 초래할 온갖 위험이 우려되었다. 결국 그녀가 잡히고 말리라는 생각이 들었다. 그러나 나는 아무것도 그녀가 오는 것을 막지 못하리라는 것도 알고 있었다. 나는 그녀가 라 코망드리에 숨어 어둠이 내리기를 기다리는 것을 보았다. 어둠이 내리자마자, 작은 창문 뒤에서 등불이 켜졌고, 이아생트는 그것을 바라보았다. 모든 것에도 불구하고 그녀는 그 순간을 기다리고 있었다. 등불은 여전히 매혹을 간직하고 있음이 분명했다. 이아생트는 그것을 바라보면서 어둠 속에 고립된, 그리고 곧 고독을 가로지르는 자신의 발걸음을 인도해줄 이 가련한 불빛을 감동적이라고 여기지 않을 수 없었을 것이다. 그녀는 나를 향해, 그토록 여러 해 전부터 저녁마다 켜지는 저 불빛을 바라보며 걸어오는 것이었다.

그녀가 아직도 사랑하는, 그리고 헛되이 그녀를 기다리는 이가 켜는 불빛이었다.

저 평화로운 등불이 빛나는 한 나는 이아생트의 혼란과 불안을 두려워해야 했다. 벌써부터 어떤 만남, 이제까지는 기적적으로 모면되어 왔지만 피할 수 없을 것으로 보이는 만남의 가능성이 밤낮으로 나를 괴롭히고 있었다. 그러나 (이유는 알 수 없지만) 그 가능성보다 더 두려운 것은 저 등불의 영향이었다. 그것은 하도 변함없는 집요함을 드러내고 있었으므로, 그처럼 오랫동안 그 불빛 아래서 명상해온 저 영혼 없이도, 나는 그 영향력을 느낄 수 있었다. 어쨌든 그것은 내 위쪽에서 빛나고 있었다. 내가 나 아닌 존재의 내적 외관들을 아무리 찬탈해보아야, 등불은 그 오죽잖음에도 불구하고 이 사악한 허구들을 꿰뚫고 내 진짜 영혼을 드러낼 것이었다. 그 영혼 안에는 이아생트의 소꿉동무라고는 없는 것이다!

그리하여 등불은 점차 나의 적이 되어갔다. 그러나 이아생트는 그 불빛을 사랑했다. 우리가 창문 앞에 앉아 있을 때면, 그녀는 이따금 속삭였다. "저 불빛이 아니었다면 난 벌써 떠났을 거예요. 얼마나 다정한지요. 왜 매일 밤 저 불을 켜는지 누가 알겠어요?"

창가에서 우리는 기와에 비친 불빛밖에 볼 수 없었다. "위층에는 누가 살지요?" 이아생트가 물었다. 나는 대답하지 않았다. 그녀는 말했다. "언젠가 저 방에 가보기로 해요…… 얼마나 이상한 집인지!"

나는 그녀가 어둠의 감미로움에 유혹당하는 것을 느꼈다. 왜냐하면 나 자신도 유혹당하고 있었으니까. 어둠이 내비치는 저 열렬한 얼굴들을 늘 사랑했으니까.

그러나 나는 우리의 얼굴 가까이서 그토록 다정하게 나직이 한숨짓는 정령들의 권유에 맞서 자신을 지켰다. 특히 밤을 지키는 저 등불의 정령은……. 내 신경과민은 어두운 유혹들과 두려움들로 인해 갈수록 심해져갔다. 내 염려는 저 오랜 격정의 불을 일깨웠다. 그것은 내 안에 은밀히 잠들어 있지만, 나를 더없이 무모한 일들로 부추기곤 하므로, 짐짓 모른 척하고 있는 것이었다. 하지만 나는 그 불꽃의 열기가 올라오는 것을 느끼고 있었고, 이미 어깨가 뜨거워지곤 했다. 저녁 여섯 시경, 위층 방에 들어오는 저 조용한 발소리가 들릴 때면, 그리고 헛간의 기와들에 빛이 비치는 것을 볼 때면, 위층 방에 가보고 싶은 욕망이 하도 강해져서, 몇 번이나 문을 조금 열어보곤 했다. 그러나 복도는 하도 묵직하고 심상해 보여서 거기까지 내 동요를 끌고나갈 엄두가 나지 않았다.

날이 갈수록 강박관념은 더 깊어만 갔다. 나는 내 잠 속으로까지 등불을 끌고 들어갔다. 거기서 나는 더 이상 꿈의 모습이라고는 만나지 못했다. 저 작은 불빛만으로도 모든 환영들을 물리치기에 족했다. 나는 그것을 응시했고, 그것밖에는 보이지 않았다.

때로는 나를 괴롭히는 강박관념이 이아생트에게까지 퍼지기 시작한 듯한 느낌이 들었다. 나는 이제 그녀의 영혼의 움직임들에 하도 민감해져서, 그녀가 자신의 감정이나 생각을 조금이라도 감추면 나는 불안해지곤 했다.

그녀가 소곤대는 목소리만으로도 그녀의 혼란을 감지할 수 있었다. 그녀는 한층 더 초조한 음성으로 침묵을 깨곤 했다. 뭔가 한참씩 속으로 생각하다가 불쑥 뜻밖의 말들을 하는 것이었다. 말끝에는 암시가 담긴 듯도 했고 속내 이야기의 허두 같기도 했다. 나는 그녀의 말을 듣기가 두려웠다. 그때까지 나는 마치 그런 방문들이 자연스러운 것인 양 그녀를 맞이하고 있었다. 이제 나는 그 방문들에 놀라고 있었다. 나는 그녀가 드나드는 길을 엿보기도 했지만, 아무 소용이 없었다. 집 안에서는 그녀의 걸음소리가 전혀 들리지 않았다. 문은 소리 없이 열렸고, 어스름 속에 그녀가 나타났다. 그녀는 만져지지 않았다. 한숨, 감미롭고 야생적인 향기, 그것만으로 나는 그녀가 거기 있음을 알았다. 나는 그녀에게 아무런 힘도 가지고 있지 않았다 — 아직 그녀를 속이고 있는 저 환상 말고는. 그러나 나는 등불에 대한 생각이 그녀를 떠나지 않고 있음을 알고 있었다. 그녀는 결코 거기에 대해 말하지 않았다. 그 침묵은 내 안에 하도 격렬한 의심을 일깨웠으므로, 나는 더 이상 그것들을 잠재울 수 없었다. 어느 날 저녁 (우리는 창가에 있었고, 만월이었다) 나는 별로 내키지 않았지만 이렇게 말했다.

"이제 나는 여기서 떠나도 될 만큼 튼튼해졌소."

그녀는 말이 없었다.

나는 덧붙였다.

"그리고 가능한 한 빨리 이 고장을 떠나야겠소."

말해놓고 보니, 속되게 들렸다.

이아생트는 여전히 말이 없었다. 내가 그녀의 손을 잡자, 그녀는 잡힌 손을 빼쳤다. 이번에는 나도 입을 다물었다. 한참 만에 나는 그녀가 일어나는 소리를 들었다. 그녀는 문 쪽으로 갔다.

나는 나직이 그녀를 불렀다. 그러나 그녀는 이미 사라지고 없었다.

다시는 그녀를 보지 못할 것만 같은 예감이 들었다. 나는 고통스러운 하루를 보냈다.

하지만, 다음 날 밤, 그녀는 다시 나타났다.

이번에는 복도에서 그녀의 발소리가 들려왔다. 들어오자마자, 그녀는 내게 전혀 비현실적으로 보였다. 달빛에 방 안의 벽들이 환히 드러났다. 이아생트는 방 한가운데 멈추어 섰다. 오랜만에 처음으로 나는 그녀를 보았다. 그러고는 모든 것이 끝났음을 깨달았다. 그녀는 놀라서 휘둥그런 눈을 뜨고 있었다. 그녀는 실수로 이 방에 들어온 것만 같았다. 그녀는 방 안의 물건들을 멍하니 바라보았다. 눈에 익은 것이라고는 아무것도 없었다. 그녀는 알지 못하는 세계에서 잠이 깨었다…….

하지만 그녀는 창으로 다가갔다. 평화로운 밤이었다.

나는 불렀다.

"이아생트……."

그녀는 다가와 내 머리를 부드럽게 붙들고 나를 들여다보았다.

나는 그녀가 중얼거리는 소리를 들었다.

"이럴 수가……."

나는 그녀를 와락 끌어당겨 안을 뻔했다. 그녀에게서 나는 풀과 바람의 냄새를 느낄 수 있었다. 그러나 그 얼굴에는 그토록 큰 고통과 동정심이 서려 있어, 나는 거기서 눈을 뗄 수 없었다…….

마침내 그녀는 내 머리에서 손을 떼고, 문 쪽으로 멀어져가더니, 잠시 침대에 기대어 섰다. 그러고는 방에서 나갔다.

나는 혼자였다.

한동안은 꼼짝도 하지 않았다. 정신은 이상할 정도로 맑았다. 나는 행동할 태세가 되어 있었다.

복도에서는 이제 아무 소리도 들려오지 않았다.

문 쪽으로 다가가 밖으로 나갔다. 아무도 없었다.

복도 양쪽 끝에 달빛이 비쳐드는 창문이 열려 있었다. 그리고 복도 중간에서 왼쪽으로, 계단의 난간이 보였다. 위층으로 이어지는 계단이었다.

나는 벽을 짚고 몇 걸음 다가가 난간을 붙들었다. 난간은 어둠 속으로 이어지고 있었다. 그리로 올라가야만 했다.

위쪽에서는, 다락방의 기와들 사이로, 고원의 밤 냄새가 전해져오고 있었다.

나무로 된 계단이 밟을 때마다 삐걱거렸다. 나는 무거웠다. 하지만 집 안에는 인기척이 없었다. 나는 천창(天窓)으로 달빛이 비쳐드는 널찍한 층계참에 이르렀다.

심장이 거세게 고동쳤다.

문이 두 개 있었다. 그중 한쪽 문 밑에서 희미한 빛이 새어나오고 있었다. 조심스레 손잡이를 잡았다. 문은 소리 없이 열렸다. 나는 들어가서, 문을 다시 닫았다.

천장이 낮은 방이었다. 가구는 없었다. 텅 빈 벽에는 석회가 칠해져 있었고, 천장도 마찬가지였다. 바닥에는 큼직한 붉은 포석들이 깔려 있었다.

등불은 바닥과 거의 같은 높이의 창턱에 놓여 있었다. 그 노란 불빛이 어슴푸레하게 방을 밝히고 있었다. 이따금씩, 짧아진 심지가 바지직거렸다.

창문의 격자 사이로 환한 달이 보였다.

오른쪽 칸막이 벽에 출입구가 나 있고, 커튼이 쳐져 있었다. 커튼 저쪽은 침실일 터였다. 나는 그리로 가서 커튼을 들추어보았다.

낮지만 커다란 창문 세 개가 넓은 방을 환히 비추고 있었다. 벽들은 온통 책이었다. 한가운데에는 육중한 탁자, 그리고 탁자 앞에는 의자가 하나 있었다. 그리고 안락의자가 두어 개, 안쪽 벽에는 침대를 붙여 놓았고, 침대 위쪽에 철 십자가와 종려 가지 하나가 걸려 있었다.

나는 무심결에 그 안으로 들어섰다. 두터운 깔개 덕분에 발소리가 나지 않았다.

이 학구적인 은둔처에서는 가죽과 부드러운 양털과 아직 따스한 재의 희미한 냄새가 났다. 벽난로에서는 잉걸들이 다 꺼져가고 있었다.

나는 탁자로 다가갔다. 달빛이 그것을 비추었다. 거기에는 종잇장들이며 책들이 널려 있었다.

어떤 종이에는 글이 쓰여 있었다. 몸을 굽혀 한두 줄 읽어보았다.

> 주여, 성령강림절이 왔나이다…….

또 조금 더 가서는 이런 알 수 없는 말들도 있었다.

> ……인자가 죽은 지도 50일이 지났다. 길에서도 마을에서도 그는 보이지 않는다. 그러나 보이지 않는 사랑이 찾아 헤매고 있다…….

이 말들은 나를 기이한 몽상에 빠뜨렸다. 조용히 떠오르는 기억이 있었다…….

몇 달 전 라 코망드리의 다락방에서였다. 거기에는 낡은 소총과 사냥 망태가 못에 걸려 있었다. 사냥 망태의 안주머니에는 작은 마분지 조각이 들어 있었다. 마분지 한쪽에는 성화가 인쇄되어 있었다. 성합이 세워져 있는 소박한 식탁 앞에 사도들이 앉아 있는 그림이었다. 각 사도의 위쪽에 불의 혀가 드리워져 있었고, 천장에는 성령 강림절의 비둘기가 날개를 펼치고 있었다. 마분지 뒷면에는 이런 말들이 크고 힘찬 글씨로 쓰여 있었다.

너는 짐승들을 죽이지 말라. 성령을 기념하여.

그리고 날짜가 있었다.

날짜만이 기억나지 않았다. 나는 다시 기억해내려 애썼지만, 헛일이었다. 하지만 그 안간힘 덕분에 나는 몽상에서 깨어났다. 하도 생생한 몽상이라 나는 내가 어떻게 해서 이 방에 오게 되었던가조차 잊고 있었다.

정신이 들자 나는 두려웠다.

다른 방으로 통하는 출입구를 가리고 있는 커튼은 여전히 조금 열린 채였다. 문틀과 커튼 사이로 빛이 조금 보였고, 그 빛 속에 한 남자의 형체가 보였다.

그는 움직이지 않았다.

처음에는 달아나고 싶었다. 그러나 그 형체가 나를 매혹했다. 거기에는 등잔의 불빛이 천장이나 벽에 투사하는 저 그림자들처럼 괴상한 것이라고는 없었다. 그것은 평온한 윤곽을 지닌 그림자, 실제로 거기 있는 인간이 드리우는 엷은 그림자였다.

나는 층계참으로 바로 통하는 문을 향해 뒷걸음질쳤다. 그러나 그 문은 잠겨 있었다.

나는 방 안쪽에 몸을 숨긴 채 기다렸다.

내 관자놀이에서 피가 뛰는 소리가 들렸다.

갑자기 그림자는 몸을 굽혔다. 등불이 돌연 꺼졌다.

그러고는 커튼이 젖혀졌다.

남자는 내가 있는 방으로 들어왔다. 달빛이 어찌나 환한지, 그가 커다란 여행용 외투 차림인 것을 볼 수 있었다. 머리에는 아무것도 쓰지 않은 채였다. 그는 문까지 가서, 열쇠를 꺼내더니, 문을 열었다. 나가려다 말고, 그는 무엇인가 주저하듯 멈춰 서더니, 천천히 내 쪽으로 몸을 돌렸다.

그러고는 나를 보았다. 그는 빛을 등지고 있었다. 그의 얼굴 생김새는 분간할 수 없었지만, 나를 바라보는 그의 두 눈은 뚜렷이 보였다. 달빛이 내 얼굴을 정면으로 비추었다. 나는 십자가의 오른편 벽에 바짝 붙어 있었다. 이 하얀 벽 위에서, 나는 마치 대낮처럼 환히 드러나 보일 터였다.

남자는 나를 보고 놀라지도 성내지도 않았다. 그러나 나는 그의 시선을 감당할 수 없어 눈을 감았다. 나는 그의 한숨 소리, 그러고는 방에서 나가는 소리를 들었다. 그의 묵직하면서도 조용한 특이한 발소리가 안쪽 계단을 내려가 멀어져갔다.

나는 잠시 기다렸다. 집은 다시금 정적에 빠져들었다. 나는 몇 발짝 떼어 다른 방으로 가서, 창가로 다가갔다. 등불은 여전히 거기 있었지만, 꺼져 있었다. 나는 등잔을 집어 들었다. 그러고는 더듬더듬 계단을 내려와 내 방으로 돌아왔다.

나는 등불을 수건에 싸서 벽장 깊숙이 감춰두었다.

그러고는 자리에 들었다.

복도에서는 아득히 괘종시계 소리가 들려왔다. 밖에서는 달이 기울고 있었다.

나는 생각해보려 했다. 그러나 잠이 쏟아졌다. 나는 곧 잠의 그늘 속으로 내려가 빠르게 미끄러져갔다.

이튿날 깨어나보니 세상이 비현실적으로 느껴졌다. 내 사고는 여전히 명료했지만, 정지해 있었다. 그것은 밤을 기다리고 있었다. 등잔을 가져온 이유도 굳이 생각해내려 하지 않았다. 다만 이제 그것이 벽장 속에 있다는 것을 알며, 그것으로 족했다.

내 보호자들은 평소와 같은 시각에 나타났다. 그들은 석 달 전부터 아침과 정오와 저녁마다 이 방에서 해온 유용한 동작들을 반복했다. 하지만 그들의 늙은 얼굴은 무엇인가 근심으로 어두워져 있었다. 언제나처럼 그들은 더없이 완전한 침묵을 지켰다. 그러나 그들이 불행하다는 것은 느낄 수 있었다. 마지못해 몸만 내 방에 있는 듯, 그들의 정신은 알 수 없는 불안에 사로잡혀 다른 데 가 있었다. 날이 저물자, 그들은 마법에라도 걸린 듯 사라져버렸다. 마치 자신들의 추억이기나 한 듯, 그들의 존재에는 거의 무게가 없었다. 어쩌면 그들은 그저 기억 속에서만 들어오고 지나가고 사라진 것뿐인지도 몰랐다. 이 친숙한 존재들이 그처럼 그림자들의 세계에 가깝게 보인 적은 일찍이 없었다. 그들이 내 방을 드나드는 것은, 내가 그 고뇌와 열기를 느끼고 있던 저 괴로운 한나절에 까닭 모를 가벼움을 부여했다. 나는 마치 구름에 실린 듯, 극적인 저녁을 향해 갔다.

그러나 저녁이 다가올수록, 구름은 걷혀갔다. 사실들이 다시금 막강하게 내 주위를 에워쌌다. 간밤에 내가 두고 왔던 그대로였다. 이제 시작되려는, 그리고 우리가 조금씩 그리로 내려가는, 밤의 사건들은 이미 위협적인 모습들로 자리 잡고 있었다.

위층에는 이제 창문 앞에 등잔이 없었다. 하지만, 라주네스트의 주인은 매일 저녁 그렇게 하듯 등불을 켜기 위해 올 것이었다. 내 머리 위쪽에서 그의 묵직하고 조용한 발소리가 들릴 것이었다. 그러고는 멈추어 서서, 등잔을 찾으리라…….

만일 내가 생각하는 것처럼 지난밤 그가 정말로 방에서 나가다 나를 보았다면, 그는 지체 없이 내게 와서 설명을 요구할 것이었다. 왜냐하면 어쩔 수 없이 그의 의심은 내게 쏠릴 테니까. 그러면 뭐라고 대답할 것인가?

황혼이 짧았던 것을 기억한다. 밤이 되기 조금 전에 고원 서쪽에서 이상한 미풍이 일었다. 고원만큼 바람이 불기 좋은 공간도 없을 터였다. 바람은 돌과 나무뿌리들의 냄새를 불러일으키고, 그 사이로 정원의 냄새를, 봄이 올 무렵이면 때로 더운 공기 기둥에 실려 바다 위를 가로질러서 아직 겨울 추위에 굳어 있는 우리 과수원에 불어오곤 하는 종려와 오렌지의 저 생생한 향기를 가져다주었다. 어둠이 내리기 시작할 무렵, 바람은 문득 들이닥쳤고, 불과 십여 분 만에 성가브리엘 고원 전체를 따습게 했다. 나는 창가에 앉아 있었다. 그 더운 공기가 내 온 얼굴을 스쳤다. 입과 광대뼈 사이에 그 온기가 느껴졌다. 나는 혼란에 빠졌다. 내 염려 속으로 기다림의 쾌감이 스며들었다. 조금씩 숨을 조여드는, 그러면서도 그 순간순간을, 어쩌면 감미롭지만 분명 끔찍한 순간들을 하나도 놓치지 않고 음미하는 쾌감이었다. 나는 귀 기울였다. 집은 침묵을 지키고 있었다. 금세 밤이 되었고, 공기는 여전히 훈훈했다. 위층에서는 여전히 아무도 움직이지 않았다. 이미, 거의 하늘 꼭대기에 오른 별 두 개가 보였다. 거대한 포석과도 같은 고원으로부터 희미한 빛이 떠올라왔다. 바스락 소리 하나 없었다. 나는 기다렸다. 파국을 기대하고 있었다. 나는 불을 훔친 것이었다. 이 시간, 라 코망드리에서는, 라 주네스트가 캄캄해 보일 것이었다. 고원에는 이제 등불이 없었다. 이아생트는 어떻게 하려는지……? 그녀는 오려는지……?

하지만 아무것도 움직이지 않았다. 주인은 어디 있는지? 캄캄해진 지도 오래되었다. 라 주네스트에는 사람이 살지 않는 것만 같았다. 그는 떠나버린 것일까?

왜 내 머리 위에서는 묵직하고 조용한 발걸음 소리가 들려오지 않는가?

분명 나는 이제 이 거대한 건물에 혼자 있는 것이 아닌가? 갑자기 나는 이아생트가 걱정되었다. 이제 이 빈 집이 그녀에게 함정이 되었다고 나는 생각했다. 이제 그녀는 거기 빠져들 무서운 위험에 처한 것이었다.

그녀는 올 터이니 말이다. 나는 그녀를 기다리고 있었다. 문득 등불을 켜서 내 창가에 놓고 싶은 유혹을 느꼈다. 그러나 나는 선뜻 그런 흉내를 낼 수 없었다. 시간이 한참은 지났을 터였다. 분명 열한 시는 되었으리라. 이아생트가 고원을 가로지를 시간이었다. 그녀는 어떻게 방향을 잡을 것인가? 달도 없고, 라 주네스트의 불은 내가 꺼버렸는데.

늪터 쪽에서 한 마리 새가 우짖었다. 마르고 뜨거운 손으로, 나는 일어나서, 물을 마시러 갔다…… 라 주네스트는 여전히 침묵하고 있었다. 전에 어느 때보다도 나는 그 막강한 힘을 느끼고 있었다. 집은 괴로워하고 있었다. 그 거대한 들보의 널판들을 부풀리는 저 뜨거운 바람의 압력 아래서, 돌과 기와와 나무는 소리 없이 시달리고 있었다. 모든 방에서, 그리고 분명 저 아래 지하실에서, 겨울의 아직 눅눅한 공기 또한 느린 팽창을 겪고 있었다. 이런 내적 압력 아래서, 이 집의 정령도 겨울잠에서 깨어나기 시작했다. 견고한 지반들을 뚫고, 땅의 냄새가 올라오고 있었다. 암반과 축대 사이로, 은밀한 결정 작용이 퍼져 나가고 있었다. 콘크리트의 조그만 틈바구니에도 나무뿌리가 비집고들었다. 거대한 집은 침묵을 지키고 있었다. 설령 그것이, 깊은 데서는, 이미 삶에 흥미를 갖기 시작했다 해도, 이 육중한 상승의 힘은 그 동물적인 부분들에밖에는 도달하지 못했다. 인간의 필요에 따라 지어진, 그리고 인간의 존재 없이는 존속할 수 없는 높은 층들은, 이기이한 광물적 수액에 닿았음에도 불구하고, 이러한 지세를 여전히 엄격하게 규제하고 있었다. 그러나 이미 이 거대한 벽들 안에 있는 것이라고는 고독뿐이었다. 막 떠나간 저 신비한 남자로부터는 착란에서 막 깨어난, 제 것 아닌 몇몇 기억들만이 가물거리는, 이 희미한 분신밖에 남아 있지 않았다. 어렴풋이 깨어난 집은 더듬거리며 자신의 영혼을 찾고 있었다. 그리고 그 유일한 거주자였던 내게서, 집은 자기를 사랑했던 주인을 알아보지 못했다.

내 주위에서 불만이 서성이는 것이 느껴졌다. 그 때까지 내 회복을 보호해주던 이 존재의 육중하고 느린 적의가 내 영혼의 아직 평온하던 바닥을 흔들었다. 적의가 형성되어 이 어두운 기둥들을 일으킴에 따라, 나는 내 신성모독을 의식했다. 그토록 가련한 불꽃밖에 살지 않던 내 삶의 왜소함은 마치 그 영적인 규모와 비중으로 내 가련한 마법을 압도하는 이 집의 정령에 대한 도전처럼 보였다.

그 음험한 무게는 내 몸과 이성을, 그리고 보다 깊은 데서는, 내 삶의 은밀한 근원까지 짓누르며, 차츰 숨을 졸라왔다. 이제 나는 방 안에서 질식하고 있었다. 약초들이 타던 겨울날 동안 나에게 그처럼 다정했던 이 방, 정신 잃은 나를 맞아들여 여러 달 동안 말없이 돌보아주던 바로 이 방에서, 나는 은신처의 분노를 느끼고 있었다. 겨울은 지났고, 나는 등잔을 훔쳤으며, 라 주네스트는 더 이상 나를 원치 않았다. 극히 일상적이었던 사물들이 이제 살아 움직이는 듯, 도구적 외관 뒤에 가려져 있던 정신적인 모습들을 드러내고 있었다. 이 가구며 집기로부터는 인간의 숙명에 대한 충실성과, 너무나 순수하여 나로서는 곧 견딜 수 없어진 가정적 충직성이 배어나고 있었다. 나는 그들의 순진성을 이용한 것이었다. 그러므로 그들은 내게 비난의 기색밖에 비치지 않았다. 이후로는 더 이상 그들의 도움을 얻을 수 없었다. 나는 이제야 그것들이 내가 앓는 동안 내게 기적적인 호의를 보여주었다는 것을 깨달았다. 그러나 나는 라 주네스트의 법을 어겼고, 이제 라 주네스트는 나를 추방하고 있었다…….

한 줄기 바람이 지붕을 신음하게 했다. 나를 뒤흔든 최초의 탄식이었다. 그러더니 긴 한숨과 속삭임들이 복도를 달렸다. 멀리, 부속 건물 쪽에서는, 문이 돌쩌귀 위에서 삐걱거렸다. 틈새가 벌어진 채광창을 통해 다락방으로 스며든 바람이 무수한 기왓장들을 들먹거렸고, 그 소란은 온 다락으로 퍼져 나갔다. 일종의 노래, 비극적인 저음부와도 같은 것이, 지하 저장고들로부터, 창고와 지하실로부터 올라오고 있었으며, 그 위에 라 주네스트의 권능이 자리 잡고 있었다.

황야에서 불어온 이 바람의 부름에 따라, 돌로 된 낡은 소작 농가는 마침내 그 은밀한 소리들을 내었다. 그 신음과 소음은 그 보이는 형태 위쪽에 보이지 않는 영혼의 건물을 지었다.

그 영혼은 울고 있었다. 뼛속까지 뚫고 들어오는 그 벽들과 골조들의 진동에 화답하듯, 벽들 너머로 감지되는 더 깊고 더 고상한 진동이 있었다. 겨울밤마다, 내 머리 위 마루를 삐걱이게 하던 저 소리 없는 발걸음이 이제 성가브리엘 고원을 뒤흔들고 있다고나 할 것이었다. 폭풍우가 올라오는 서쪽으로 기울어진 거대한 포석과도 같은 벌판이 라 주네스트의 낡은 벽들에 동요를 전하고 있었다. 그 발걸음은 내 영혼의 벽들 사이에서도 울려 퍼졌다. 그것은 마치 낯선 사람이 내 안에서 걷고 있는 것과도 같았다. 그는 나를 짓밟고 있었다. 그가 한 발짝 한 발짝 뗄 때마다 내 삶의 집 전체가 고통스럽게 떨었다. 그러나 나는 더 이상 그를 볼 수 없었다. 나는 빛을 죽여버린 것이었다.

곧 나는 이 고문의 무게를 더 이상 감당할 수 없게 되었다. 달아나야 한다는 것을 깨달았다. 이미 최초의 현기증들이 멀리서 웅웅대는 것이 느껴졌다. 내 머리 양쪽에서, 전율들이 내 아직 약한 관자놀이로 퍼져 나가고 있었다.

나는 일어났다.

우선 유리창을 조심스레 닫았다. 그러고는 벽장으로 가서 등잔을 꺼냈다.

나는 그것을 창턱에 놓았다.

그러고는 성냥을 벽에 그었다. 벽은 뜨거웠다.

등불을 켰다. 등피가 삐딱하게 놓여 있었으므로, 조금 연기가 났다. 나는 심지를 가다듬었다.

이아생트는 무엇을 하고 있는지? 시간이 많이 늦었을 터였다. 분명 오기를 포기한 것이었다.

나서기 전에 나는 마지막으로 방을 둘러보았다. 분명 겨울의 방이었다. 벽에 석회를 칠한 그 방이 얼마나 착란에 적합했던가를 문득 깨달았다. 그러나 나는 거기서 한 세상이 지나가는 것과 마주쳤던 것이다.

이제 겨울의 불은 꺼졌다. 가련한 등불은 유리창 앞에서 타고 있었다. 야생의 비둘기는 어디 있는지?

내 심장은 규칙적으로 뛰고 있었다.

나는 조심하여 계단을 내려갔다. 손이 난간의 구리 공 장식에 스치자 그것을 붙들었다. 어느새 아래층에 이르러 있었다. 구리 공이 미지근했다. 커다란 벽시계가 내 오른편 어둠 속에서 뚝딱이고 있었다. 시계추는 정점에 이를 때마다 탄식하듯 진동했다. 밖에서는 바람이 그쳤는지, 적어도 집은 더 이상 신음하지 않았다. 나는 천장이 둥글고 낮은, 부엌인 듯싶은 방을 지났다. 벽로에는 아직 불이 조금 남아 있었다. 비누와 불탄 장작과 향신료 냄새가 풍겼다. 마침 눈에 뜨이는 문을 밀어보았다. 문은 긴 회랑으로 열렸다. 회랑은 내가 알지 못하는 안뜰로 나 있었다. 앞이 잘 보이지 않았다. 그래도, 돌로 된 층계참에 이르렀고, 거기서 널따란 계단을 만났다. 나는 또 한 층을 내려갔다. 안뜰에는 나무 두어 그루가 자라고 있었다. 벽을 따라 더듬어 가다 쇠살문을 만났다. 밀어보니 열렸다. 나는 이 출구로 나가서, 좁고 경사진 통로를 따라 나아갔다. 지하실의 악취와 썩은 골풀의 들큼한 냄새가 풍겼다. 문득 습한 공기가 느껴졌다. 나는 걸음을 멈추었다가, 다시 몇 발짝 떼어놓았다. 곧 어둠이 성글어졌다. 발치에서 물이 빛나고 있었다. 바깥이었다. 라 주네스트의 거대한 벽과 이따금씩 찰랑이는 검은 수면 사이의 좁은 제방 위에 나는 있었다. 제방의 젖은 풀들이 무릎까지 올라왔다. 수면 위 여기저기 떠도는 갈대 섶들이 어렴풋이 보였다. 미처 몰랐던 늪터의 한끝이 라 주네스트의 벽들에 닿아 있는 것이었다. 거기서 멀지 않은 곳의 말뚝에 매어놓은 작은 배의 사슬이 규칙적으로 쇳소리를 내고 있었다. 간혹 물고기가 솟구쳐 올라 고요를 깨뜨리곤 했다.

하늘은 낮고 흐린 듯했다. 바람이 다시 불기 시작했지만, 이번에는 퍽 부드러운 바람이었다. 나는 방향을 잡아보려 했다. 바깥에 나온 후로는 앞이 조금 더 잘 보였다. 제방은 벽을 따라 왼쪽으로 뻗어 있는 듯했다. 100미터쯤 앞에 고원이 있을 것이었다. 그 방향으로 몇 발짝 나가보았다. 풀은 미끄러웠지만, 땅은 꽤 단단했다.

나는 별 어려움 없이 돌로 된 지층에 이르렀고, 거기서 쉬었다. 그러고는 암벽을 기어올라갔다. 고원의 가장

자리에 와 있음을 알 수 있었다. 바람은 땅바닥을 스치며 낮은 관목들 사이로 달리고 있었다. 방향이 전혀 가늠되지 않았다. 이 어둠 속에서 라 코망드리를 찾으려 해보았자 소용없는 일이었다. 하지만 라 주네스트로부터 멀어지려고 조금 더 걸었다. 내 창문 뒤에 있을 등불을 보고 싶었다. 라 코망드리는 그 맞은편에 500미터쯤 떨어져 있었다. 등불을 뒤로 한 채 똑바로 고원을 가로질러 가기만 하면 될 것이었다. 나는 100보쯤 나아간 뒤 돌아섰다.

어둠 속에 라 주네스트의 검은 집채가 서 있었다. 등불은 보이지 않았다.

나는 내 창문을 찾으려고 뒤로 돌아갔다. 때로 열린 채로 있는 것은 다락방 창들 외에 내 방 창문뿐이었다.

집의 서쪽 모퉁이 3층에 있는 창문을 어렵잖게 찾을 수 있었다. 유리창이 희미하게 번득이고 있었다. 그러나 방에 불빛이라고는 비치지 않았다.

그러자 두려워졌다. 나는 라 주네스트를 뒤로하고 되는대로 걸었다. 바람이 나를 따라왔다. 풀섶에서 풀섶으로 짧고 날쌔게 뛰쳐 오르는 바람이 내 다리께를 휙휙 스치며 지나갔다. 이따금씩, 거대한 난기류가 고원 위로 내려왔고, 나는 따스한, 거의 인간적인 숨결이 내 얼굴을 스치는 것을 느꼈다.

나 혼자였다. 짐승 한 마리 없었다. 외치는 소리 하나 없었다. 바람 소리뿐이었다.

때로 짧은 절망의 발작이 나를 뒤틀었다.

그러나 계속해서 성큼성큼 걸었다. 아무렇게나, 정처 없이, 마치 길 잃은 아이처럼 걸었다. 어쩌면 제자리걸음을 하고 있는 듯했다. 결국(아마도 한 시간이나 그 이상이 지난 뒤), 나는 라 코망드리를 발견했다. 그러나 그 집을 보아도 아무런 위안이 되지 않았다. 감히 다가갈 수 없었다. 지칠 대로 지쳐 있기는 했다. 하지만, 이아생트가 떠나버린 지금, 집에 들어간들 무슨 소용이겠는가……?

나는 집을 둘러보려고 부속 건물 뒤쪽으로 돌아갔다. 거기에 정원으로 뚫고 들어갈 만한 틈이 나 있던 것이 생각나서였다. 마침내 그것을 찾았고, 가지를 헤치고 들어갔다. 하지만 일단 정원에 들어간 뒤에는, 덤불에 둘러싸여 출구를 잃고 말았다. 통로를 찾아보았지만 허사였다. 엉망으로 긁힌 뒤에야 간신히 나올 수 있었다. 지친 나머지 나는 땅바닥에 쓰러졌다. 나무에 등을 기댄 채, 날이 새기를 기다렸다. 이런 자세로도 어렵잖게 잠이 왔고, 나는 아침까지 내리 잤다.

간간이 내리는 빗방울이 나를 깨웠다. 하늘은 여전히 흐리고 낮게 드리워져 있었다. 나무 아래로는 희미한 빛밖에 비쳐들지 않았다. 나는 정원 안쪽에 무너져가는 작은 정자로 피신했다. 집 안에는 들어갈 수가 없었다.

정오까지 여러 차례 가랑비가 내리다 그치다 했다. 암울한 날씨였다. 저녁이 되기를 기다려 퐁티요 마을로 가서 멜라니 뒤테루아를 찾아보기로 했다. 나는 점점 더 지쳐갔고, 목이 말랐다.

기나긴 오후였다. 내가 피신해 있던 정자에서는 라 코망드리의 한쪽 벽과 기와 몇 개가 보일 뿐이었다. 아무것도 까딱하지 않았다. 무거운 비구름들이 나무들을 스칠 듯이 낮게 지나고 있었다. 남쪽으로부터 폭풍우를 몰고 온 구름들이었다. 그 음침한 구름장들은 라 데온 숲 너머 북쪽에서 사라지고 있었다. 다섯 시에 천둥이 쳤다. 나는 은신처에서 나와 마을로 가는 길로 접어들었다.

나는 저물녘에야 기진맥진하여 도착했다. 멜라니 뒤테루아의 집은 마을 바깥에 지어져 있었다. 울타리가 쳐진 작은 정원 한복판에, 두 개의 창문, 넝쿨 시렁 하나가 있었다.

나는 뜰로 들어가 벽에 숨어서 집 쪽을 바라보았다.

멜라니는 채마밭에 있었다. 손에 괭이를 들고, 고랑을 파고 있었다. 그녀의 움직임은 조용하고 다부졌다. 그녀는 괭이를 정돈하고 칼을 꺼내 푸성귀를 캐낸 다음, 손으로 흙을 털었다. 갈색 양모 치마에 검정 윗옷 차림이었다. 그녀는 우물로 가서 푸성귀를 씻더니, 집 안으로 들어가 등불을 켰다.

나는 숨었던 곳에서 나와 정원으로 살그머니 들어갔다. 소리 나지 않게 문간으로 다가갔다. 문은 열려 있었다.

멜라니는 천장이 낮고 깔끔한 방 한복판에 있었다. 천장에 쇠사슬로 매달린 등불이 둥근 식탁을 비추었고, 식탁에는 이미 상이 차려져 있었다.

멜라니는 빵을 집어 한 조각 베어가지고 자리에 앉

았다. 그러고는 샐러드를 가져다 먹기 시작했다.

그녀는 접시에 고개를 수그린 채 느릿느릿 규칙적으로 먹었다. 뼈가 불거진 손으로 빵을 잘게 뜯었다.

샐러드를 다 먹고 나자, 사과를 집었다. 그러고는 상을 치우려고 일어났다.

그제야 그녀는 문간에 서 있는 나를 보았고, 얼굴이 아주 창백해졌다.

나는 그녀에게 말했다.

"이아생트는 어디 있소?"

목소리에 힘이 하나도 없었던 것 같다. 나는 한 발 앞으로 내딛다 비틀거렸다. 그녀는 내 팔을 붙들어 의자에 앉게 했다.

그녀의 얼굴에는 놀라움도 동정심도 보이지 않았다. 그녀는 그저 이렇게 말했다.

"뭔가 갖다 드리지요. 시장하겠어요."

배가 고픈 것이 사실이었다.

그녀는 내 옆에 앉아 빵과 햄을 주었다. 밖에서는 넝쿨 시렁에 빗방울이 떨어지고 있었다.

우리는 말이 없었다. 나는 게걸스레 먹었다. 멜라니는 내게 포도주를 한 잔 따라주었다. 그녀는 나를 쳐다보지 않았다. 그녀는 근심스러워 보였다. 그러고는 내게 말했다.

"여기서 주무세요. 당신이 잘 침대가 있어요."

그녀는 일어나 문을 닫고는 옆방으로 갔다. 벽장을

열고 시트와 이불을 꺼내는 소리가 들려왔다.

잠시 후 그녀는 돌아와 다시금 나를 부축하여 방으로 안내했다. 나는 침대에 쓰러졌다. 몹시 지쳐 있었다.

멜라니는 무릎을 꿇고서 내 신발 끈을 풀어주었다. 그러고는 이불을 끌어다 내 다리를 덮어주었다. 늪터 쪽에서 천둥이 쳤다.

극도로 지쳤음에도 불구하고, 나는 여전히 불안하게 깨어 있었다.

멜라니는 야등을 켜고 내 머리맡에 앉았다. 그녀는 커다란 손을 무릎에 얹고 있었다. 그러고는 엷은 황갈색 눈으로 나를 지켜보았다. 기다리는 듯했다.

내가 물었다.

"그녀는 언제 떠났소?"

그녀가 대답했다.

"어제였을 거예요."

"어디로 갔는지 알고 있소?"

그녀는 모른다는 표시로 고개를 저었다.

나는 더 이상 용기가 없었다. 간신히 몇 마디 혼란스런 말을 중얼거렸을 뿐이다.

멜라니는 고개를 돌려 벽을 응시했다.

밖에서 누군가가 길을 걸어오는 소리가 났다. 무겁고 닳은 발소리였다. 소리는 집 앞에서 멈추었다.

멜라니는 일어나 문을 바라보았다.

갑자기 과수원의 나무들에 바람이 불었다. 그러고는 아주 조용해졌다.

멜라니는 성호를 긋고는 침대 발치에 와서 앉았다.

발걸음은 주저하듯 멀어져갔다.

멜라니는 두 손을 가슴에 얹었다. 근심스러운 듯 얼굴이 찌푸려져 있었다. 그녀는 두려워하고 있었다. 나는 그녀가 중얼거리며 다짐하는 소리를 들었다.

나는 나직이 그녀를 불렀다. 그녀는 눈을 들고 내게 말했다.

"그가 막 집 앞을 지나갔어요. 난 그의 발소리를 알거든요."

내 어리둥절한 표정을 읽었던지, 그녀는 이렇게 덧붙였다.

"우리 주인 시프리앵 말이에요…… 그가 이아생트를 키웠지요."

그녀는 한참 동안 말이 없더니, 이렇게 말했다.

"그가 당신을 찾고 있어요."

갑자기 그녀는 털어놓기 시작했다.

"8년인가 10년 전에 그가 그녀를 유괴했지요. 우리끼리는 다 아는 일이에요…… 그 후로 그녀는 실바칸에서 나온 적이 없답니다…… 내가 거기서 일했지요…… 아마 거길 가봐야 할 거예요…… 지난겨울 그녀는 영지에서 도망쳤어요…… 당신도 그녀를 보셨지요…… 그는 그녀가 당신 집에 있다는 걸 알고 있었어요…… 그가 손짓만 하면 되었지요…….”

“왜 그러지 않았던 거요?”

“그녀가 달아났다면, 그건 그가 그렇게 원했기 때문이지요…… 어쩌면 그럴 때가 되었던 것일 수도 있고요…… 언제고 때가 되는 법이니까요…… 그러면 유혹을 느끼지요…… 하지만, 그는 언제고 자기가 원할 때면 그녀를 다시 데려갈 거예요…….”

나는 물었다.

“하지만 오늘은……? 라 주네스트에 이상한 일이 있었소…….”

“그래요,” 하고 멜라니는 실토했다. “라 주네스트의 주인이 사라졌지요. 하인 둘밖에 안 남았어요…….”

나는 그녀에게 물었다.

“실바칸이 어디요?”

“여기서 걸어서 사흘쯤 걸리는 곳이에요. 오리보 언덕 뒤편이지요.”

그녀의 얼굴이 밝아졌다.

“숲 한복판에 있답니다. 사방 열 마장 안에 집이라곤 그거 하나뿐이지요. 그리고 세상에서 가장 아름다운 정원이 있답니다…… 모든 나무, 모든 짐승이…… 특히 새들은…….”

갑작스런 흥분이 그녀의 얼굴을 바꿔놓았고, 그 크고 노란 두 눈은 경이로 빛났다. 무릎 위에 손을 구겨 쥔 채, 가슴을 앞으로 숙인 채, 지상의 정원을 상기한 듯, 그

무시무시한 입으로 홀린 듯한 미소를 지었다.

"그리고 뱀도 있어요," 그녀가 중얼거렸다. "마치 낙원에서처럼 말이에요. 금지된 나무는 없지만 말예요……."

나는 그녀에게 외쳤다.

"실바칸에 가봐야겠소."

그녀는 일어나 부정하는 듯한 몸짓을 했다.

"당신은 아직 너무 약해요. 일주일은 지나야 해요."

이제 머리 위에는 끊임없이 천둥이 치고 있었다.

멜라니 뒤테루아는 방을 가로질러, 다른 방으로 가서, 문을 열었다. 내 침대에서도 폭풍우가 보였다.

바람이 문득 방 안으로 몰아쳐 들어와, 등불을 껐다. 멜라니는 문을 다시 닫았다.

그러고는 말했다.

"오늘 밤, 길에서는 날씨가 궂겠어요."

멜라니 뒤테루아의 집에서 보낸 일주일 동안 나는 통 바깥에 나가지 않았다. 나는 이내 기운을 차렸다. 멜라니는 헌신적으로 나를 돌보았다.

나는 때로는 침실에서, 때로는 하나 더 있는 다른 방에서 지냈다. 그녀는 그 방에서 잤고, 두 사람의 식사도 거기서 했다.

그녀는 좀 더 속을 터놓게 되었다. 그녀는 내가 라코망드리에서 좋지 않은 일을 만날까 봐 두려웠다고 말했다. 집시들은 이아생트가 사라진 것을 내 탓으로 여기고 있다는 것이었다. 이아생트는 실바칸에서 자라기는 했지만, 그래도 그들의 일원이었다. 이상한 권능으로 그들을 지배하고 있던 시프리앵 노인 덕분에, 이 신비하게 키워진 아이 둘레에는 일종의 전설 내지는 경외감이 형성되어 있었다.

그들이 그녀를 보는 것은 1년에 두 번, 그들이 불의 축제를 여는 겨울의 성탄절과, 여름이 시작되는 6월 24일 성요한의 날이었다. 그럴 때면 그들은 실바칸에서 몇 마장 떨어진 골짜기에 있는 작은 경당 부근에 모이곤 했다. 골짜기의 이름은 기본, 경당의 이름은 막달라라고 했다.

내가 있던 퐁티요에서 기본 골짜기까지는 걸어서 엿새쯤 걸리는 거리였다. 성가브리엘 고원과 라 데온 숲, 그리고 플라페이를 가로지르고, 산줄기를 둘이나 넘어야 했다. 플라페이에는 주민들이 별로 없었다. 산지는 야생 그대로였다. 그 너머에는 다른 고장이 펼쳐져 있었고, 기후도 훨씬 부드러웠다. 바다 쪽 사면이었다.

기본 골짜기는 실바칸의 숲들과 이어져 있었다. 거기서부터 시프리앵의 제국이, 이아생트의 나라가 시작되는 것이었다. 그리로 가는 길은 서쪽에 있는 좁다란 오솔길뿐이었다. 그 길 말고는, 사방에서 깊은 협곡들이 광대한 영지를 보호하고 있었다.

가장 가까운 마을은 여섯 마장쯤 떨어져 있었다. 르자드위그라는 이름이었다. 그곳의 작은 여관에서 묵을 수 있었다.

르 자드위그에서 아주 이른 아침에 떠나면, 저녁에는 실바칸에 도착할 수 있었다. 걸어서 가야 했다. 길은 험했고, 르 자드위그에서는 아무도 영지까지 타고 갈 노새를 빌려주려 하지 않을 것이었다. 영지에 가려면 작은 급류가 흐르는 협곡을 건너야 했다. 급류에는 나무로 만든 다리가 놓여 있었다. 다리를 건너 오른쪽으로 접어들어 15분쯤 올라가면, 두 개의 커다란 기둥을 만나게 되었다. 담장은 없었다. 그 대신, 건널 수 없는 협곡들이 담장 구실을 하고 있었다. 영지로 들어가려면 두 기둥 사이를 지날 수밖에 없었다. 철책도 정원도 없었다. 들어서면 그 안쪽은 떡갈나무들이 늘어선 길이었다. 그 길을 따라가기만 하면 집에 이르게 되는 것이었다.

나는 멜라니의 정확한 길 안내에 경탄했다. 그녀는 간결하게 가르쳐 주었지만, 항상 중요한 세부를 말해주었다. 그것은 기억에 깊이 새겨졌다.

"위험이 있을지도 몰라요." 어느 날 그녀는 말했다. "시프리앵 때문이 아니라, 집시들 때문에 말이에요. 하지만, 일단 영지에 들어가면, 아무 염려 없어요. 그들은 그를 두려워하거든요."

떠나기 전 월요일, 저녁 식사 조금 전에, 누가 문을 두드렸다. 멜라니는 내게 침실로 들어가라고 손짓했다.

한 남자가 들어오는 것을 문틈으로 볼 수 있었다. 키가 컸고 깡말랐으며, 오른쪽 뺨에 칼자국이 나 있고, 검고 짧은 콧수염을 기르고 있었다. 그는 인사도 없이 털썩 주저앉았다.

멜라니는 양손을 앞치마 주머니에 넣은 채, 그 앞에 그대로 서 있었다.

나는 남자가 그녀의 동생임을 알아차렸다. 그녀는 전에 라 코망드리에서 그에 관해 말한 적이 있었다. 이름이 가초라던 것도 생각난다.

이제 그는 험악하게 언성을 높이고 있었다. 불거진 광대뼈가 등잔불 빛에 번들거렸다.

시프리앵이 영지를 떠났다는 말이 들려왔다. 가초는 모두들 사라져 버린다고 불평했다. 시프리앵, 이아생트, 라 주네스트의 주인, 그리고 이제 나까지도 말이다. 그는 몹시

성을 내며, 멜라니는 틀림없이 뭔가 알 거라고 우겼다.

그는 길고 사나운 손가락으로 식탁의 상판을 두들겨대며, 그녀에게 말하라고 윽박질렀다. 한 달 후면 모든 부족의 족장들이 모여 기본 골짜기에서 불을 피우고 여름 축제를 준비할 텐데, 벌써부터 이아생트가 실바칸에서 달아났다는 소문이 퍼지고 있다는 것이었다…….

"그녀는 네 주인을 따라간 거야. 지난겨울에 라 코망드리에 있지 않았어? 그러다 함께 떠난 거라고. 어디로 갔지? 넌 알잖아……."

멜라니는 고개를 저었다.

"내 주인도 그녀를 찾고 있어. 이아생트는 라 주네스트의 주인인 콩스탕탱 글로리오를 따라간 거야."

남자는 믿을 수 없다는 태도였다.

"콩스탕탱 글로리오가 대체 누구야?" 그가 물었다.

그녀는 대답하지 않으려 했다. 그러나 그는 고집스럽게 그녀를 위협했다.

"시프리앵한테 가서 물어보지 그래," 그녀가 웅얼거렸다. "그가 아니까, 그에게 물어봐."

노인의 이름이 나오자, 남자는 입을 다물었다. 시프리앵이 자기들을 우롱한다며 여전히 투덜대기는 했지만, 더 이상 묻지는 못했다. 그저 이렇게 말했을 뿐이다.

"오늘은 여기서 자고 가겠어. 나도 지쳤다고."

멜라니는 아무 대답도 않고, 자기 매트리스를 방 한복판으로 끌어다놓았다.

"여기서 자. 등불을 끄고."

그러고는 침실로 들어왔다. 내게 움직이지 말라는 손짓을 해 보였다.

그녀는 조용히 열쇠를 돌렸다.

"주무세요," 그녀가 속삭였다. "이젠 두려워할 것 없어요."

그러더니 맨바닥에 머리를 댄 채 문 앞을 가로막고 드러누웠다.

네 시에 누군가가 과수원에 들어와 조심히 문을 두들겼다. 문이 열리더니, 두런대는 소리가 들려왔다.

가초가 침실로 다가와 문을 열려 했지만, 잠긴 것을 알고는 욕설을 내뱉었다. 자물쇠는 끄떡도 하지 않았다. 그러자 그는 문의 널판을 힘껏 밀어대었다. 문짝이 위쪽부터 갈라지기 시작했다.

적어도 두 사람은 되는 듯, 수군대는 말소리가 들려왔다.

갑자기 밖에서 누가 휘파람을 불었다. 방바닥에 의자가 넘어지고, 외치는 소리가 들렸다.

"조심해! 놈이 왔어. 빨리!"

그러고는 정원을 가로질러 달려갔다. 사방이 조용해졌다.

멜라니는 여전히 자고 있었다.

이 사건으로 인해 나는 떠날 결심을 굳혔다. 멜라니는 찬성이었다. 집은 수상쩍게 여겨져 감시당하고 있었다.

"그들은 이제 오르주발 쪽에 있어요," 그녀가 말했다. "반대쪽이지요. 며칠은 거기서 움직이지 않을 거예요. 내가 알기로는, 그들은 한번 목표를 놓친 뒤에는 몸을 숨기는 습성이 있어요. 떠나야 해요. 당신이 가려는 길에는 이제 아무도 없어요. 그들이 돌아올 때면 당신은 멀리 가 있겠지요."

라기가 나를 구해준 것이었다.

나는 떠나던 날 마지막으로 놈을 보았다.

멜라니 뒤테루아와 헤어진 지 한 시간쯤 되어, 퐁티요에서 반 마일 정도 떨어진 숲을 따라 걷고 있을 때였다.

나뭇잎들이 움직이는 소리가 나더니, 놈이 나타났다.

"저 개는 가끔씩 돌아와요," 하고 멜라니가 말한 적이 있었다. "날이 저물 때면 나타나서, 채마밭을 한 바퀴 돌고는 정자 밑에서 잠깐 쉬지요. 그러고는 가버려요. 집에서는 자는 법이 없답니다. 아마 고원이나 라 데온 숲에서 사는가 봐요."

내가 놈을 만났을 때는 아침 일곱 시쯤 되었을 것이었다. 놈은 길 오른편, 구덩이 뒤에 서 있었다. 젖은 풀섶 위로 굵은 목과 누런 머리가 나와 있었다. 주둥이를 치켜든 채, 놈은 나를 바라보았다. 금빛 줄이 쳐진 놈의 두 눈은 햇빛을 정면으로 받으면서도 끄떡하지 않았다. 곤두선 다갈색 겨울털을 아직 갈지 않은 채였다. 송곳니들이 보였다.

나도 멈춰 서서 놈의 이름을 불렀다. 그러나 놈은 움직이지 않았다. 그래서 나는 가던 길을 계속 갔다. 놈은 구덩이 저쪽 키 큰 풀밭 속에서 한참 동안 나를 따라왔다. 오르주발 길과 퐁티요 길이 만나는 데서 내가 라 데온 쪽으로 가려고 오른쪽으로 접어들자, 그제야 놈은 사라졌다.

하지만 내게서 그리 멀리 가지는 않았던 것 같다. 길을 가는 동안 여러 번이나 놈의 기척이 나는 듯했다. 덤불이 문득 움직이기도 했고, 짐승의 숨소리가 들리기도 했다. 아무것도 보이지는 않았지만, 놈은 거기 있었다. 나는 마음이 뭉클했다.

내가 퐁티요에 도착하던 날 시작되었던 소나기는 봄의 시작을 알리는 것이었다. 날씨가 많이 풀렸고, 보슬비가 자주 들판을 적시곤 했다.

멜라니는 내게 실바칸에 가려면 외진 길들이 더 안전하리라고 일러주었다. 이 계절에 큰길에서는 집시 무리와 만날 우려가 있다는 것이었다.

그녀는 내가 외딴 농장들이나 플라페이의 작은 마을들에서 숙식을 해결할 수 있으리라고 안심시켜 주었다. 소나기는 몇 차례 만날지도 모르지만, 고개 하나만 넘으면 궂은 날씨를 뒤로하게 되리라고 했다. 바다 쪽 사면에는 이미 석 주 전에 맑은 계절이 와 있다는 것이었다.

멜라니는 내게 길과 마을, 고개와 언덕의 이름을 가르쳐주었다. 플라페이를 지날 때는 마르시니에서 하루, 리옹드에서 하루, 이틀을 묵어가야 했다. 마르시니까지 걸어서 하룻길이었고, 리옹드에서 산줄기까지 또 하룻길이었다.

넘어야 할 산줄기는 라 가르디올과 델뤼브르, 둘이었다. 덜 높은 먼저 줄기는 블라키에르 고개로, 나중 줄기는 세우브 고개로 넘어가야 했다. 그러고는 내리막이었다. 르 세우브는 해발 1100미터에 있었다. 때로 맑은 날이면 고갯마루에서부터 바다가 보이기도 했다.

그날 저녁은 자드위그에서 잘 수 있고, 다음 날 일찍 실바칸에 올라갈 수 있었다. 여섯 마장 거리였다.

라 가르디올과 델뤼브르를 넘는 것이 여행에서 가장 힘든 부분이었다. 그 산줄기들에는 사람이 살고 있지 않았다. 하지만 아직도 산기슭으로 가축 떼를 끌고 와 여름을 보내는 목자들이 간혹 있어서, 그들이 기거하는 돌로 만든 커다란 원추형 오두막들이 있었고, 그 안에는 짚으로 만든 잠자리들도 있었다. 멜라니 뒤테루아도 거기서 자본 적이 있었다. 하지만 새벽 세 시경에는 추워지므로, 담요를 가져가야 했다. 불도 피울 수가 있었다. 이 오두막들 근처에는 대개 샘이 있었으며, 물맛이 아주 좋다고 했다.

나는 어느 화요일 아침에 멜라니의 집을 떠났다. 그녀는 라 코망드리로 가서, 거기서 내가 돌아오는 것을 기다리기로 했다.

나는 새벽에 일어나, 아침 식사로 빵과 버터, 그리고 뜨거운 커피를 한 잔 가득 마셨다. 기운이 났다. 앓았던 것 같지 않았다. 길을 떠날 태세가 되어 있었다.

나는 담요 한 장, 가방 하나, 군용 물통, 그리고 그 날 먹을 음식을 가지고 갔다. 끝에 쇠를 씌운 지팡이와 잘 드는 칼도 하나 가져갔다.

멜라니는 채마밭 문까지 나를 따라 나왔다. 아무런 감정도 드러내지 않은 채, 이렇게 말했다.

"위그의 여관 주인과는 말을 많이 하지 마세요."

그러고는 집으로 돌아갔다.

나는 남쪽을 향해 갔고, 라 데온으로 가는 길로 접어들었다. 성가브리엘 고원을 가로질러 가는 것을 피하기 위해 한참을 돌아서 갔다. 나는 라 주네스트를 다시 보고 싶지 않았다.

라기를 만난 것은 라 데온에 도착하기 얼마 전이었다. 그때까지는 날이 꽤 좋았다. 그러나 잠시 후 하늘에 구름이 끼더니, 숲속에 들어서자 안개비가 내렸다. 달갑잖은 비였다. 나무들 사이 땅바닥에는 하얀 안개가 감돌았고, 특히 늪터와 이웃한 숲 쪽은 자욱했다.

버려진 나뭇단에서 이따금 작은 까마귀나 어치가 짹짹대며 날아오르곤 했다. 땅에서는 물과 흙과 썩은 나뭇잎의 씁쓸한 냄새가 올라왔다. 내가 가던 오솔길은 푸르스름하고 짙은 안개 속으로 잠겨들고 있었다. 습기가 내 양모 윗옷 속까지 배어들었다. 하지만 나는 힘차게 성큼성큼 걸었다.

숲을 가로지르는 데 여섯 시간이 걸렸다. 나는 숲의 남쪽 가장자리에 이르러 나무 아래서 점심을 먹었다.

그러고는 플라페이로 들어섰다.

플라페이는 산울타리며 포플러, 버들 숲이 듬성듬성 나 있는 습한 들판이다. 이삼 킬로미터마다 소작 농가가 나타난다. 집 주위에는 약간의 경작지들과 황량한 풀밭이 펼쳐져 있다.

나는 들판에서 아무도 만나지 못한 채 저녁에 마르시니에 도착했다. 빵 장수네 헛간에서 잘 수 있었다. 그 안은 더웠다. 사람들은 내게 수상쩍다는 듯 퉁명스럽게 굴었다.

마르시니는 고작 열 가구 정도가 사는 작은 동네였다. 동네를 벗어나자 초라한 밭들이 나왔고, 얼마 못 가 휴한지에 이르게 되었다. 농장들은 갈수록 드물어졌다. 하지만 정오경에는 오른편에서 작은 쟁기를 멘 말이 빗속에서 일하는 것이 눈에 띄었다. 밭에는 물웅덩이들이 패여 있었다. 그 조금 멀리에 있는 초가지붕 위로 오르는 연기가 보였다. 겨울의 마지막 까마귀들이 진흙 덩이에 앉아 있다가 내가 지나가면 까악까악 울며 무겁게 날아올라 조금 먼 덤불에 내려앉곤 했다. 배가 튼실하고 윤기가 도는 탐욕스런 짐승들이었다.

리옹드에서 나를 맞아준 이는 한 과부로, 내게 짚자리를 주고 저녁 식사로 오믈렛을 먹게 해주었다. 나는 값을 후하게 치렀다. 그녀는 거기서 10킬로미터쯤 떨어진 큰 농장에 가면 내 행낭에 넣을 것들을 쉽게 구할 수 있으리라고 했다. 산줄기에 이르기까지, 인가는 그곳이 마지막이 될 터였다. 거기서 이틀치 양식을 구해야 했다.

나는 주인 여자에게 고마움을 표시한 뒤 가던 길을 계속했다.

오후 네 시경에 도착한 농장에는 건물이 여러 채 있어 서너 가구가 살고 있었다. 플라페이는 거기서 끝이었다. 건물들은 야트막한 둔덕에 서 있었다.

사람들은 내가 달라는 양식들을 주었다. 나는 아마도 소작농들의 대표인 듯싶은 사람에게 말을 걸었는데, 그는 몸집이 크고 털이 부숭부숭한 40대의 남자로, 호기심 어린 작고 날카로운 눈으로 나를 훑어보았다.

그에게 블라키에르 고개에 대해 몇 가지 물어보았으나, 그는 대답을 얼버무렸다. 아마 그 너머에는 한 번도 가보지 못한 듯했다.

오는 길에 본 바로는, 농장에서 오르막길로 200미터쯤 되는 작은 둔덕에 여남은 채의 집이 모여 있었다. 멜라니 뒤테루아는 내게 그 마을에 대해 말해준 적이 없었다.

나는 농부에게 물었다.

"저건 오스피탈레 마을이에요," 그가 대답했다. "사람이 살지 않은 지 20년도 더 됐어요. 작년까지만 해도 리옹드 사제인 미에주 신부님이 매달 첫 주일이면 거길 가서 미사를 드렸는데, 그는 지난 9월 생질에서 죽었고, 후

임자는 아직 오지 않았지요. 성당 열쇠는 당분간 리옹드의 잡화상에 맡겨져 있어요."

그 작은 마을은 나무들에 둘러싸여 있었다. 퇴락한 데는 별로 없어 보였다. 창문에 유리가 없는 집은 두어 채뿐이었다. 완만한 비탈을 이루는 진입로에는 느릅나무며 마로니에들이 심겨져 있었다. 길은 성당 앞을 지나고 있었다. 두 그루 느릅나무 사이로 나지막한 종루와 굵은 들보에 매달린 종 두 개가 보였다.

나는 농부에게 인사를 하고 그 마을을 향해 갔다. 아침나절에 비가 왔는지, 마로니에들이 젖어 있었다. 날씨는 여전히 잿빛으로 흐렸다. 물방울들이 나뭇잎을 미끄러져 떨어지는 소리가 들려왔다.

마을은 완전히 버려진 듯했다. 하지만 성당 근처에 이르렀을 때, 뜻밖에도 아이 둘이 있었다. 사내아이와 계집아이였다. 그들은 마치 망이라도 보는 듯이 야트막한 담장 뒤에 쪼그리고 있었다. 열 살가량의 가난한 촌아이들이었다. 그들은 나를 보자 달아났다.

성당은 투박한 재료로 지어졌고 초벽도 바르지 않은 나지막하고 튼튼한 건물이었다. 마치 헛간과도 같았다. 하지만 잘 꾸며진 정면에는 아치형의 문과 천창이 나 있었다. 성당 앞 광장에는 여섯 그루의 커다란 플라타너스가 그늘을 드리우고 있었다. 돌 벤치도 서너 개 놓여 있었다. 사방에 풀이 자라 있었다. 가을에 떨어진 나뭇잎들이 여전히 땅을 덮은 채 거의 다 썩어가고 있었다. 그러나 이 흐린 날에도 하늘에서는 평화로운 빛이 나뭇가지 사이로 내리쬐었다.

나는 문을 열려 해보았다. 열리지 않았다. 하지만 성당에 들어가고 싶었다.

나는 곁에 있는 작은 묘지로 들어갔다. 거기에는 가시덤불에 뒤덮인 비석 몇 개와 쓰러져가는 철 십자가 둘이 남아 있었다. 묘지 안쪽 담장 가까이에는 만든 지 얼마 안 되는 무덤이 있었고, 그 앞에는 젖은 땅바닥에 하얀 단지가 놓여 있었다. 이름이 없었다.

성당 후진(後陣) 쪽에서 나는 벌레 먹은 쪽문을 발견했다. 열어보니 열렸다.

들어가보니 제의실이었다. 집기들은 소박했지만, 상태가 아주 좋았다. 가구들은 부드럽게 윤이 났고, 마치 바로 전날 닦아놓은 듯이 밀랍 냄새가 났다. 기다란 떡갈나무 벽장이 한쪽 벽을 다 차지하고 있었다. 화강암으로 된 세면대에는 서투른 솜씨로 작은 비둘기가 새겨져 있었다. 방은 깨끗했다. 아직도 양초와 향의 냄새가 감돌고 있었다.

벽장에는 사제모(司祭帽)가 그대로 남아 있었다. 옷걸이에는 제의와 스톨라*도 걸려 있었다. 스톨라는 붉은색이었다. 이런 가난한 성당에 붉은 스톨라라니 뜻밖이었다. 문득 성령강림주일에 미사를 집전하는 사제가 자주색

* 로마가톨릭교회의 주교가 의식 때 옷깃에 걸쳐 늘어뜨리는 띠.

장식을 걸친다는 것이 생각났다.

놀라움은 더 커졌다.

나는 벽장을 다시 닫았다.

이 버려진 제의실에는 완벽한 질서가 자리 잡고 있었다. 성체현시대는 걸대에 걸려 있었고, 미사용 포도주병들은 제기들을 두는 선반에 늘어서 있었으며, 그 옆의 작은 향합에는 쓰지 않은 향 몇 조각과 성냥개비들이 들어 있었다.

제의실과 성당 사이에는 무명 커튼이 드리워져 있었다. 문에는 붉은 대문자로 이런 말이 쓰여 있었다.

EMITTE SPIRITUM TUUM
ET CREABUNTUR ET RENOVABIS
FACIEM TERRAE
ALLELUIA!

당신의 영을 보내소서
그러면 그들은 창조되고 당신은
땅의 얼굴을 새롭게 하시리이다
할렐루야!

이 초라한 시골 성당은 성령께 바쳐진 것이었다.

나는 무명 커튼을 들치고 내진(內陣)으로 나갔다. 거기에는 희미한 빛이 새어들고 있었다. 중앙의 제단 위에는, 네 개의 나무 촛대 사이에 감실(龕室)이 빛나고 있었다. 조금 열린 감실 안에는 붉은 마분지로 덮인 잔과 성체용 빵의 조그만 꾸러미가 들어 있는 것이 보였다.

제단 오른편 계단 위에는, 성체 거양 때 쓰는 작은 종(鐘)이 제자리에 놓여 있었다.

회중석에는 굵은 기둥들이 아치형 천장을 떠받치고 있었고, 그 때문에 성당은 무척 어두웠다.

거기에 십자가의 길을 나타내는 성화들이 걸려 있었다.

성당의 다른 쪽, 회중석의 양쪽에는 벽이 우묵 들어간 곳에 제실이 있었다.

벤치 몇 개와 의자 대여섯 개가 있었다. 종루의 끈들이 천장을 통해 내려와 성수반(聖水盤) 가까이에 늘어뜨려져 있었다.

나는 내진에서 나와 잠시 회중석을 거닐었다.

밖에는 비가 다시 내리기 시작했는지, 창문의 가로살에 물이 천천히 흘러내리는 것이 보였다.

성당 안에서는 아무 소리도 들리지 않았다.

나는 제실(祭室)을 보러 회중석 안쪽까지 갔다. 층계를 석 단 내려가야 했다.

벽들은 진한 군청색으로 칠해져 있었고, 제단 위에는 작은 채색 성모상이 놓여 있었다.

사암 단지에 누군가가 활짝 꽃핀 편도 가지 둘을 물에 담아둔 것이 눈에 띄었다.

어디서 가져온 것일까? 플라페이 어디서도 편도 나무는 보지 못했었다.

게다가 아직 춥고 비가 잦았다. 이 척박한 고장에서 봄은 아주 늦게야 꽃필 것이었다.

나는 다가가 꽃송이를 하나 따서 향기를 맡아보았다. 그러고는 망연히 성상을 바라보았다.

얼굴이 그려져 있었다. 커다란 붉은 입, 갈색 뺨, 약간 째진 듯 커다란 녹색 눈, 그리고 양쪽 귀에는 황금 고리도 그려져 있었다. 생생하고 대담한 표정이었다.

그 선명함이 나를 놀라게 했다.

이 죽어버린 고장에서 성당은 여전히 살아 있는 듯했다. 분명 아주 낡았지만, 버려진 느낌은 전혀 없었다. 그러나 여러 달째, 아무도 미사를 드리러 온 적이 없다고 했었다. 그래서 잠가놓은 것이었다. 아마 리옹드의 사제가 죽기 전에 이 마을의 마지막 미사를 드렸을 터였다. 하지만 누군가가 아직도 성당을 돌보고 있는 것만 같았다.

맞은편 제실의 천장에서는 아주 작은 등불이 타고 있었다. 축성된 성당에서는 그 빛이 결코 꺼지지 말아야 하는 것이다. 그 희미한 불꽃은 기름에 뜬 코르크 조각 위에서 타고 있었다. 등피가 빨갛게 달아 있었다.

그 불빛은 성요한의 낡은 목상을 어렴풋이 비추었다. 거칠게 깎은 목상은 무뚝뚝하고 사나운 얼굴에다, 사지는 울퉁불퉁했다.

목상의 기단에는 손으로 쓴 기도문을 압정으로 박아

놓은 것이 보였다. 글씨는 여기저기 지워져 있었지만, 간신히 몇 줄 읽을 수 있었다. 그것은 성토요일 밤에, 사제가 새로운 불을 축복할 때 외우는 저 이상한 기도문이었다.

ET HUNC NOCTURNUM SPLENDOREM
INVISIBILIS REGENERATOR
ACCENDE.

그리고 이 밤의 광휘를,
소생시키는, 보이지 않는 자여
밝히라.

그 아래쪽에는 축사(逐邪)의 말들이 적혀 있었다.

SED IN QUOCUMQUE LOCO
EX HUJUS SANCTIFICATIONIS MYSTERIO
ALIQUID FUERIT DEPORTATUM
EXPULSA DIABOLICAE FRAUDIS NEQUITIA
VIRTUS TUAE MAJESTATIS ASSISTAT...

그러나 어떤 장소로든 이 성화(聖化)의 신비로부터
무엇인가가 옮겨지거든
악마의 간계의 악의를 내쫓으사
당신의 위용을 펼치소서.

어둠이 내리고 있었고, 계속 비가 내렸다……. 나는 문이 삐걱이는 소리를 들었다. 한 노인이 들어와 조용히 문을 다시 잠갔다.

아무것도 쓰지 않은, 머리를 짧게 깎은 사람이었다. 묵직한 갈색 양모 외투가 발목까지 내려와 있었다.

어두워서 잘 보이지 않았다. 그는 문 가까이 멈춰 서서 성당을 둘러보았다. 성당은 어둠과 비의 습기에 잠겨 있었다.

잠시 후 그는 외투 자락을 젖히고는 중앙 제단으로 갔다. 그 틈을 타서 나는 제실에서 나와 기둥 뒤에 숨었다.

그는 내진의 층계들을 올라가 감실을 다시 닫았다. 그러고는 제의실로 들어갔다. 기침 소리가 두세 번 들렸다. 그러고는 곧 다시 나타나 내 쪽으로 다가왔다. 그는 기름병을 들고 있었다.

제실에 들어간 그는 의자에 올라가 등잔에 기름을 채웠다.

그러고는 의자를 제자리에 갖다 두고 기름병을 바닥에 놓은 뒤 나를 바라보았다.

나는 완전히 어둠 속에 있었으므로, 그에게는 내가 보일 리 없었다. 그런데도 그는 나를 바라보았다.

그는 짧고 흰 수염을 기른, 크고 늙은 얼굴을 하고 있었다. 그의 두 눈은 물처럼 엷은 빛깔이었다. 나는 그 얼굴을 전에 본 적이 있었다.

그는 몸을 굽혀 기름병을 다시 집어 들고는 제의실

로 사라졌다.

나는 잠시 기다렸다.

아무 기척도 없었다.

날은 아주 어두워졌다. 온 성당 안에 보이는 것이라고는 등잔의 작은 불꽃뿐이었다.

기다리기에 지친 나는 용기를 내어 제의실로 가보았다. 비어 있었다.

여전히 비가 내리고 있었다.

이런 날씨에 어둠을 뚫고 블라키에르 고개의 협로를 갈 수는 없었다.

성모 제실에는 낡은 깔개가 덮인 교구 위원석이 있었다. 나는 그리로 가서 누웠다. 지칠 대로 지쳤는데도, 잠은 오지 않았다. 기도하고 싶었지만, 할 수가 없었다. 하지만, 그날 저녁, 나는 하느님의 집에 있는 것이었다…… 내 기억에는 온통 사막이 펼쳐져 있었다. 거기에는 어렸을 때 들었던, 잠들기 전에 밤의 악마들을 쫓아내는 낡은 기도문의 희미한 기억들만 떠돌 뿐이었다.

망각에서 떠오르는 것은 고작 서너 마디뿐이었다.

"...Et nocturni phantasmata(그리고 밤의 환영들)..."

회중석의 다른 쪽에서는 등불이 빛나고 있었다.

그것을 바라보다가 나는 잠이 들었다.

블라키에르 고개에 도착한 것은 다음 날 정오경이었다. 비는 그쳐 있었지만, 짙은 안개를 헤치고 산을 올라가야 했다. 때로는 구름 지대를 만나 추위에 떨며 가로질러 가기도 했다. 또 어떤 때는 협곡 바닥에 고스란히 남아 있는 크고 푸르스름한 눈덩이를 발견하기도 했다. 좀 더 가벼운 눈덩이들은 골짜기에서 불어오는 바람에 쓸려 산허리로 밀려나가 바위 사이로 흩어지곤 했다. 오솔길은 낙엽송들 사이로 올라가고 있었다. 길은 때로는 암벽 속으로 때로는 경작하기 쉬운 땅으로 이어졌고, 비 때문에 미끄러운 데도 있었다. 내 오른편은 나무들이 매달리듯 자라고 있는 가파른 비탈이었고, 왼편은 절벽이었다.

온 산에서 아지랑이가 피어올랐다. 아직 어둑한 골짜기 아래쪽에서부터 월귤나무 향기가 풍겨왔다. 여기저기, 두터운 이끼가 깔린 곳에는 보랏빛과 푸른빛의 잔다란 초롱꽃들이 피어나고 있었다. 겨우내 물을 머금었던 땅에서는 줄곧 샘물들이 솟구쳤다. 물에서는 부식토와 나무뿌리 냄새가 났다.

평지를 오래 여행한 뒤 산지를 오르기 시작할 때면 늘 그렇듯이 장중한 기쁨은 있었지만, 오스피탈레 마을과 블라키에르 고개 사이에서 날씨가 변했다는 인상은 들지 않았다. 플라페이의 영향력은 물들이 미치는 데까지 미치는 것이었다.

고개에서 좁다란 골짜기를 내려다보며 점심을 먹었다. 거기에는 오죽잖은 풀밭이 펼쳐져 있고, 산꼭대기에서 무너져 내린 큰 바윗덩이들 위로 졸졸대는 작은 개울이 그 옆을 흐르고 있었다.

맞은편에는 델뤼브르의 깎아지른 암벽이 우중충하게 서 있었다.

델뤼브르는 나를 압도했다.

내 계산으로는 골짜기까지 내려가는 데 한 시간, 고갯마루까지 네 시간, 그러면 밤에나 고개에 이를 것이었다.

나는 서둘러 내려갔다. 개울을 걸어서 건넜고, 세우브 고개로 가는 길을 찾아냈다.

그 길은 절벽에 파인 동굴 아래쪽의 두 전나무 숲 사이로 나 있었다. 그러고는 델뤼브르의 암벽을 곧장 타고 가파른 비탈길이 이어졌다. 이 암벽은 700미터나 되는 대장벽으로, 곧장 깎아질러 골짜기에 이르는 것이었다.

숲이라고는 없었다. 바위장미나 가시 많은 노간주나무 같은 관목들이 고작이었다.

올라가는 길은 힘들었다. 길은 몹시 구불구불했다. 하지만 이 심연 위에서 밤을 만나고 싶지 않았으므로 서둘러 갔다. 심연에는 거의 눈길을 주지 않았다. 저 아래쪽에서 검은 새 한 마리가 조용히 어둠 속을 날고 있었다.

가는 물줄기들이 새어 나오는 푸르스름한 돌벽을 따라 계속 걸었다. 햇볕이라고는 나지 않았다. 맞은편에는 라 가르디올의 수풀 진 비탈들이 어두워지고 있었다. 블라키에르 고개를 굽어보는 산봉우리에만 조금 빛이 남아 있었지만, 그 금빛 나는 점도 곧 줄어들었다. 하지만 나는 구름 지대를 벗어났고, 하늘은 차츰 맑아져 내 머리 위에는 깊은 창공이 열렸다. 밤이 다가오고 있었으므로, 피곤 했지만 걸음을 재촉했다. 골짜기는 이제 깊이를 알 수 없는 심연이 되었고, 거기 흐르는 개울물 소리조차 더는 들리지 않게 되었다. 행낭이 무거워지기 시작했다. 나는 날이 저무는 데 불안해하며 힘들게 전진하고 있었다. 고개를 숙인 채 길을 따라가며, 이따금씩 고갯마루까지 제시간에 갈 수 있을지 걱정이 되었다. 땅거미가 졌고, 나는 하늘에 남은 그날의 마지막 햇살을 받으며 걸었다. 하지만 곧 그 빛들도 스러졌다.

고개에 도착했을 때는 이미 밤이었다.

고갯마루에 작은 고원이 있었다. 고원에서 나는 멜라니가 말했던 돌로 된 오두막 하나를 발견했다. 피라미드 같은 그 납작한 모양을 알아볼 만한 밝음은 아직 남아 있었다. 그리로 다가가 한 바퀴 둘러보았다. 역시 삐죽삐죽한 돌로 쌓은 담장은 양들을 가두는 데 쓰였던 모양이었다. 말하자면, 양 우리였다.

오두막은 그 한복판에 서 있었다. 문은 동쪽으로 나 있었다.

나는 촛불을 켜 들었다. 오두막 안은 깨끗했다. 안쪽에는 시렁 같은 곳에 짚이 약간 쌓여 있었다. 바닥에 짚을 펴고 그 위에 담요를 깔았다.

그러고는 문 앞에 나가 저녁을 먹었다.

완전히 밤이었다. 오두막 주위의 석회암 지반만이 보였다. 그 너머는 암흑이었다. 거대한 산들이 비탈져 내린 심연이 있으리라 짐작될 뿐이었다.

날은 많이 풀려 있었다. 아래쪽 골짜기들에서 따뜻한 기류들이 천천히 올라오면서 이렇게 고지대에서는 드문 미르라와 알로에의 향기들을 실어왔다.

이 고독 위에 묵직한 성좌들이 드리워져 있었다.

서쪽 하늘에서, 산봉우리들과 비슷한 높이로 빛나고 있는 약간 주황빛이 도는 커다란 별은 베텔게우스*인 듯했다.

때때로, 어둠 속에서 신비롭게 던져진 하늘의 돌이 땅의 따스한 대기와 만나 불이 붙어서, 불꽃들을 이끌고 언덕 위로 떨어지곤 했다.

나는 땅의 골짜기들 위에서 혼자였다. 어떤 짐승도 이렇게 높이까지는 올라오지 않는 것이었다.

내 왼쪽에서는 (아주 천천히) 북쪽왕관자리가 떠오르고 있었다.

카시오페이아는 아주 낮았고, 안드로메다는 거의 다 사라졌다.

나는 별들의 느린 움직임을 지켜보면서 아주 늦게까지 깨어 있었다. 마침내 자러 갈 때에는, 마음이 진정되어 있었다.

델뤼브르에서 잠이 깨었던 일을 나는 평생 잊지 못할 것이다. 오두막 문을 통해 부드러운 빛이 스며들어 내 머리

* 오리온자리의 알파성.

위의 나무 시렁을 비추었다.

나는 아직 눈을 감은 채였다. 하지만, 내 잠의 묵직한 부분은 다시금 어둠 속으로 떨어졌고, 그 그늘의 무게를 떨쳐버린 다른 부분은 금세 밝아졌다.

나는 땅의 새벽과 영혼의 좀 더 느린 새벽 사이에서 떠돌고 있었다. 내 안에는 별들이 여전히 총총한 밤으로부터 아침의 첫 햇살들과 더불어 조금씩 떠오르는 듯한 어렴풋한 느낌이 있었다.

감은 눈 속은 그처럼 부드러운 금빛이었으므로, 나는 눈을 떠 세상을 보기를 주저했다. 아무것도 보이지 않는 채 내가 잠겨 있는 아늑함은 그처럼 순수한 것이었다.

그러나 세상은 내 아직 잠든 욕망을 일깨우기 시작했다. 땅의 압력들이 잠 속으로도 새어 들어왔다. 고원에서는 문득 지빠귀가 울었다. 그 낭랑한 소리가 지빠귀인 것을 알 수 있었다. 그러고는 날카롭게 찌르릉대는 소리가 들려왔다. 나는 '깨새인가 보다……' 하고 생각했다.

문으로 들어오는 바람은 숲과 야생식물들의 향기를 높은 데까지 싣고 왔다. 거기서는 탄닌과 고무와 젖은 도금양, 그리고 향쑥의 냄새가 났다.

나는 눈을 떴다. 머리 위쪽에 오두막의 원추형 천장이 솟아 있었다. 여전히 잠에 취한 나머지 별들이 보이는 성싶었다. 그러나 문 밖에 땅이 나타났다. 짚자리에서 몸을 일으켜보니, 눈앞에는 떡갈나무 숲이 우거진 비탈이 아찔하게 펼쳐져 있었다. 저 아래쪽으로부터, 푸르스름한 안개 위로 수천 마리 새들의 지저귐이 올라오고 있었다.

나는 고개를 흔들어 잠을 쫓았다. 그러고는 샘을 찾아 나섰다. 거기서 멀지 않은 곳, 연석(軟石) 아래에 샘이 있었다. 마셨다. 물은 담백했다. 발아래에 이아생트의 나라가 보였다. 나는 행낭을 꾸려 큰 걸음으로 골짜기를 향해 내려갔다.

르 자드위그에는 건물이 셋밖에 보이지 않았다. 여관과, 마을 공용 화덕과, 그리고 조금 멀찍이 떨어져 있는 원형 구조물뿐, 집이라고는 보이지 않았다.

가장 먼저 나타난 것은 아주 조촐한 여관으로, 꽃이 만발한 정원의 한복판에 있었다. 정면에 창문이 셋 있는 이층집이었다.

말끔히 손질한 길이 문 앞까지 나 있었고, 다가가보니 문은 조금 열린 채였다.

아무 간판도 없었다.

하지만 해시계 아래 이상한 그림들이 새겨져 있었다. 솔로몬의 인장과 황소의 머리, 그리고 원반 안에 구부러진 십자가였다.

정원에서는 해바라기 냄새가 났다. 아주 작은 정원이었다. 초롱꽃들이 피어 있는 낡은 목책이 빵 둘러져 있었다. 우물이 하나, 지붕이 녹음으로 덮인 정자가 하나 있었다. 2층의 덧문들에는 하트형 구멍이 뚫려 있었다. 그리고 지붕 밑두리에 층층이 쌓인 둥근 기와 아래서는 제비들이 한창 지저귀며 날아다니고 있었다.

나는 매혹되었다. '대체 이 작은 여관에 누가 묵으러 올까? 동네는 한갓지고, 아는 이도 별로 없을 텐데, 게다가 길도 막다른 곳에……' 하는 생각이 들었다.

여관 주인과 그의 아내가 정자에 앉아 있었다. 언뜻 눈에 띄지 않은 것이었다.

그들은 나를 바라보고 있었다. 아마도 내가 놀라는 모습을 즐기고 있었던 것 같다. 나도 무심코 그들 쪽을 보았다. 그는 기다란 담뱃대로 점잖게 담배를 피우고 있었고, 그녀는 바구니를 엮고 있었다. 둘 다 갈색으로 그을었고, 커다란 매부리코에 기름 바른 머리칼을 관자놀이에 바짝 붙이고 있었다. 여자는 귀에 커다란 금고리를 달고 있었다. 남자는 손목에 잘 눈에 뜨이지 않는 파란 문신을 하고 있었다. 그다지 상냥해 보이지 않는, 무뚝뚝한 모습들이었다.

하지만 그들은 예의 바르게 손님을 맞이했다. 남자가 나를 침실로 안내했다. 연한 하늘색으로 칠한 깨끗한 방은 동쪽, 그러니까 정원을 향해 있었다. 시트에서는 신선한 라벤더 냄새가 났다.

나는 정자에서 식사를 했다. 아직 날이 저물기 전이었다. 여자는 어딘가 가고 없었다. 남자가 식사 시중을 들었다. 접시들을 날라다주는 품이 하도 무성의해서, 나는 그의 태도에 좀 언짢았다. 그러나 내 쪽에서 먼저 다가가고 싶지는 않았다. 나는 심심풀이 삼아 연필로 돌 탁자 위에 해시계 위에서 보았던 육각형의 별과 구부러진 십자가를 그려보았다.

그는 전혀 아는 척을 하지 않았다.

나는 잠시 정자에 남아서 휴식과 밤의 아름다움을 즐겼다.

그러고는 자러 갔다. 문 앞에서 주인을 만났다. 그는 내게 엄숙하게 말했다.

"내일 해가 지기 전에 영지에 도착하시려면 아침 여섯 시에는 떠나야 할 겁니다. 요즘 계절에 여섯 시면 날이 채 밝기 전이지요. 하지만 제가 깨워드리겠습니다."

그러더니 내게 휴대용 촛대를 내밀었다. 그는 소매를 팔뚝까지 걷어붙이고 있었으므로, 손목의 문신이 보였다. 구부러진 십자가와 솔로몬의 별이었다.

나는 그에게 고맙다 하고 침실로 올라갔다.

밖에서는 아무 소리도 들려오지 않았다. 가구라고는 침대 하나, 의자 둘, 세면용 탁자 하나뿐이었다.

벽장이 있었지만, 잠겨 있었다. 세수를 했다.

시트를 들추자, 열쇠가 하나 떨어졌다. 나는 곧 벽장을 생각했다. 옷장은 정말로 열렸다.

벽장 안에는 선반이 셋 있었다. 아래쪽의 두 선반은 비어 있었다. 맨 위 선반에는 붉은 양모 천으로 덮인 큼직한 물건이 있었다. 천을 들춰보았다. 그러자 나타난 것은 일찍이 본 적이 없는 것이었다. 묵직한 금속 발이 달리고 위쪽에는 별이 장식된, 둥그런 구리 원반이 번쩍이고 있었다. 원반 안에는 구부러진 십자가와, 그 아래쪽에는 커다란 황소의 머리가 있었다.

천을 도로 덮고, 벽장을 닫았다.

떡갈나무 숲에서 새가 잠시 울더니 잠잠해졌다. 공기는 아주 감미로웠다.

나는 창가에 앉아 생각에 잠겼다.

지난 열두 달 동안 겪은 일들이 천천히 기억 속을 지나갔다. 사건들 자체는 별로 중요하지 않았다. 그저 뜬구름 같은 것들이었다. 하지만 존재들은 남아 있었고, 그 몇몇은 여전히 보이지 않는 채였다. 이아생트는 보였지만, 콩스탕탱의 모습은 베일에 가려져 있었다. 그런데도 그 모습이 나를 사로잡고 있었다. 반면, 시프리앵은 바로 내 앞에 있는 듯이 보였다. 오스피탈레의 성령에 바쳐진 성당에서 나를 바라보던 것처럼 물처럼 엷은 빛깔의 두 눈이 보이는 듯했다.

나 또한 노인의 권능을 느끼고 있었다. 내 안에서, 내 영혼의 밝은 점이 아니라 세계의 장엄함이 거기 드리우는 그림자, 어쩌면 괴물스런 그림자를 지켜보는 저 무구하고 준엄한 시선은 유혹에 약한 내 마음을 뒤흔들었다. 나는 마치 흑암의 왕자가 나타나는 것을 보기라도 한 듯 전율했다. 하지만, 그 신산스러운 주름살에도 불구하고, 오랜 풍상에 패인 그 늙은 얼굴에서는 강인한 인간적 연민이 배어나고 있었다. 그리고 때로는 마치 한 줄기 빛과도 같이, 방황의 표정이 그 얼굴을 바꿔놓곤 했다.

나는 그 남자에 대해 오래 생각했다. 그가 오스피탈레의 성당에 나타났던 것도, 성당을 돌보던 것도, 나로서는 납득이 가지 않았다. 내 생각에 그는 하느님과는 거리가 먼 사람이었으니까 말이다. 그는 성당에 들어설 때 성수에 손을 담그지도 않았고, 성호도 긋지 않았었다.

하지만, 하고 나는 생각했다. 그가 아니었더라면 성령 성당 안 제실의 등불은 오래전에 꺼졌을 터였다.

여섯 시에 여관 주인은 약속대로 나를 깨웠고, 배웅해주었다.

그의 아내는 정원의 문간에 서 있었다. 나는 그녀에게 인사했다.

그녀는 내가 떠나는 것을 잠자코 바라보았다.

나는 정오까지 골짜기를 걸어 기본에 이르렀다. 그곳 경당 가까이에서 잠시 쉬며 식사를 했다. 그러고는 개울가를 따라 올라가다가, 물가를 떠나 작은 고개를 넘었다. 골짜기는 갈수록 좁아졌고, 조금 더 가다가 다시 개울을 만났다.

저녁 다섯 시에는 멜라니가 말해준 목교를 건넜다.

마음은 평온했다. 여러 해가 지난 지금 돌이켜보면, 그 평온함이 나를 놀라게 한다. 오늘날은 영지가 나타나던 것만 생각해도 가슴이 뛰곤 하는데 말이다.

나는 오른쪽 오솔길로 접어들었고, 큰 기둥 둘을 발견했다. 그것들은 길 양쪽의 숲속에 서 있었다. 울타리는 없었다. 돌이끼에 덮인 높은 기둥들뿐이었다.

기둥들을 지나자, 길은 가파른 오르막이 되었고, 길 양쪽 언덕 위에는 떡갈나무들이 늘어서 있었다.

이 고장에서는 떡갈나무가 왕인 모양이었다.

20분쯤 걸어가자 광장이 나왔다. 아름드리 마로니에들이 그늘을 드리우고 있었다. 돌로 된 탁자와 벤치가 놓여 있었다.

거기서 잠시 쉬었다.

맞은편에 집 두 채가 보였다.

가까운 쪽의 집은 퍽 아름다웠다. 집의 정면에는 담쟁이넝쿨이 한 가닥 기어오르고 있었다.

집 앞에는 널찍한 테라스가 있었다. 포석들 사이로 잡풀이 무성히 자라고 있었다.

테라스 동쪽에는 웅장한 계단이 있어 녹음 사이로 뻗어 있었다.

아무도 살지 않는 것 같았다.

거기서 100미터쯤 떨어진 곳에 우거진 나뭇잎들 사이로 또 한 집의 기와지붕이 보였다. 완만하게 기울어진 지붕과 그 위로 나와 있는 네 개의 짧은 굴뚝밖에는 보이지 않았다.

그 굴뚝 하나에서 천천히 연기가 오르고 있었다. 나뭇잎들 사이로 조용히 피어오르는 이 파르스름한 연기를 흩어놓는 바람 한 자락 없었다. 연기는 숲 위쪽에서 사라졌다.

내가 실바칸에 간 것은 이아생트를 다시 만나리라는 기대 때문은 아니었다. 그녀가 거기 없다는 것은 나도 알고 있었다. 그러나 내가 겪고 있던 암중모색 가운데서, 이 여행은 꼭 필요한 것이었다. 그 이유는 알 수 없었지만, 그래야 한다는 것만은 느끼고 있었다. 나는 어떤 힘에 이끌려 거기에 갔으며, 내가 무엇을 하게 될지 알지 못했다.

나는 잠시 더 뜸을 들인 뒤에야 광장에서 내려가 나무들 사이로 지붕에서 연기가 오르는 그 집을 향해 갔다. 거기서 묵을 수 있으리라고 믿어 의심치 않았다. 하지만 얼마 안 있어 밤이 되기 전에 잠시만이라도 이 새로운 세계의 기이한 평온함 가운데 가만히 머물고 싶었다. 그 평온함은 나를 놀라게 했다.

그것은 말하자면 호숫가의 식물적인 평화로, 끝 간 데 모르게 펼쳐져 있는 숲과 수면과 계곡과 협곡과 야생의 굴들 위에, 나무들만 한 높이로 떠돌고 있었다. 그늘에서 슬며시 벗어난 수천 마리의 짐승들이 그 강력한 정기를 마치 밤의 첫 신선함인 양 호흡하러 오고 있었다.

나도 그 힘의 영향들이 느껴졌다. 내 영혼의 급소들로부터 모든 염려가 풀어져 나갔다. 간혹, 그 영혼 자체가 내게서 빠져나가려 하는 것은 아닌가 하는 의구심마저 들었다. 그것마저 달아나버리면 내 모든 고통 또한 사라질 것이었다. 그러나 이 이상한 평온함에서 행복감은 느껴지지 않았다. 이 평화로움에는 자연스러운 순진성이 없었다. 그것은 영혼의 번민에 안식을 가져다준다기보다, 대지의 광대함이나 밤의 단순함에서 느껴지는 동물적인 편안함이라고나 할 둔한 쾌감을 안기는 것이었다.

내가 그 감미로움을 맛보고 있는 사이, 어둠이 내리고 있었다.

나는 집 쪽을 향해 갔다.

곧 음성들이 들려왔다. 집 앞에서 사람들이 이야기하고 있었다.

낮고 기다란 집의 오른편에는 비탈진 풀밭이 드넓은 거울 같은 호수로 이어져 있었다. 그리고 바람결 하나 없이 잔잔한 수면 저편에는 떡갈나무들 사이로 오솔길이 멀리까지 뻗어 나가며, 길을 따라 이어지는 푸르스름한 숲과 언덕은 생생히 살아 있는 나뭇잎과 껍질과 뿌리에서 뿜어져 나오는 어렴풋한 기운과 더불어 어스름에 잠기어 가고 있었다.

풀밭에서는 암사슴 한 마리와 아기 사슴 두 마리가 한가롭게 풀을 뜯고 있었다. 커다란 황새 몇 마리가 물가를 점잖게 거닐고 있었다. 연못 저편에서는 멧돼지들이 물을 마시고 있었다. 한 마리 새매가 하늘을 가로질렀다.

집 앞에는 소녀 둘이 보였다. 기와지붕 위로 천천히 뻗쳐오르다 이따금씩 미풍에 흩어지곤 하는 연기에서는 삼나무 냄새가 났다. 다람쥐 한 마리가 날쌔게 하지만 서두르는 기색 없이 집 앞을 지나쳐 숲속 빈터로 사라져갔다. 이 무구한 풍경의 감미로움은 내게도 느껴졌고, 나는 여자들과 짐승들을 바라보며 저녁의 평화에 감탄하고 있었다.

집 안에서는 베틀이 달그락대는 소리가 들려왔다.

누군가가 노래하고 있었다.

여자의 음성이었다. 나직한 첫 음이 오래 끌더니, 차츰 높아져갔다. 거리가 너무 멀어서 노랫말은 알아들을 수 없었지만, 그 다정다감한 입에서 나오는 나른한 후음(喉音)의 음조는 밤의 문간에서 평온하고 감미로운 모습들을 지어내고 있었다.

집 앞에서 이야기하던 소녀들 중 하나가 돌아서서 나를 발견하지 않았더라면, 나는 한참이나 그렇게 꿈에 잠겨 있었을 것이다.

거의 밤이었다. 나는 집 안으로 안내되었다.

나는 큰 방에서 혼자 식사를 했다. 식탁보 위에는 여섯 개의 은촛대가 빛나고 있었다. 셋은 내 오른쪽에서, 다른 셋은 내 왼쪽에서 환히 탔다. 나는 문득 그 여섯 개의 촛불이 별 모양을 이루고 있다는 것을 깨달았다.

소녀들은 사라지고 없었다. 열린 문을 통해 방 안쪽에 놓인 커다란 침대가 보였다. 나는 거기서 자게 되어 있는 모양이었다.

사실, 몹시 지쳐 있었다. 곧 눈꺼풀이 무거워졌다. 욕망이 움직이는 것도, 추억이 지나가는 것도 느끼지 못했다. 가능한 한 단순하게 쉬고 싶었고, 꿈이 아니라 오직 잠을 위한 잠을 자고 싶었다. 그날 밤의 모든 것이 꿈의 모습을 띠게 되리라는 것, 아무리 깊이 잠든다 해도 꿈과 생시 사이에는 삶의 두 얼굴을 비추어줄 가느다란 한 줄기 빛이 남으리라는 것을, 어쩌면 나는 은연중에 깨닫고 있었는지도 모르겠다.

내가 지금 이야기하는 사건들은 여러 해 전에 일어났지만, 별로 잊은 것이 없다. 그러나 당시에 나는 드문 혼돈 가운데 살고 있었다. 이른바 현실이라는 것은 쉽사리 외관과 혼동되었고, 나는 세계의 경관과 거기서 떠오르는 심상들을 위험할 정도로 쉽게 뒤섞고 있었다. 때로 내 사고는 눈에 보이는 것들을 지워버리고, 그것들을 흡수한 뒤 그 주위에 자신이 그려내는 불안정한 윤곽들로 나를 에워싸곤 했다. 그 윤곽은 숨결 하나에도 흩어지고 마는 상상의 주문 말고는 아무것에도 의지해 있지 않은 것이었다.

나는 그 숨결을 기다리고 있었다. 그것은 소리 없이 다가왔다. 그것이 온 뒤로는 세상도 세상에 대한 생각도 전혀 남아 있지 않았다. 나는 대지를 잊어버렸다.

실바칸의 아무도 살지 않는 집에서 보낸 4월 15일과 16일 사이의 밤 동안, 나는 분명 그래서 대지를 잊었던 모양이다. 이제 와서는, 어떻게 하여 자러 갔는지, 나를 위해 마련되었던 방, 식탁으로부터 부드러운 불빛에 비친 침대가 바라다 보이던 그 방에서 정말로 잤는지, 전혀 기억해낼 수가 없다.

다만 아주 밤늦게까지 깨어 있었다는 것은 알고 있다.

문은 열린 채였다. 침대에서 테라스가 내다보였다. 분명 나는 숲 위로 막 떠오른 달이 너무 환하여 잠에서 깨어났던 것 같다.

나무 한 그루, 짐승 한 마리 숨소리를 내지 않았다.

이 괴이한 고요가 나를 놀라게 했다. 나는, 여러 번 노숙해본 경험을 통해, 달이 뜨면 대기층에 동요가 일어난다는 것을 안다. 대기의 가장 가벼운 층이 떨어져 나와 달빛을 향해 올라가서, 숲의 꼭대기를 타고 미끄러지곤 하는 것이다. 숲이 신음한다. 이윽고 미풍이 멀어져가고 모든 것이 침묵한다. 다만 이 숨결과 별들의 영향에 움직인 새 한 마리가 깃털을 부풀리며, 따스한 가슴을 바람 속에 내놓고 부드럽게 지저귄다.

나무에서 나무로 생명이 깨어난다. 덧없고도 깊은 나뭇잎들의 세계는 이제 비쳐드는 무수한 빛살에 부푸는 듯, 고요한 대기를 들이마시며, 그 모든 가지로부터, 밤의 미명이 아직 건드리지 않은 깊은 바닥들 위로, 나직한 기쁨의 신음 소리를 뱉어낸다.

그러나 곧 이 깊은 바닥들도 혼미하게 동요한다. 그늘의 정령은 빛이 닿자마자 물러나 지워진다. 대지의 깊은 존재는 문득 가장 검은 속내로부터, 마치 밀물처럼, 우유 같은 달빛이 감도는 공간을 향해 이끌려 나온다. 샘들은 넘쳐흐르고, 식물들의 수관에는 터질 듯 수액이 차오르며, 흙은 부풀고, 바위들은 깨어지고, 짐승들은 자기들의 굴혈에서, 그 야생적인 주둥이들에 자기들의 씁쓸한

피 냄새가 스치는 것을 느끼고는, 기쁨의 기지개를 켠다.

빈터에서 빈터로, 연못에서 연못으로, 빛은 밤의 장소들 구석구석으로 퍼져 나간다. 모든 돌멩이, 모든 나무로부터, 순수한 그림자가 빠져나온다. 가장 작은 바위도, 가장 연약한 라벤더 포기도 자신의 분신을 갖는다. 뒤얽힌 가시덤불 속에서는 알 수 없는 동물의 형체들이 이리저리 옮겨 다니기 시작한다. 굶주림의, 그리고 사랑의 모색이 펼쳐진다. 갑자기 녹색 눈들이 번득이고, 보이지 않는 아가리가 울부짖으며, 빽빽한 총림 뒤에서 길게 끄는 헐떡임이 높은 데서 날개 달린 족속들을 혼란케 하며 신음케 한다. 침묵 위를 낮게 포복하는 야수적 삶의 혼돈스러운 움직임들이 무수한 발걸음과 가지들의 스침과 한숨과 울부짖음과 탄식으로 알 듯 말 듯한 밤의 속삭임을 빚어낸다. 주둥이들이 흙을 파고, 뿌리들을 짓씹는다. 거대한 발톱들이 땅을 갈퀴질하고, 육식동물의 털들에 닿은 덤불들이 전율한다. 행성들에 바쳐진 밤의 뱀들이 어둠으로부터 떨어져 나와, 조용히 그 납작한 머리를 달빛에 비췬 돌들에 올려놓는다. 골짜기로부터 맹금류의 울음소리가 올라올 때, 혹은 올빼미가 흐느낄 때면, 공중의 가벼운 족속들은 나뭇잎 사이에서 전율한다. 그러나 밤에 노래하는 새의 그 작고 더운 가슴속에도 욕망은 덜하지 않다. 그가 달빛 내리는 계곡을 구애의 노래로 채울 때면, 숲은 문득 침묵한다. 모든 웅얼거림이 잦아들고, 기다리고, 귀를 기울인다. 숲은 달빛 아래 조용히 그 기운을 뿜으며, 나무들의 정기가 공기를 향긋하게 한다.

이런 밤이면, 사람은 대지에 속한다. 자신이 이 아래 땅에 속한 것을 느끼게 된다. 그러나 설령 이러한 자연스러운 야수성의 움직임들이 우리 핏속에 흐른다 해도, 이렇게 어두운 쾌락들 위로 인간의 심장은 사랑의 숨죽인 노래를 아니면 그보다 더 다정한 탄식을, 마치 자신의 취기에 관 씌우듯 치켜든다.

그를 혼란케 하는 데에는 단 한 번의 외침, 단 한 번의 한숨, 단 한 번 스치는 향기로 족하다.

테라스를 향해 열린 문으로부터는 희미한 웅얼거림조차 들려오지 않았으며, 나무들로부터는 사이프러스의 준엄한 향기밖에는 전해져오지 않았다. 고독뿐이었다. 고요하고 텅 빈 공간이었다. 어떤 영혼도 거기 살고 있지 않았다. 달빛 아래서 비물질적인 영역이 공간을 엄습하여 물질을 분해하고 있었다. 나무들은 결정(結晶)화되었다. 공기는 소리의 파동에도 떨리지 않았다. 눈부신 빛이 허공에 펼쳐져 있었다. 내가 잠에서 깨어난 집은 비인간적이었다. 분명, 이 환영 같은 계곡 주위에는, 거의 상상적인 숲들이, 바로 그 시간에도, 영혼 없는 짐승들의 떼를 숨기고 있을 것이었다. 이 이상한 밤의 나라에서는 모든 욕망이 떨어져 나간 듯했다. 눈에 보이지는 않았지만, 생각할 수 있었다. 욕망의 형태들이란 이제 추억에 불과했다. 이 눈 같은 순수성 뒤에서, 다른 투명한 영역들이 또 다른 눈의 세계들, 그만큼 순수하고 헛된 세계들을 보이고 있었다.

나는 다가가서 창문을 닫았다.

그러나 잠시 후, 나는 어둠을 참을 수 없었다. 더듬거리며 촛대를 찾아보았지만, 찾을 수 없었다.

어쩌면 내가 깨어난 그 방은 이아생트의 방인지도 몰랐다. 비록 그 비현실적인 벽들로부터는, 만일 그 고요를 믿는다면, 아무것도, 그녀의 그림자의 은밀한 추억조차도 배어 나오지 않았지만 말이다.

내 손은 작은 휴대용 촛대에 닿았다. 나는 초에 불을 붙였고, 내 주위를 둘러보았다.

나는 내 비참을 느꼈다.

그

내가 라 코망드리로 돌아온 후 두 달이 지났다.

집에는 멜라니 뒤테루아가 와 있었다. 그녀는 여전히 조용하고 부지런하다. 유월 중순부터는 일주일에 세 번씩 여기 올라와서 저물녘까지 머무른다. 그녀는 불필요한 문들을 잠그고 열쇠를 가져가버렸다. 살림은 꼼꼼히 꾸려지고 있다.

나는 방을 바꾸었다. 이제는 들밭 쪽에 면한 서쪽 방에서 지낸다. 이 방에서는 잠이 잘 오는 것 같다.

낮에는 아무것도 하지 않는다.

봄에는 비가 많이 왔다. 바람이 불고 소나기가 잦았지만, 가끔 맑은 날들도 있었다. 고원에는 꽃이 피었다.

라 주네스트는 버려진 것 같다. 나는 늪터에 다시 가 보았다. 단 한 번이었다. 늪터는 죽어 있다.

모든 것이 죽어 있다.

7월 6일부터는 더위가 심해졌다. 고원은 타는 듯하다. 아침의 처음 몇 시간과 밤을 빼고는, 숨 쉬는 공기조차 뜨겁다.

나는 나다니지 않는다. 집에서 가장 서늘한 아래층 방에서 지낸다.

나는 여기서 밤을 기다린다. 밤이 되면, 잔다. 그것이 이제 내 유일한 낙이다. 깨어 있을 때면, 내 비참을 느낀다. 잠은 나를 내게서 떼어놓아준다.

낮이, 또 지나간다. 나는 기다린다. 말없이, 아무것도 듣지도 느끼지도 않는다. 나는 더 이상 산 사람이 아니라 살아가는 습관일 뿐이다. 나는 느지막히 일어난다. 우선 나가서 뜰을 내다본다. 뜰은 비어 있다. 그러면 나는 돌아와서 방 안쪽에 앉는다.

거기 어둑한 구석에 내가 늘 앉는 널찍한 자리가 있다. 벽에 등을 대고 앉으면, 양어깨가 돌에 닿는다. 이 접촉이 다소 마음을 진정시켜준다. 내 앞에는 다시금 공허가 열린다. 이 벽이라도 나를 좀 지탱해주어야 하는 것이다. 나는 우정이 필요하다.

멜라니가 지나간다. 나와 빛 사이를, 서두르지 않고, 고집스럽게. 그녀의 그림자만이 내 사막에 이따금씩 변화를 가져다준다. 그녀가 거기 있구나, 그나마 살림을 하고 있구나, 하고 나는 생각한다.

하지만 그렇다는 것은 내게 아무런 만족도 주지 못한다.

나는 그녀가 내게 호의를 갖고 있다고 생각한다. 내게 말을 걸지 않는 것이 고맙다(내가 고마움이라는 것을 느낄 수 있는 한).

내가 돌아왔을 때, 그녀가 거기 있었다. 부엌을 쓸고 있었다. 나는 아무 말 하지 않고, 식탁 앞에 앉았다. 그러자 그녀는 내게 먹고 마실 것을 가져다주었다. 나는 배가 고팠고, 지쳐 있었다. 내가 어떻게 하여 돌아왔는지는 하느님만이 아실 일이다. 나는 알고 싶지 않았고, 그 이후로 모든 것을 잊어버렸다.

그러나 내 비참은 내게 남아 있다.

아무것도 내 비참을 내게서 앗아가지 못했다.

……집은 마법에 걸려 있었다. 그러나, 이 방, 어쩌면 지난해에 이아생트가 머물렀을 이 방 안에서, 덧문을 닫고 촛불을 켜자, 드러나는 것은 내 헐벗음뿐이었다.

나는 그것을 참을 수 없었다. 나는 하나의 얼굴을 원했다. 설령 그것이 공포의 얼굴일지라도. 그러나 내 비참에는 얼굴이 없다.

나는 어떻게 하여 집을 나갔던가를 잊어버렸다.

처음에는 길을 잃어버렸을 것이다. 어떻게든 벗어나고 싶었다. 새벽녘까지 숲속을 헤매었으나, 아무것도 보지 못했다. 날이 샜을 때, 나는 절벽 꼭대기에 멈춰 섰다. 낭떠러지 아래서 세차게 흐르는 물소리가 들려왔다.

끝장을 내고 싶었던 것일까. 지금 생각하면 그렇지는 않지만, 아무튼 나는 몸을 굽혀 내려다보았다. 아래쪽 우묵한 곳에 집이 한 채 있었다.

절벽에 기대어 지어진 집이었다. 집 앞에는 암반을 다져 만든 마당이 있었다. 고원에서 흘러내리는 빗물이 거기까지 흙을 실어 왔는지, 작은 정원도 눈에 띄었다. 편도 나무 여남은 그루, 석류꽃, 그리고 포도 넝쿨이 몇 가닥 있었다.

집은 한두 칸 정도로 조촐했다. 문 가까이에 물뿌리개와 쇠스랑이 있었다.

벼랑 가장자리를 따라 돌담이 둘러져 있었다. 커다란 도마뱀 두 마리가 거기서 벌써 햇볕을 쪼이고 있었다.

정원에는 아무도 없었다. 그러나 누군가가 매일 거기 오는 모양이었다. 오솔길이 잘 다져져 있었고, 절벽 옆에는 심은 지 얼마 되지 않은 사이프러스와 전나무가 있었다. 나무들은 아직 연녹색이었다.

나는 잠시 그 정원으로 내려가는 길을 찾아보았다. 그런 길은 보이지 않았다. 정원은 도달할 수 없는 것처럼 보였다. 하지만 나는 어떤 나무에 팻말이 붙어 있는 것을 발견했다. 거기에는 파란색으로 화살표와 이름이 칠해져 있었다. 글씨가 비에 지워져 알아보기 힘들었지만,

FLEURIADE (플뢰리아드)

라고 적혀 있었던 것 같다.

하지만 확실치는 않다.

아마 정원의 이름을 써놓은 것이리라고 짐작되었다.

만일 그리로 내려갈 수만 있었다면, 거기서 잠시 머물렀을 것이다. 발아래 심연이 펼쳐져 있기는 했지만, 그 집에 기대어 나무들을 하염없이 바라보노라면, 잠시나마

안식을 누릴 수 있을 것만 같았다. 나는 아쉬움을 지닌 채 그 자리를 떠났다. 그것이 아마 내가 느낀 마지막 고통이었을 것이다.

이제 나는 철저히 헐벗었다. 나는 나 자신으로부터 내팽개쳐졌다. 내게서 남은 것은 다 죽어버렸다. 아무것도 이리로 뚫고 들어오지도, 여기서 나가지도 못한다. 저 꼭대기부터 밑바닥까지, 무서운 손이 회벽을, 메마른 회벽을 발라버렸다. 무덤은 비어 있다. 보이는 것이라고는 이 헐벗음밖에 없다. 내 정신 속에서는 극히 적은 움직임마저 그친 지 오래되었다. 내 정신은 아무것도 하지 않는다. 내 심장으로부터는, 규칙적인 피의 왕복뿐, 아무런 충격도 전해오지 않는다. 나는 존재한다. 그러나 산다는 것에 대한 긍지라고는 없다. 심지어 내 헐벗음에 대한 애증조차 없다.

나는 믿을 수도 안 믿을 수도 없다. 의심이나 믿음의 모습들은, 비극적이기는 하지만, 설령 내가 아직 그것들을 그려낼 수 있다 하더라도, 내게는 인위적인 것들로밖에 보이지 않을 것이다.

나는 내가 한때 세상을 사랑했다는 것을 안다. 그러나 이제 아무런 구원이 없다. 불모의 세상이다.

나는 세상 그 이상을 사랑하기를 원했다. 그러나 아무도 내게 대답하지 않았다.

날들이 지나간다.

멜라니는 침묵을 지킨다. 그녀는 일한다. 결코 쉬지 않는다. 그토록 많은 노동에서 그녀는 무엇을 기대하는 것일까?

부지런히 일한다. 불필요한 동작 없이, 힘차고 여유 있게 움직이면서, 맡은 일들을 완벽하게 해낸다. 이 한결같은 열심은 결코 지치지 않는다. 그녀의 인내심에는 은근한 고집마저 깃들어 있다. 설령 그녀에게 무슨 욕망이 있었다 하더라도, 그것은 이미 죽었다. 하지만 그녀는 아직도 본능적인 희망에 말없이 순종한다. 긴 모직 치마 속에서, 그녀가 물 단지나 등잔을 집어 들기 위해 걸음을 성큼 떼어놓을 때면, 영혼은 동작을 능가하며, 그녀는 문득 당당한 인물이 된다.

그녀는 지혜가 아니라 알지 못할 충성심으로 살아간다. 그녀의 믿음은 여전히 굳건하다. 분명 영지의 주인을, 그리고 그 어떤 비범한 주술을 믿었을 것이다. 이제 그녀는 물건들을 씻고 닦아서 정리한다.

그녀는 그것들을 잘 정리한다. 그 정신 속에서는 가장 사소한 질서조차도 신과 무관하지 않다.

그녀는 정해진 시간까지 일할 따름이다.

아무런 질문도 없다. 속내 이야기도 하지 않는다.

단 한 번, 그녀는 내게 말했다.

"당신은 너무 틀어박혀 살고 있어요. 바람을 쏘여야 할 거예요. 밤이면 날씨가 좋답니다."

나는 그녀의 충고를 따랐다.

실제로 밤은 내게 약간의 위로를 가져다준다. 밤하늘에는 별 떨기들이 찬란하다. 나는 모든 별자리들을 알지는 못한다. 7월 말이라, 며칠 전부터 아주 아름다운 별들이 보인다. 나는 열한 시경 밤하늘 동쪽에서 떠오르는 커다란 별이 목성이라고 생각한다. 그것이 경이롭게 빛나는 것이 보인다.

때로, 퐁티요로 돌아가기 전에, 멜라니 뒤테루아는 현관 앞 내 옆에 와서 앉는다. 그러고는 길을 바라본다.

하늘은 쳐다보는 법이 없다.

가끔 그녀는 좀 더 오래 머물기도 한다. 그러다 문득 일어나, 인사도 하지 않고 가버린다. 나는 그 큰 체구가 퐁티요를 향해 멀어져가는 것을 본다. 이윽고 그녀는 언덕 뒤로 사라진다.

나는 혼자 남는다.

나는 길을 바라본다.

그 길에 사람이 지나는 것을 본 적이 없다. 동쪽에서 서쪽으로 가는 길인데, 아무도 이제 그 길로 다니지 않는다. 낮이면 길은 희다. 고원은 하도 평평하여 밤이 되면 길은 한 무리 별들로부터 떠오르는 것 같다.

그것은 조약돌이 깔린, 하지만 걷기 좋은 길, 여행자들을 위한 길이다.

만일 떠난다면, 나는 그 길로 떠날 것이다.

그러나 어디로 갈 것인가?

나는 아무 욕망 없이 길을 바라본다.
길들은 더 이상 내게 아무것도 줄 수 없다.
적어도 이곳에는 약간의 서늘함은 있다.

그 일은 지난밤, 현관 앞에서 일어났다. 나는 언제나처럼 돌 벤치에 앉아 있었다. 열한 시쯤 되었을 것이었다. 아주 더웠고, 나는 자러 갈 마음이 나지 않았다.

그가 내게 말했을 때, 나는 언뜻 내가 나 자신에게 낮은 음성으로 말을 걸었다고 생각했다. 나는 가끔 그러는 때가 있다.

그는 속삭였다.

"나는 오래전부터 당신을 찾았소."

나는 꼼짝하지 않았다.

잠시 후 나는 고개를 들어 내 옆, 벤치에 그가 앉아 있는 것을 보았다.

그는 쇠약해 보였다.

나는 그에게 말했다.

"많이 늙으셨군요."

그는 두 손을 모아 무릎 사이에 끼고 고개를 숙인 채 구부정한 자세로 있었다.

그가 중얼거렸다.

"당신 말이 맞소. 하지만 나는 늙었어……."

그는 기진맥진한 듯했다.

나는 그에게 물었다.

"이아생트는 어떻게 되었습니까?"

그는 고개를 흔들었다. 그러고는 내 쪽으로 고개를 돌려 나를 보았다. 그제야 그 얼굴이 늙은 것이 보였다.

그의 눈들은 살아 있었다. 그 눈들이 나를 엄격하게 응시했다.

한순간 나는 두려웠다.

그는 중얼거렸다.

"나는 최선을 다했소. 이아생트는 자유로워."

그는 시선을 돌렸다. 측은한 심정이 들었다.

나는 그에게 말했다.

"오늘 밤, 당신은 몹시 지쳤어요. 집에서 자야 합니다."

그는 아무 대답도 하지 않았다. 우리 사이에는 침묵이 가로놓였다. 나는 어찌할 바를 몰랐다. 이따금 그를 건네다 볼 뿐이었다.

고개를 숙인 채, 그는 땅을 내려다보고 있었다.

타는 듯한 규석들과 자갈밭으로부터 불안한 열기가 올라왔다. 우리들 머리 위에는 방금 목성의 고요한 불이 나타난, 광활하고 어두운 7월 하늘이 빛나고 있었다.

그러나 그는 그것을 보고 있지 않았다. 조금 전부터 그는 말하고 있었다.

"나는 기다리고 있어. 기다리는 수밖에. 하지만 나는 늙었어. 하도 늙어서, 늙기도 지쳤다네. 몇 달 전부터인가, 목숨이 얼마 남지 않았다는 생각이 들어…… 그래서 도박을 했지. 이아생트를 놓아준 거야. 모든 것을, 내가 사랑하는 두 영혼과 정원을, 다 잃어버릴 각오가 돼 있어. 그러면 나는 혼자 남겠지. 그리고 어딘가 숲속 나무 아래로 내 잠들러 가기까지, 내가 인간의 낙원에 대한 사랑을 전해줄 아무도 날 찾아오지 않을 거야. 나도 인간에 불과하긴 하지만, 그래도 난 저 낙원을 만들었지……."

그의 음성은 힘을 띠었다. 그러나 늙은 가슴에서 나오는 소리였다.

그는 말을 이었다.

"나는 그 두 아이를 다 사랑했어. 하지만 내겐 계획이 있었지. 이아생트가 내게 콩스탕탱을 데려오기를 바랐던 거야. 그녀는 그럴 수 있거든. 사랑의 힘으로 말이야…….

나는 그녀를 유괴했어. 그녀는 정원에서 내내 그를 꿈꾸었지. 그런데 그곳이, 그녀는 거기서 혼자였지만 즐겁게 지냈는데도, 그곳이 그녀에게는 예속의 집으로 보였다니……."

그는 충격에 사로잡힌 듯 잠시 말을 끊더니, 이어 이렇게 뇌까렸다.

"그곳은 예속의 집이었지."

이제 그의 모습은 보이지 않았다. 말소리만 들려왔다.

"저 숲들이, 물들이, 무구한 짐승들이 진정한 낙원을 이루기 위해서는, 콩스탕탱과 이아생트가 함께 그리로 돌아가야 해. 그들은 이 땅 위의 사랑으로는 오래 앓아온 열정을 만족시키지 못할 때 비로소 돌아갈 수 있지. 이제 내 희망은 그들이 불행한 것이야."

두려움이 엄습해왔다. 그러나 나는 알아야만 했다.

"이 희망은," 그가 말했다. "불합리한 것은 아니야. 나는 이아생트가 아름답다는 것을 알지. 하지만 인간의 어떤 아름다움이 인간의 욕망을 채워주겠는가? 욕망은 만족을 모르는 법인데. 이아생트의 사랑을 통해, 내가 선택한 아이는, 만일 그가 진정 내 마음의 아이라면, 정원의 빛을 아니 어쩌면 그늘을 찾을 거야. 그러면 나는 그들의 영혼을 갖게 되겠지……."

그는 돌연 말을 끊었다. 숨이 찬 모양이었다. 그는 거친 숨을 몰아쉬더니, 이렇게 덧붙였다.

"내가 그들의 영혼을 원하는 것은 날 위해서가 아니야……."

경련이 그의 목구멍을 뒤틀었다.

나는 팔을 내밀었다.

그는 내 어깨에 매달렸다. 뼈만 남은 가련한 손들이 떨며 내 옷자락을 움켜쥐는 것이 느껴졌다.

그는 있는 힘을 다해 일어섰다. 그는 내게 말했다.

"당신 말대로요. 내가 먼 길에 지친 모양이오. 정신이 없구려."

나는 그를 집 쪽으로 안내했고, 밤새도록 그를 보살폈다.

그는 이아생트의 방에서 잤다.

멜라니는 새벽에 왔다. 그녀는 곧장 침실로 올라왔다. 누군가가 그녀에게 알린 모양이었다. 남자 둘이 그녀와 함께 왔다. 그들은 오르주발 쪽으로 다시 떠났다.

그녀는 불 위에 물을 올려놓고 약초를 준비했다.

그녀는 내게 말했다.

"내가 알아서 할게요. 당신은 지쳐 쓰러지겠어요."

나는 자러 갔다. 다섯 시나 되어서야 잠이 깨었다.

멜라니는 내게 아무 말 말라는 손짓을 해 보였다.

"그는 쉬고 있어요."

내가 다시 간호를 맡은 동안, 그녀는 복도에 자기 잠자리를 마련했다. 라 코망드리에서 묵을 모양이다.

라기가 안뜰에 있다.

고원에는 작은 야영지가 만들어졌다. 200미터쯤 떨어진 수풀 속에서 연기가 올라가는 것이 보인다. 가벼운 유랑 마차, 말뚝에 매인 말 두 마리.

시프리앵은 아홉 시까지 잤다. 편치 못한 잠이었다. 그는 여러 번 잠꼬대를 했다. 정원에 대한 생각이 여전히 그를 사로잡고 있다.

아홉 시에 그는 잠이 깨어 마실 것을 청했다. 그러고는 다시 눈을 감았다.

나는 그가 다시 잠든 줄로만 알았다. 그러나 그는 불쑥 내게 말을 걸었다.

"한결 낫구려. 소식이 좀 있소?"

그가 무슨 말을 하는지 알 수 없었다. 그래서, 되는 대로, 아무 소식도 없다고 대답해버렸다.

그는 중얼거렸다.

"이상하군. 내가 알기로는, 화요일 저녁부터 그들은 영지 앞에 진을 치고 있는데. 왜 들어가지 않는 걸까?"

나는 꼼짝도 하지 않았다.

잠시 후 그가 말했다.

"만일 들어간다면, 그들은 행복할까?"

그는 오랫동안 말이 없더니, 생각의 가닥을 이어갔다.

"그러길 원해…… 정원 밖에는, 비참, 온갖 비참뿐이지! ……그러나 그 안에서는 행복에 취할 거야. 나는 그들을 위해 그곳을 만들었거든…… 내가 그곳을 사랑했듯이, 그들도 그곳을 사랑해야지…… 더 아름답고, 더 크게 만들어야 하고말고. 그들은 그 그늘을 온 땅에 드리울 수 있을 거야……."

내가 한숨짓자, 그는 눈을 떠 내 쪽을 돌아보았다.

"당신도," 하고 그는 말했다. "정원을 떠났구려. 그래서 이렇게 가난하고 헐벗었구려."

나는 그에게 대답하지 않을 수 없었다.

"그런데 당신은 내 비참에 행복하지요……."

그는 내 손을 잡았다.

"나는 당신의 비참을 원했소."

손을 빼려 했지만, 그는 나를 꽉 붙들었다. 갑자기

그가 얼굴을 빛내며 몸을 반쯤 일으켰다.

"나는 모든 재능을 받았소. 나는 모든 재보들을 만들었소. 나는 사랑했고, 주었소. 그런데 당신은 이렇게 가난하면서, 이 세상에서 가장 아름다운 선물을 거절했소……."

말하느라 지쳐서, 그는 다시 쓰러졌다. 그러나 조금 뒤에 그는 또 말했다.

"주문들이 아무 소용이 없다는 건 나도 안다오. 그것들은 육신에밖에 작용하지 않아. 나는 영혼에는 힘을 미칠 수가 없었소. 정원에 결여된 것이 무엇인지 이제야 알겠소. 하지만, 그건 비밀이지……."

그는 돌아누워 신음했다. 그의 동요가 나를 겁나게 했다. 나는 그의 베개를 돋워 머리를 받쳐주려 했다. 그의 위로 몸을 굽혔을 때, 나는 그가 중얼거리는 소리를 들었다.

"가난한 자가 우리를 구하리니……."

그는 잠들었다.

멜라니가 침실에 들어왔다.

이틀 동안 그는 입을 떼지 않았다.

오늘 아침, 내가 가자, 그는 눈을 뜨고 있었다. (굳은 표정이었다.)

마른 양어깨가 이불 밖으로 나와 있었다. 하지만 그는 한결 강건해 보였다.

멜라니는 침대 발치에서 꼼짝도 않고 그를 바라보고

있었다. 기다리는 듯했다.

그는 그녀에게 나가라고 손짓했다. 그녀는 복종했다.

우리 둘만이 남게 되자, 그는 말했다.

"소식들이 좋지 않소. 그들은 서성이며 망설이고 있다오. 감히 엄두를 내지 못하는 거요. 내일 나도 떠나야겠소."

저녁에 다시 가보았다. 그는 잠이 깬 채로 조용히 있었다. 그는 나를 한참 바라보더니, 내게 자신의 헛소리를 믿었느냐고 물었다.

서늘한 저녁 바람을 쏘이려고, 나는 창문을 열러 갔다.

창문에서는 야영지의 불이 보였다. 이따금씩 말이 힝힝거렸다. 별들도 몇 개인가 보였다.

그는 침묵을 지켰다. 나는 그가 내게 무슨 할 말이 있다는 것을 알고 있었지만, 이제는 나도 참을성 있게 기다릴 수 있었다.

그가 등불을 원치 않았으므로, 우리는 어둠 속에 있었다.

날이 더웠다. 공기에서는 연기 냄새가 났다. 나는 창가에 앉아 있었다.

그가 말했다.

"나는 떠날 거요. 이제 다시 길을 가도 좋을 만큼, 적어도 사라질 수 있을 만큼은 기운을 차렸소. 나는 사라져야 하니까 말이오. 내가 이룩한 일, 아직 더 해야 할 일이 무엇인지도 알고 있소. 나는 대지의 힘들에 내 삶을 바쳤고, 대지는 자신의 모든 것을 내게 내주었다오. 단, 두 영혼만 빼고 말이오. 당신도 알 거요. 나는 세상을 떠나겠소. 나는 정원에 무엇이 부족한지도 안다오…….

나를 벗어나는 존재, 존재 그 자체가 있소. 그를 끌어당길 수는 없소. 그가 오는 거요. 나는 그를 내 나름대로, 대지의 방식대로 존중했다오. 하지만, 이렇게 늙고 죽음에 임박해서도, 나는 아직 그를 맞아들일 만큼 가난하지 못하구려.

당신은, 그에 대해 생각해보오……. 하지만 이 세상을 떠나기 전에 내게 한 가지 주문이 남아 있소. 내가 한 번도 외워보지 않은, 모든 주문 가운데 가장 오랜 주문, 어머니의 주문 말이오. 그것을 외울까 하오.

그 주문에는 단 한 가지 효력밖에 없지만, 아주 강한 거라오. 그걸 외우면, 대지의 모든 영화와 모든 비참을 노래하게 할 수 있소…….

만일 이 음성에, 찬가인 동시에 탄식인 이 음성에, 내게 자신의 임재를 거부하는 신에 대한 희미한 외침이 들어 있다면, 그리고 내 사랑하는 두 아이가 그것을 듣는다면 그토록 위대함과 그토록 비참함에 감동된 나머지 마침내 정원으로 들어가 자신들을 저 어두운 어머니에게 내어줄지도 모르오.

그러나 그는 이미 거기 있을지?

하지만 여기서 당신은 기도할 수 있소…….”

그는 말을 그쳤다.

나는 감히 그를 바라볼 수 없었다. 새벽에도 그는 여전히 깨어 있었다.

그는 어제 떠났다.

그는 날이 저물기를 기다려 라 코망드리를 떠났다. 그는 내게 말했다.

"밤에는 길 가기도 서늘하다오."

멜라니는 길까지 그를 배웅했다.

나는 그가 떠나는 것을 보고 싶지 않았다.

오늘은 날이 흐리다.

야영지는 동쪽으로 옮겨갔다. 하지만 여전히 보인다. 그들은 기다리는 듯하다. 다섯 시경에, 말 탄 사람이 도착했다.

나는 멜라니에게 물어보았다.

여전히 같은 소식이었다.

보름이 지났다. 야영지는 어제 사라졌다. 나는 혼자다. 멜라니는 퐁티요로 돌아갔다.

내게는 여전히 비참이 남아 있다.

나는 기다린다. 어쩌면 이제 약간의 광기마저 있다…… 불길한 광기가 아니라, 일종의 부조리한 희망과도 같은 것이다.

매일 밤, 나는 귀 기울인다. 동쪽에서부터 오는 소리에 귀를 기울인다. 정원은 그쪽에 있으며, 그는 그리로 떠난 것이다.

때로 미풍이 인다. 때로 짐승의 외침이 들린다.

그것들도 대지의 음성들이다.

그러나 나는 대지로부터 그 이상을 기다린다.

만일 그가 내게 한 약속이 더디 이루어진다면, 나는 그의 충고를 따를 것이다. 나는 기도해볼 것이다.

아홉 시부터, 바람이 일었다. 바람은 이상하리만치 부드럽게 분다. 하지만 그것은 흐느끼며 울며 어루만진다. 때로는 약해졌다가, 다시 일었다가, 또 늘어졌다가, 스러지곤 한다…….

나는 밖으로 나갔다. 고원 위로 몇 걸음 옮겨놓다가, 문득 이국적인 먼 곳의 향기들을 맡았다. 가슴이 타는 듯했다.

이제 비참은 자취도 없고, 피의 열기가 끓어오르며 취하게 한다.

차츰 바람이 가라앉았다.

나는 오래 기다렸다. 마침내 내 뺨에 여린 숨결을 느꼈다. 따스한, 인간적인 숨결이었다.

나는 기억을 더듬어 기도를 찾아보려 했다.

그러나 나는 내 기도를 잊어버렸다.

그래서 나는 집 쪽을 향했다.

문간을 지나다가, 나는 이런 말을 들었다.

"당신의 숨결을 보내소서
그러면 그들이 창조되고
당신은 땅의 얼굴을 새롭게 하시리이다."*

그것은 내가 아는 것이었다.

"에미테 스피리툼 투움……."

오스피탈레의 성령 성당에서 읽은 말이었다.

* "주의 영을 보내어 저희를 창조하사 지면을 새롭게 하시나이다."(「시편」 104편 30절)

옮긴이의 글

세 개의 수수께끼

1. 이아생트

이아생트, 히아신스, 히아킨토스…… 단어의 이런 울림에 끌려 이 책을 집어든 독자라면 — 30여 년 전 옮긴이가 그랬듯이 — 페이지를 넘겨나갈수록 당혹감에 빠져들 것이다. 이아생트라는 이름은 좀처럼 나오지 않고, 정체를 알 수 없는 화자의 끝없는 독백만이 이어지니 말이다. 이아생트라는 이름이 처음 등장하는 것은 책의 3분이 1이 넘어갈 무렵에나 이르러서인데, 그것도 화자가 지어낸 상상적인 추억 속에서이다. 실제 추억도 아니고 상상된 추억 속에서 그 이름으로 불리는 것을 들은 어린 소녀가 — 다시 또 수십 페이지가 넘어간 다음 — 어느 겨울밤 그의 문 앞에 나타난 미지의 젊은 여자와 동일 인물이라고?

또는, 『이아생트』(1940)가 『반바지 당나귀』(1937, 이하 『반바지』)의 후속작이며, 뒤이은 『이아생트의 정원』(1946, 이하 『정원』)과 함께 3부작을 이룬다는 사실을 아는 독자, 이미 『반바지』를 읽은 독자라 하더라도 이 세 작품에서 일관되게 이어지는 이야기를 파악하기는 쉽지 않다. 『반바지』는 열두 살 난 소년 콩스탕탱 글로리오의 시점에서 산 위의 아름다운 정원에 대한 동경을 그리는 데서 시작하여, 거친 자연을 길들여 그 지상낙원을 건설한 마법사 시프리앵이 소년을 후계자로 삼으려다 좌절하자 소년의 집에서 자라던 어린 고아 소녀 이아생트를 유괴하여 사라진다는 열린 결말로 끝맺는다. 그러니 이아생트가 다시 등장하는 작품에서 그 후일담을 기대함직도 하지만, 실제로 『이아생트』에서 펼쳐지는 이야기는 그런 기대와는 거리가 멀다. 그러므로 다시 그 뒤를 이은 작품인 『정원』의 서문에서 화자는 말한다(『정원』의 서문은 작가 자신이 『이아생트』에 대해 쓴 주석이라 할 만하다).

> 이아생트라는 소녀에 관한 이야기의 오류를 바로잡을 필요가 있다. 나는 그 애를 한때 내 집에 데리고 있기도 해서 잘 아는 터인데, 전에 누가 그 애에 관해 이야기한 것은 도무지 이치에 닿지 않기 때문이다. 그 이야기에서 그 애는 마치 손에 잡히지 않는 환영처럼 나타날 뿐이다. 도대체 그 환영이 어디서 와서 어디로 가는지 알 수가 없다. 그것은 안개 속에서 솟아나 이름도 알 수 없는 화자의 헛소리 같은 몽상에 가뭇없는 형체를 부여할 따름이다.

그러니까 『정원』은 "전에 누가 이야기한 도무지 이치에 닿지 않는 이야기"인 『이아생트』를 건너뛴 채 『반바지』의 제대로 된 결말을 완성하려는 것이며, 시프리앵의 마법으로 인해 실어증에 걸린 이아생트가 콩스탕탱 글로리오와 다시 만남으로써 말을 되찾는다는 데서, 즉 스스로 완전해지려는 인간의 교만이 만들어낸 황무지가 소년 소녀의 순수한 사랑으로 인해 회복된다는 데서 이야기를 마무리 짓는 것이라 볼 수 있다.

하지만 좀 더 자세히 들여다보면 『정원』과 『반바지』도 썩 아귀가 들어맞지는 않는다. 『정원』에 의하면, 이아생트는 화자인 메장 드 메그르뮈의 집에 왔을 때 8~10세 정도의 어린 소녀였다니 시프리앵에게 유괴된 지 얼마 지나지 않았을 때이고, 그로부터 6~7년 후에 콩스탕탱과의 재회가 이루어진다. 하지만 그렇게 본다면, 『반바지』에서 콩스탕탱이 이아생트가 실종된 지 23년 후에 입수하게 된 시프리앵의 일기를 전재하면서 여전히 이아생트의 행방에 대해 알지 못한다는 것은 말이 되지 않는다. 하물며, 『이아생트』에 등장하는 이아생트는 성인 여성과 혼동될 정도의 체격을 지닌 다 자란 처녀로, 멜라니의 말을 빌자면 8~10년 전 시프리앵에게 유괴되어 그 후로는 내내 시프리앵이 만든 인공 낙원 실바칸에 살다가 도망쳐 나왔다니, 이 또한 『반바지』나 『정원』과는 또 다른 연대에 속하는 이야기이다.

이런 연대 착오와 줄거리의 어긋남은 작가가 이 3부작의 작품들을 처음부터 일관성 있는 구상에 따라 써나간 것이 아니라는 사실에서 비롯된다. 작가의 독특한 소설관에 따르면, 그렇게 미리 정한 바대로 지은 소설은 진짜 좋은 소설이 될 수 없다.

> 흔히 소설 짓는 이들은 소설을 구상함에 있어 사건의 전개, 인물, 묘사 등을 포함하는 계획을 가지고서 모종의 관념을 구현하려 한다. 그렇게 미리 정한 바대로 지은 소설은 (…) 알레고리나 논증 내지는 논문이나 마찬가지라, 관념만 무성할 뿐 삶이 들어설 여지가 없다. (…) 소설은 써나가는 동안 미리 예견하지 못했던 질문들에 대해 살아 있는 답을 찾아내는 것이 중요하다. 예견하지 못했던 질문들일수록, 그 답은 한층 더 가치가 있다고 생각한다.*

『이아생트』도 마찬가지이다. 『반바지』의 말미에서 사라진 이아생트의 행방에 대해 궁금해 하는 독자들이 많아지자 작가 자신도 이아생트는 어떻게 된 것일까 하는 의문을 갖게 되었고, 그래서 그것을 알아보기 위해 글쓰기의 모험에 나섰다는 것이다.

> 독자들의 이런 바람은 나 자신의 바람이 되기에 이르렀다. 그래서 나도 자문하곤 했다. 도대체 이아생트는 어떻게 된 것일까 하고. 하지만 아무리 생각해 보아도 알 길이 없었고, 그래서 그 이야기의 귀추를 밝혀보려는 욕망은 갈수록 더 커졌다. 하지만 그 문

* 장피에르 코뱅(Jean-Pierre Cauvin), 『앙리 보스코와 신성함의 시학(Henri Bosco et la poétique du sacré)』, 클린크지크(Klincksieck), 1974, 258쪽. (보스코가 소설에 관한 강의를 위해 준비한 원고 중 발췌.)

> 제에 대해 아무런 관념도 가진 바 없었으므로, 나는 생각했다. 알아내는 방법은 하나밖에 없다고. 즉, 탐험을 떠나는 것이고, 나로서는 탐험 수단이라고는 펜과 종이뿐이었다. (…) 그래서 맨 처음 종이에는 풍경을 묘사했다. 『반바지 당나귀』의 배경을 이루던 풍경들과는 정반대의 풍경이었다. 나는 인가가 드문 눈 덮인 벌판을 그렸다.*

다시 말해, 그는 『반바지』와는 별개인 새로운 글쓰기를 통해 이아생트의 행방을 알아보려는 것이다. 심지어, 그가 세상을 떠나기 얼마 전에 친구들에게도 말한 바에 의하면, 『이아생트』는 애초에 『반바지』에서 출발하여 구상된 것조차도 아니었다고 한다.

> 처음에는 그저 이야기하려는 욕구만이 있고, 딱히 이렇다 할 주제도 없다. 그래서 이야깃거리를 떠올리기 위해, 보스코는 눈 덮인 광막한 들판을 상상하며, 누군가(무엇인가)가 나타나기를 지켜보며 기다린다. 그래서 뭐가 나타나는 것이 보이느냐고? 그가 그 질문에 정확히 뭐라고 대답했는지는 기억나지 않는다. 하지만 상관없다. 소설이 우리에게 말해준다. 발자국이라고. 누구의 발자국이냐고? 그야 상상하기

* 같은 책, 259쪽.

나름이다. 가령 성탄절 밤 눈밭을 지나가는 집시들일 수도 있고, 거기서 생겨난 것이 한밤중 서커스 장면이다. 그렇다면 여자의 발자국이어서 안 될 게 뭐겠는가? 화자의 집 주변에 나타난 여자. 그 여자는 자기 이름을 말하지 않지만, 소설가는 마음속에서부터 그녀가 누구인지 안다. 그는 그녀의 이름을 부른다. 이아생트!라고. 그렇게 해서 이제 쓰일 작품과 전작『반바지 당나귀』와의 연결이 맺어진다. 여기서 여주인공이 나타나는 방식을 눈여겨볼 필요가 있다. 그녀는 몽상이 쳐놓은 그물에 걸린 것이다. 우연이 아니라, 소설가가 한 여자를 원했고 그 여자를 이아생트라 부르는 것이 마음에 들었기 때문이다. 그녀는 이전 이야기의 고아 소녀와는 거의 닮지 않았다. 나이도 거의 스무 살 가깝고, 전혀 다른 사람이지만, 그래도 여전히 이아생트이다. 소설가의 욕망은 그녀가 같으면서 다른 여자이기를 바란다.*

『이아생트』의 기원에 관한 이같은 회고들은 작품의 이해에 얼마간 빛을 던져준다. 한마디로 그것은 눈 덮인 벌판 같은 백지 위에 작가의 기다림이 펼쳐진 작품이요, 이아생트는 그 기다림에 답하듯 그의 기억 속에서 불려나온

* 미셸 망수이(Michel Mansuy),「이야기는 어떻게 다른 이야기들을 불러일으키는가—보스코 문학의 경우(Comment, chez Bosco, un récit peut en susciter d'autres)」,『앙리 보스코의 예술(L'Art de Henri Bosco)』, 조제 코르티(José Corti), 1981, 24~25쪽.

인물이다. 작가 자신의 마음자리를 그대로 반영하듯, 작중 화자 역시 황막한 벌판 가운데서 오직 기다릴 뿐이며, 그 기다림 끝에 이아생트라는 신비한 방문자를 맞이하게 되는 것이다. 하지만 왜 하필 이아생트일까. 연대와 줄거리가 어긋나는 데다가 작품마다 각기 분위기도 판이하게 다른 이 3부작은 왜 어떻게 이아생트라는 인물을 중심으로 엮이는 것일까.

2. 등불

『반바지』는 「콩스탕탱 글로리오의 이야기」로 시작하며, 『정원』은 "내 이름은 메장 드 메그르뤼이다"라는 첫 문장으로 시작하여, 두 작품 모두 화자와 그 주위 사람들을 소상히 그려나간다. 반면, 『이아생트』는 들판 건너편에 있는 '라 주네스트'라는 집의 창문에 켜지는 등불에 관한 묘사로 시작하여, 몇 페이지가 넘어가도록 화자 자신에 대해 별반 언급이 없다. 문법적인 성으로 보아 남자라는 사실(조차도 우리말로 옮겨서는 드러나지 않는다)밖에는 이름도 나이도 직업도 알 수 없는 이 화자(의 말투를 옮기는 것이 가장 큰 고민거리이기도 했다)에 대해 알 수 있는 사실이라고는, 그가 지난여름에 성가브리엘 고원에 왔다는 것, 인가라고는 단 두 집뿐인 이 고원에서 '라 코망드리'라는 이름의 널찍한 집에 살며 일주일에 두 번 근처 마을에서 멜라니 뒤테루아라는 여자가 집안일을 해주러 온다는 것뿐이다. 그가 자신의 내력에 대해 말하는 것도 '잃어버린 자신을 되찾기 위한 최종 수단'으로 ' '사막'과 '고독'을 택했다는 데 그친다.

『이아생트』가 그토록 신비로운 작품인 데는 이 몽상적인 화자의 익명성도 크게 작용할 것이다. 이아생트의 이야기를 하는 — 아니, 그보다는 자신의 이야기를 더 많이 하는 — 이 정체불명의 인물은 대체 누구인가? 『정원』의 화자는 그에 대해 못마땅한 듯 이렇게 논평한다.

> 그는 그 애에 관해 이야기한다지만, 실상 그 애 이야기를 하는 것이 아니다. 그는 그 자신에 관해 기나긴 독백을 할 따름이며, 그에게는 그것으로 충분한 것 같다. 그렇게 이상한 자가당착은 아마도 그가 이상한 사람이기 때문일 것이다. 자신의 불안에서 생겨난 구름에 뒤덮여, 환상과 꿈과 황홀경과 절망에 온통 사로잡힌 나머지, 그는 자기 영혼이 바라보는 대상과 영혼 자신을 더 이상 구별하지도 못한다.

너무나 오래 등불을 바라보며 꿈꾸다 등불의 주인으로 '영혼의 자리바꿈'을 겪기에 이르는 이 기이한 인물의 정체를 이해하는 단서는 앞서 인용했던 보스코의 강연 원고에서 찾아볼 수 있다. 앞의 인용문은 이렇게 이어진다.

> 나는 인가가 드문 눈 덮인 벌판을 그렸다. 그러고는

> 나도 그 집들 중 하나에 자리 잡았고, 천만 뜻밖에도 눈 덮인 벌판 위의 또 다른 집에서 등불이 켜지는 것을 발견했다. 왜 그랬느냐고? 나도 모른다. 등불이 켜졌을 뿐이다. 아직 사람은 아무도 보이지 않았다. 하지만 등불은 켜는 이가 없이는 켜지지 않는 법이다. 그리하여 인물이 생겨났다. 첫 번째 집의 나 자신(물론 다른 이름의)과 등불의 주인인 저 미지의 인물, 이렇게 두 인물이 되었다. 소설 전체가 거기서 생겨났다.*

첫 번째 집(라 코망드리)에 자리 잡은 것은 작가 자신이었다! 물론 그렇다고 해서 작가 보스코가 직접 작중 화자로 등장하는 것은 아니지만, 이 이름 모를 화자가 "눈 덮인 광막한 들판을 상상하며, 누군가(무엇인가)가 나타나기를 지켜보며 기다리는" 글쓰기 주체로부터 생겨났다는 사실은 짚어둘 만하다.

그는 무엇보다도 기다림을 체현하는 인물이거니와 — 글쓰기 주체의 기다림이 작중인물의 기다림으로 나타난다 — 그 기다림의 이면에는 내적 공허가 있다. 그는 거듭 "자기 자신을 잃어버렸다"고 고백한다. "자신에 대해 그저 오래전에 들었을 뿐"이요 "자신의 흔적들을 찾아 헤맨다" "삶의 유동성 때문에 나 자신을 포착할 수 없다" 등

* 장피에르 코뱅, 같은 책, 259쪽.

등 도입부에서부터 수차 묘사되는 이 모호한 내적 상태는 다음과 같은 자각에 이른다.

> 내 안에는 나를 내 진정한 고향으로부터 갈라놓는 심연과도 같은 것이 있었다. 나의 일상적인 자아는 나에게 구경거리, 그것도 스쳐가는 구경거리밖에 되지 못했다. 그리하여 나는 내 실체에 닿을 수도, 스쳐 달아나는 외관들을 붙들 수도 없었다. 나는 사막을 찾아다녔다. 처음에는 그 완전한 허무의 추구에서 냉소적이고 잔인한 만족밖에는 바라지 않았었다. 내 치유할 수 없는 인간적 고독을 끝까지 밀고나가, 그 주위에 저 자연의 고독이 펼쳐지기를 원했던 것이었다. (본문 104쪽)

진정한 고향, 진정한 자신과 괴리된 삶을 살던 그는 "자신을 되찾기 위한 최종 수단"으로 사막과 고독 속의 은거를 택해 성가브리엘 고원에 왔으며, 그 계획이 수포로 돌아간 뒤에도 거기 남아 있었던 것은 "상심과 자학의 욕망에서였을 뿐"이라고 말한다. 그런 그는 자신을 되찾기는 커녕 고원에 잇닿아 있는 늪터에서 대지의 품에 침잠하여 망아의 상태를 탐닉하곤 한다. 그러나 또 한편으로 그것은 그가 "거기, 한겨울에, 바람에 쓸리는 황량한 벌판 한가운데"서 빛나는 등불을 보았기 때문이기도 하다. 벌판 건너편 집의 작은 등불, 날이 저물기 시작하면 켜져서 날이 샐 무렵에야 꺼지는 그 등불은 마치 밤새도록 누군가를, 무엇인가를 기다리는 표지처럼 보인다. 화자는 그 기다림을 상상하면서, 어느새 자신도 그 기다림에 동참하게 된다. "자신의 안에서도 밖에서도 더 이상 아무런 전언도 기다리고 있지 않았다"고 할 만큼, 그 자신으로서는 등불을 켜놓고 기다릴 아무도, 아무것도 없지만, 그 공허함은 이제 온전히 기다림의 터전이 되는 것이다. 그는 등불의 기다림을 통해 기다리며, 등불의 주인에게 "붙어산다".

> 오직 그에게서만 나는 나 자신을 다시금 포착할 수 있었다. 그의 안에는 그 기다림의 얼굴, 나에게는 아직 가려진 형태이지만 그에게는 분명 임박한 약속인 얼굴이 살고 있었기 때문이다. 그리하여, 그가 모르는 사이에, 나는 그에게 붙어살고 있었다. 그가 자신에게서 그토록 열렬히 기다리는 바를, 내가 절망 가운데서 찾아 헤매던 저 악마 혹은 천사에 다름 아닌 것을 발견하기 위해. (105쪽)

이제 기다림에 귀를 세운 그에게는 모든 소리가, 기척이 심상찮은 것이 된다. 열어보지도 않은 문들이 수두룩한 오래된 집과 사람의 발길이 닿지 않은 지 오래인 늪터에는 미로와 은신처와 뜻밖의 공간이 곳곳에 숨어 있고, 앞뒤 없는 전언들이 단속적으로 발견된다. 이 모든 것은 말하자면 그 어떤 의미의 도래를 기다리는 공허한 기표들과도 같으니, 그 미지의 것을 알고자 조바심 내다 못해 그는 자신의 것이 아닌 고향을, 삶을 지어내기에 이른다.

> 내 안에 웅크리고 있던 권태는 저 등불 가까이서 내 영혼이 나를 기다리고 있는 라 주네스트에 다가감에 따라 사라져갔다. 내가 나에게 항상 감추어온 것을 알고자 조바심 내며, 오로지 거기에서만 나는 나에게 말을 건넸다. 그러나 대답은 결코 없었다…… 참다못해 나는 하나의 삶을 지어내었다. 상상적인 기억으로부터 나는 아직 나 자신에게서 알지 못했던 그러나 결코 낯설지 않은 어린 시절을 끌어냈다. 분명 그것은 내가 아이였을 때 이미 꿈꾸었던 금지된 어린 시절이었다. 나는 거기에서 나 자신을, 이상할 만큼 다정다감하고 정열적인 자신을 되찾곤 했다. (107쪽)

"그의 영혼이 그를 기다리고 있는" 등불 언저리에서 꿈꾸어진 이 유년의 고향, 이아생트라는 이름의 어린 소녀가 있었던 고향은 대체 누구의 것인지? 그 자신의 것이 아니라면, 그것은 저 등불 주인 — 이름이 '콩스탕탱'이라는 것밖에는 알려지지 않은 — 의 것인지? 그리하여 그는 다른 사람이 켠 등불 덕분에, 다른 사람의 기다림의 길목을 지키면서, 다른 사람이 기다리는 영혼을 먼저 가로채게 되지나 않을까 두려워한다.

> 나는 다른 사람이 켠 저 등불의 덕을 보고 있었다. 우리는 둘 다 같은 영혼을 기다리고 있었다. 그는 그 영혼에게 경계심을 일으킬 것을 무릅쓰고 온 지평선에서 다 보이도록 자신을 내어주고 있었다. 나는 그의 곁에 숨어 그늘 덕을 보면서, 그것이 나타날지 모르는 길들을 지키고 있지 않았던가? 때로 나는 그보다 먼저 그 영혼을 만날지도 모른다는 희망과 불안에 시달리기도 했다. (111쪽)

> 나는 행복을 갈망하는 내 영혼을 그들 사이의 교감이 오가는 지극히 순수한 길 위에 가로놓은 것이었다. 그러한 모독을 행하다가 어떤 벌을 받지나 않을지 불안해지곤 했다. (…) 그러나 그 가공할 양식으로 강해진 나는 그의 기다림에 내 기다림을 더했고, 내 기다림은 그 못지않은 간절함으로 그가 우리 둘을 위해 정해놓은 목표를 향하고 있었다. 그리하여 나는 그에게서 빼앗은 부요를, 날마다 두려워하며 내 불붙는 가난한 두 손을 담그어 신비의 재보들을 건드려보는 그 부요의 일부를 그에게 돌려주는 것이었다. (113쪽)

이처럼 기이한 기다림의 구도 가운데 일어나는 일들을 논리적으로 설명하기란 불가능한 일이다. 어느 겨울밤, 정확히는 성탄절 자정이 조금 지난 시각에, 이아생트는 라 코망드리의 문을 두드린다. 그녀의 출현을 "나타난 것이 아니라 돌아온 것"으로, 운명과도 같은 사건으로 받아들이는 화자에게 그녀는 마당 한구석에 있었을 오두막 — 화자가 상상한 추억 속 고향 집의 오두막 — 에 대해 묻는다. 그녀 역시 잃어버린 고향을 찾는 것인가. 그녀는 라코망드리에 머물면서도, 라 주네스트의 불빛을 기웃거리며 서성인다. 화자가 그녀 주위를 맴도는 집시들을 찾으러 숲에 갔다가 죽을 고비를 넘기고 구조되어 라 주네스트에서 회복기를 맞이한다는 설정은 그가 꿈과 생시를 넘나드는 가운데 라 주네스트의 주인으로 '영혼의 자리바꿈'을 겪고서 이아생트를 맞이하기 위한 장치일 것이다. 해당 장(章)의 소제목이 '돌아온 이아생트'라는 것은 — 다시 떠났다는 말도 없는 이아생트가 새삼스럽게 돌아왔다니? — 이아생트가 그곳에서 그를 발견하고 비로소 자신이 찾아 헤매던 어린 시절의 사랑을, 고향을 되찾았다고 믿기 때문이다. 하지만, 그녀가 사랑을 호소하는 영혼의 모습이 확연해질수록 화자는 자신이 그 영혼이 아님을 깨닫게 되며, 마침내 환한 달빛 속에서 그를 정면으로 마주한 이아생트는 자신의 착각을 발견하고 떠나가버린다.

얼마나 이상한 이야기인가! 화자가 상상한 어린 시절 고향의 추억 속 소녀 이아생트는 자신도 그 고향을 찾아 돌아오지만, 그가 지어낸 상상 속의 고향으로는 그녀를 맞이하지 못한다. 내적인 공허는 대상을 알 수 없는 기다림이 되고, 간절한 기다림은 주문(呪文)과도 같이 미지의 대상을 불러오지만 — 이아생트는 그렇듯 전 존재를 건, 절대 동경의 이름이라 할 것이다 — 그 대상을 맞이할 실체는 없는 것이다…….

3. 정원

화자는 라 주네스트를 떠나기에 앞서 등불을 켠다. 전에 라 코망드리에서 보이던 것처럼, 같은 창문에서 불빛이 빛나도록. 이미 등불의 주인이 떠난 것을 아는 마당에 이런 제스처는 기다림의 공허한 표상이나마 걸어두려는 것으로 보이지만, 어렵사리 고원으로 헤치고 나아간 화자가 라 주네스트를 돌아보았을 때, 불빛은 거기 없다. 더는 자신을 기만하는 것이 허용되지 않는다는 듯이. 그가 라 코망드리로 돌아가지 못하는 것은 불빛 없이 캄캄한 벌판을, 기다림과 희망의 부재를 마주할 수 없기 때문이다.

그는 멜라니 뒤테루아의 집으로 간다. 마을 가장자리, 정착민들과 집시들의 경계에서 태어나 살아가는, 두 세계의 중개자와도 같은 그녀로부터 그는 이아생트의 내력에 대해 듣게 된다. 『반바지』와 어느 정도 연결되면서, 마법사 시프리앵에게 유괴된 이아생트가 그 후 어떻게 되었을까 하는 궁금증을 다소나마 해결해주는 대목이다. 『반바지』의 말미에서 콩스탕탱 대신 이아생트의 영혼을 사로잡아 다시금 지상낙원을 건설하리라던 시프리앵이 그 다짐을 이룬 듯, 이아생트는 실바칸이라 불리는 시프리앵의 영지에서 자랐다는 것이다.

화자가 실바칸을 찾아가는 것은 거기서 이아생트를 만나리라는 기대에서가 아니라, 왠지 그래야 한다는 막연한 느낌에 끌려서이다.

> 내가 실바칸에 간 것은 이아생트를 다시 만나리라는 기대 때문은 아니었다. 그녀가 거기 없다는 것은 나도 알고 있었다. 그러나 내가 겪고 있던 암중모색 가운데서, 이 여행은 꼭 필요한 것이었다. 그 이유는 알 수 없었지만, 그래야 한다는 것만은 느끼고 있었다. 나는 어떤 힘에 이끌려 거기에 갔으며, 내가 무엇을 하게 될지 알지 못했다. (285쪽)

깊은 협곡들로 둘러싸인 광대한 영지 실바칸에 이르기까지 지나게 되는 웅장한 자연에 대한 묘사는 멜라니가 "세상에서 가장 아름다운 정원"이라 일컫는 실바칸에 대한 기대를 더하게 하지만, 막상 실바칸에 도착한 화자가 발견하게 되는 것은 전에 이아생트가 "권태롭다"고 말했던, 생명의 활기가 없는 인공 낙원이다.

> 테라스를 향해 열린 문으로부터는 희미한 웅얼거림조차 들려오지 않았으며, 나무들로부터는 사이프러스의 준엄한 향기밖에는 전해져오지 않았다. 고독뿐이었다. 고요하고 텅 빈 공간이었다. 어떤 영혼도 거

> 기 살고 있지 않았다. 달빛 아래서 비물질적인 영역이 공간을 엄습하여 물질을 분해하고 있었다. 나무들은 결정(結晶)화되었다. 공기는 소리의 파동에도 떨리지 않았다. 눈부신 빛이 허공에 펼쳐져 있었다. 내가 잠에서 깨어난 집은 비인간적이었다. 분명, 이 환영 같은 계곡 주위에는, 거의 상상적인 숲들이, 바로 그 시간에도, 영혼 없는 짐승들의 떼를 숨기고 있을 것이었다. (291~292쪽)

화자는 거기에서 비로소 "자신의 비참을 깨닫는다". 이아생트가 떠나간 그 자리에서, 그는 이아생트가 떠나간 또 다른 자리를 상기한 것일까? 그가 꿈꾸었던 고향, 이아생트에게 진짜 고향이 될 수 없었던 상상 속의 고향 역시 또 다른 인공 낙원이었던 셈이다. 시프리앵이 반역하고 타락한 피조물들을 길들여 지상의 낙원을 건설하려 했듯이, 그는 자기 존재의 공허함을 스스로 만들어낸 환상으로 채우려 했던 것이다.

모든 환상을 잃고 돌아와 황폐함 가운데 칩거하는 그를 찾아오는 이가 있다. 어쩌면 그를 이해할 단 한 사람 — 시프리앵이다. 늙고 지친 그는 자신이 만든 낙원의 실패를 고백한다. 이아생트가 콩스탕탱을 데려오기를 바라며 실바칸의 영지를 만들었건만, 이아생트에게는 그곳이 벗어나고픈 예속의 집이었다는 데에 그는 좌절한다. 그의 주문들은 육신에만 작용할 뿐 영혼에는 아무 힘을 미칠 수 없었던 것이다. 그가 만든 낙원이 진정한 낙원이 되기 위해서는 그 두 사람의 사랑이 있어야 할 뿐 아니라, 그 사랑은 이 땅 위의 사랑을 넘어서는 것이라야 한다는 사실을 그는 이제 인정한다.

> 저 숲들이, 물들이, 무구한 짐승들이 진정한 낙원을 이루기 위해서는, 콩스탕탱과 이아생트가 함께 그리로 돌아가야 해. 그들은 오래 앓아온 열정을 이 땅 위의 사랑으로는 만족시키지 못할 때 비로소 돌아갈 수 있지. 이제 내 희망은 그들이 불행한 것이야. (302~303쪽)

그는 자신의 힘을 무한히 넘어서는 존재 앞에 무릎 꿇는다. 이전부터도 신을 부정하거나 거역했던 것은 아니지만 — 버려진 마을 오스피탈레의 성당을 돌보는 것도 그이다 — 신을 맞아들일 만한 마음자리가 되지 못했던 것을 고백한다.

> 나를 벗어나는 존재, 존재 그 자체가 있소. 그를 끌어당길 수는 없소. 그가 오는 거요. 나는 그를 내 나름대로, 대지의 방식대로 존중했다오. 하지만, 이렇게 늙고 죽음에 임박해서도, 나는 아직 그를 맞아들일 만큼 가난하지 못하구려. (…) 하지만 이 세상을 떠나기 전에 내게 한 가지 주문이 남아 있소. 내가 한 번도 외워보지 않은, 모든 주문 가운데 가장 오랜

> 주문, 어머니의 주문 말이오. 그것을 외울까 하오. 그 주문에는 단 한 가지 효력밖에 없지만, 아주 강한 거라오. 그걸 외우면, 대지의 모든 영화와 모든 비참을 노래하게 할 수 있소. (…) 만일 이 음성에, 찬가인 동시에 탄식인 이 음성에, 내게 자신의 임재를 거부하는 신에 대한 희미한 외침이 들어 있다면, 그리고 내 사랑하는 두 아이가 그것을 듣는다면 그토록 위대함과 그토록 비참함에 감동된 나머지 마침내 정원으로 들어가 자신들을 저 어두운 어머니에게 내어 줄지도 모르오. (308쪽)

대지의 방식대로 — 척박한 대지에서 때 이르게 꽃피운 편도 나뭇가지를 제단에 바치듯이, 타락한 세상을 정복하고 다스려 낙원을 건설하여 신께 바치려던 그의 시도는 결국 교만에 지나지 않았던 것이다. 탈진한 그는 중얼거린다. "가난한 자가 우리를 구하리니……." 그는 신을 맞이할 만큼 가난해질 수 있을까. 그에게 남은 것은 대지의 모든 영화와 비참을 다해, 찬가인 동시에 탄식인 음성을 통해, 희미하게나마 신에게 외치는 것뿐이다. 늙은 마법사는 화자에게 충고한다. "당신은, 그에 대해 생각해보오…… 당신은 여기서 기도할 수 있소……."

화자가 기도의 문턱에 이르기까지의 걸음은 확연하지 않다. 말보다는 침묵으로 이루어진 듯한 짧은 단락들에 이어, 문득 이런 문장이 나타난다. "마침내 나는 내 뺨에 여린 숨결을 느꼈다. 따스한, 인간적인 숨결이었다……." 영혼의 이 오랜 여정을 『정원』의 화자는 이렇게 설명한다.

> 그는 결국 자기 자신에, 그리고 자신 안에서는 공허에 도달할 뿐이다. 그때부터 그의 비참이 시작된다. 그러나 하느님께서는 그런 사람들에게도 자비를 베푸시어 적은 숨결이나마 보내주시고, 그리하여 전적으로 공허했던 이 영혼도 어느 날 저녁 처음으로 성령의 숨결을 체험하게 된다.

이런 결말은 다소 갑작스럽게 느껴지기도 한다. 대체 무슨 일이, 어떻게 일어난 것인가? 그는 미처 기도하기도 전에, 잊어버린 기도를 기억해내기도 전에, 성령의 숨결을 체험하는 것인가? 아, 그것은 아주 오래된 신비이다.

> 사람이 물과 성령으로 나지 아니하면 하나님의 나라에 들어갈 수 없느니라 육으로 난 것은 육이요 영으로 난 것은 영이니 (…) 바람이 임의로 불매 네가 그 소리는 들어도 어디서 와서 어디로 가는지 알지 못하나니 성령으로 난 사람도 다 그러하니라. (「요한복음」 3장 5~8절)

최애리

앙리 보스코 연보

1888년 — 11월 16일, 페르낭 마리우 보스코(Fernand Marius Bosco), 남프랑스 아비뇽에서 태어남. 세례 때 앙리 조제프(Henri Joseph)로 명명. 그의 가문은 프로방스와 이탈리아 혈통으로, 부계로는 살레시오 수도회의 창건자인 성(聖)보스코와 친척간이었음.

1898~1906년 — 아비뇽의 오르톨랑 초등학교와 아비뇽 고등학교에서 수학. 아비뇽 음악원에서 작곡과 바이올린을 배움.

1907~9년 — 그르노블 대학교의 문학사 학위와 고등교육 수료증을 취득한 후 피렌체의 프랑스 문화원 이탈리아어 교수 자격시험에 합격.

1911~3년 — 아비뇽 및 부르앙브레스에서 이탈리아어를 가르치다가, 1913년 10월부터 알제리의 필립빌 중학교에서 고전문학을 가르침.

1914~18년 — 제1차 세계대전 동안 다르다넬스, 마케도니아, 세르비아, 알바니아, 헝가리, 그리스 등지에서 종군.

1920~30년 — 그르노블 대학교의 강사 자격으로, 나폴리에 있는 프랑스 문화원에 파견되어 10년을 머물게 됨. 1924년 첫 소설 『피에르 랑페두즈(Pierre Lampédouze)』 발표.

1930~1년 — 귀국 후 7월 16일, 마리 마들렌 로드(Marie Madeleine Rhodes, 1898~1985)와 결혼. 이후 1년간 부르앙브레스에서 교사로 지내며 『반바지 당나귀(L'Âne Culotte)』 집필.

1931~6년 — 1931년 가을 모로코로 이주. 이후 24년간 모로코에서 살게 됨. 라바트(Rabat)의 구로(Gouraud) 고등학교에서 고전문학을 가르침. 모로코의 알리앙스 프랑세즈 원장을 지내며, 1936~45년에는 잡지 『아그달(Agdal)』을 펴냄. 1936년부터 이 잡지에 『반바지 당나귀』 연재.

1937년 — 『반바지 당나귀』가 프랑스 갈리마르 출판사에서 출간됨.

1940년 — 『이아생트(Hyacinthe)』가 갈리마르에서 출간됨.

1945년 — 『테오팀 농가(Le Mas Théotime)』로 르노도상을 수상함. 명예퇴직.

1946년 — 『이아생트의 정원(Le Jardin d'Hyacinthe)』이 갈리마르에서 출간됨.

1955년 — 67세의 나이로 모로코를 떠남. 니스와 루르마랭을 오가며 살게 됨.

1968년 — 6월, 아카데미 프랑세즈 문학상 수상.

1976년 — 88세의 나이로 니스에서 사망. 루르마랭에 묻힘.

워크룸 문학 총서 '제안들'

일군의 작가들이 주머니 속에서 빚은 상상의 책들은 하양 책일 수도, 검정 책일 수도 있습니다. 이 덫들이 우리 시대의 취향인지는 확신하기 어렵습니다.

1 프란츠 카프카, 『꿈』, 배수아 옮김
2 조르주 바타유, 『불가능』, 성귀수 옮김
3 토머스 드 퀸시, 『예술 분과로서의 살인』, 유나영 옮김
4 나탈리 레제, 『사뮈엘 베케트의 말 없는 삶』, 김예령 옮김
5 마세도니오 페르난데스, 『계속되는 무』, 엄지영 옮김
6 페르난두 페소아, 산문선 『페소아와 페소아들』, 김한민 옮김
7 앙리 보스코, 『이아생트』, 최애리 옮김
8 비톨트 곰브로비치, 『이보나, 부르군드의 공주/결혼식/오페레타』, 정보라 옮김
9 로베르트 무질, 『생전 유고/어리석음에 대하여』, 신지영 옮김
10 장 주네, 『사형을 언도받은 자/외줄타기 곡예사』, 조재룡 옮김
11 루이스 캐럴, 『운율? 그리고 의미?/헝클어진 이야기』, 유나영 옮김
12 드니 디드로, 『듣고 말하는 사람들을 위한 농아에 대한 편지』, 이충훈 옮김
13 루이페르디낭 셀린, 『제멜바이스/Y 교수와의 인터뷰』, 김예령 옮김
14 조르주 바타유, 『라스코 혹은 예술의 탄생/마네』, 차지연 옮김
15 조리스카를 위스망스, 『저 아래』, 장진영 옮김
16 토머스 드 퀸시, 『심연에서의 탄식/영국의 우편 마차』, 유나영 옮김
17 알프레드 자리, 『파타피지크학자 포스트롤 박사의 행적과 사상』, 이지원 옮김
18 조르주 바타유, 『내적 체험』, 현성환 옮김
19 앙투안 퓌르티에르, 『부르주아 소설』, 이충훈 옮김
20 월터 페이터, 『상상의 초상』, 김지현 옮김
21 아비 바르부르크, 조르조 아감벤, 『님프』, 윤경희 쓰고 옮김
22 모리스 블랑쇼, 『로트레아몽과 사드』, 성귀수 옮김
23 피에르 클로소프스키, 『살아 있는 그림』, 정의진 옮김
24 쥘리앵 오프루아 드 라 메트리, 『인간기계론』, 성귀수 옮김
25 스테판 말라르메, 『주사위 던지기』, 방혜진 쓰고 옮김
26
27
28
29
30

31 에두아르 르베, 『자살』, 한국화 옮김
32 엘렌 식수, 『아야이! 문학의 비명』, 이혜인 옮김
33 리어노라 캐링턴, 『귀나팔』, 이지원 옮김
34 스타니스와프 이그나찌 비트키에비치, 『광인과 수녀/쇠물닭/폭주 기관차』, 정보라 옮김
35 스타니스와프 이그나찌 비트키에비치, 『탐욕』, 정보라 옮김
36 아글라야 페터라니, 『아이는 왜 폴렌타 속에서 끓는가』, 배수아 옮김
37 다와다 요코, 『글자를 옮기는 사람』, 유라주 옮김

제안들 7

앙리 보스코
이아생트

최애리 옮김

초판 1쇄 발행. 2014년 9월 25일
3쇄 발행. 2023년 5월 15일

발행. 워크룸 프레스
편집. 김뉘연
제작. 세걸음

ISBN 978-89-94207-43-8 04800
978-89-94207-33-9 (세트)
13,000원

워크룸 프레스
03035 서울시 종로구
자하문로19길 25, 3층
전화. 02-6013-3246
팩스. 02-725-3248
메일. wpress@wkrm.kr
workroompress.kr

옮긴이. 최애리 — 서울대학교 불어불문학과 및 동 대학원을 졸업하고, 중세 아서왕 문학 특히 그라알[聖杯] 소설들에 대한 연구로 박사 학위를 받았다. 크레티앵 드 트루아의 『그라알 이야기』, 크리스틴 드 피장의 『여성들의 도시』 등 중세 작품들과 자크 르 고프의 『연옥의 탄생』, 조르주 뒤비의 『중세의 결혼』, 슐람미스 샤하르의 『제4신분: 중세 여성의 역사』 등 서양 중세사 관련 서적들을 다수 번역했다. 그 밖에 피에르 그리말의 『그리스 로마 신화 사전』, 버지니아 울프의 『댈러웨이 부인』, 프랑수아 줄리앙의 『무미 예찬』, 조르주 심농의 『타인의 목』, 알베르토 망겔의 『인간이 상상한 거의 모든 곳에 관한 백과사전』 등 여러 방면의 역서가 있다.